NYX CHRONICLES

Flic Sexy Démoniaque

ELLIE CERANE

ÉDITIONS
Elixyria

NYX CHRONICLES

FLIC SEXY DEMONIAQUE

ELLIE CERANE

Mentions légales
Éditions Élixyria
http://www.editionselixyria.com
https://www.facebook.com/Editions.Elixyria/
ISBN : 978-2-37961-525-2
Illustration de couverture : Dark and Light Art

PROLOGUE

Les sourires ont disparu. Mon cœur se fracasse contre ma cage thoracique, si fort qu'il menace d'exploser. Camélia récite l'incantation, ses prunelles bleues rivées aux miennes. Lentement, elle relève la lame entre ses seins, comme une ultime caresse. Les derniers mots résonnent dans l'immensité de la salle et nos souffles synchronisés se bloquent.

Je ne fais que deviner le scintillement du métal qui m'insupporte. Une supplique meurt sur mes lèvres tandis que Camélia enfonce le poignard entre ses côtes d'un coup sec.

Une tache sombre s'élargit sur le tissu rouge de sa robe à mesure que le bleu de ses yeux se ternit. Je dois faire quelque chose ! N'importe quoi !

Trop tard. Le corps de Camélia s'écroule mollement sur les carreaux glacés. Je me jette à ses pieds, lui soulève la nuque, cherche un souffle, la moindre pulsation, le moindre signe de vie. Rien.

Un silence épais nous entoure. Les colonnes de marbre et les murs gris s'effacent. Je ne distingue plus que sa silhouette écarlate et le dessin en sable noir du pentacle sur la pierre blanche. Est-ce le choc ou un phénomène surnaturel ?

Sa main tressaille contre ma jambe, si faiblement que je blâme mon imagination. Pourtant, mon cœur rate un battement puis repart dans une course folle. Il espère. Il sait.

— Camélia ? murmuré-je en lui embrassant le front.

J'attends un signe, mais rien ne se produit. Se serait-elle sacrifiée pour rien ?

CHAPITRE 1
UN ENCAS POUR CAMÉLIA

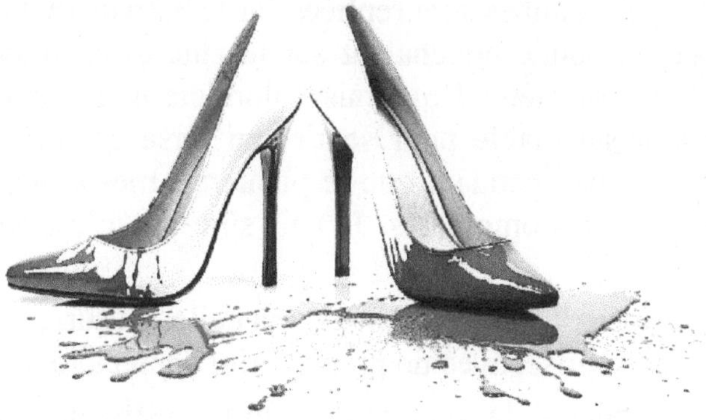

Deux ans plus tôt

Assise sur un tabouret près du bar, je sirote un Blue Lagoon en observant les individus qui discutent, vautrés sur les banquettes. Mes jambes croisées dévoilent leur galbe et mes super escarpins du même velours rouge que ma robe. La musique est plus forte à cette heure-ci, il m'est impossible d'entendre les conversations, alors je me contente de hocher la tête en rythme. Ambiance latino, j'adore ça. Il y a longtemps que je n'avais pas mis les pieds dans un quartier Ordinaire. Nyx est une ville trépidante et peuplée de toutes sortes de créatures, surtout la nuit. Mais je me suis accoutumée aux établissements des Autres, où je peux séduire de parfaits inconnus, sans modération, et sans attirer l'attention. Ici, c'est plus compliqué. Il y a tout un tas de beaux mecs sur lesquels j'ai envie de sauter pour leur arracher chemise et pantalon avant de les ramener dans mon lit, sauf qu'ensuite je devrai leur effacer la mémoire, et mon boss n'aime pas trop ça. La manipulation d'esprit laisse des traces, en plus de désorienter les Ordinaires. Mais quand même, je me ferais bien le grand blond installé à l'autre bout du comptoir. Avec sa barbe courte et bien taillée, ses cheveux peignés sur le côté, sa raie parfaite et son visage d'apollon, il attire les regards comme le faisceau d'un phare en pleine mer. Ses longues jambes sont repliées sur le barreau du tabouret et il pose un coude nonchalant sur le zinc avant d'avaler une gorgée de sa bière. J'offrirais volontiers une deuxième fois mon âme au diable pour sentir son torse chaud se presser contre le mien pendant que je planterais mes ongles dans la chair entre ses omoplates. Je suis sûre que c'est un dieu au pieu !

— Je peux t'inviter à danser, ma belle ? susurre un homme en chemise grise, avec un petit sourire appréciateur.

Il me bouche la vue, ce con. Je ne distingue plus que la touffe de poils qui dépasse de l'ouverture de son col. *Beurk !* Je n'ai jamais aimé les mecs à la pilosité foisonnante. Un petit duvet soyeux, oui, mais une fourrure digne d'un lapin angora, non ! J'échappe à cette vision d'horreur en redressant le menton pour le toiser. C'est dommage parce qu'avec ses cheveux noirs, son visage carré et rasé de près, son sourire charmeur et ses grands yeux bruns, il est du genre charismatique. Mais rien que d'imaginer toutes ces bouclettes sombres s'étirant sous la brosse, j'en ai des haut-le-cœur. On a tous nos limites, que voulez-vous !

J'étire mes lèvres en une moue désolée et lève mon verre devant moi.

— Je ne danse pas et je ne baise pas, déclaré-je avant d'avaler la dernière gorgée de mon cocktail.

Pas la peine qu'il perde son temps, il ne me plaît pas. Et avec tous les beaux gosses qui traînent ici ce soir, je ne vais pas me priver de choisir. Le grand brun me gratifie d'un regard peu amène et tourne les talons pour accoster une autre fille, près de la piste de danse. Qu'est-ce que je disais ? Il a mieux à faire que me séduire. Moi, par contre, j'ai repéré mon dîner. Le blond est toujours accoudé avec sa bière qu'il fait tourner lentement. À ce rythme, il n'y aura plus de mousse avant qu'il arrive à la moitié, ce serait dommage.

Je me lève, contourne la piste de danse pour m'approcher de lui en toute discrétion, et m'installe sur le siège voisin.

— Si vous n'aimez pas les bulles, vous devriez opter pour le whisky, soufflé-je contre son oreille.

Il relève la tête et me scrute de ses yeux bleus, presque gris, qui contrastent d'une belle manière avec son teint doré.

— Votre tabouret n'était pas assez confortable ? bougonne-t-il avant de retourner à la contemplation de son breuvage.

Il est observateur et piquant, un autre bon point pour lui. Vous savez ce qu'on dit : un peu de challenge sublime la récompense.

— Le coin était mal fréquenté, expliqué-je avant de tendre le bras pour attirer l'attention du barman.

Celui-ci rapplique en à peine dix secondes et me sourit de toutes ses dents en gonflant légèrement les muscles sous son tee-shirt blanc déjà bien tendu. Il s'appuie sur la plaque de zinc martelé, jette son torchon sur l'épaule et se penche en avant.

— Qu'est-ce que je vous sers ? demande-t-il d'une voix suave.

— Deux whiskys *on the rocks*, susurré-je en dévoilant mes dents blanches.

Aucun Ordinaire ne résiste à mon sourire. Il suffit que j'agite ma crinière blonde ondulée, que je batte des cils et leur tourne le dos en affichant un air un peu snob et ils se mettent à baver. Si, en plus, je prends soin de rehausser mon regard bleu lagon d'un fard à paupières sombre et de mettre en valeur mes courbes, ils tombent tous comme des mouches. Je sais, c'est prétentieux, mais que voulez-vous, ce sont les avantages de mon patrimoine génétique à fort potentiel. J'ai hérité du physique de ma mère et du caractère de mon père, il faut bien que ça comporte quelques atouts.

Le grand blond m'ignore royalement, alors je contemple le bout de mes ongles peints en rouge vif avec un intérêt forcé pendant plusieurs secondes, le temps que nos boissons arrivent.

— Et voilà, madame, annonce le barman en faisant tinter les glaçons.

Son attitude est toujours aussi coulante, mais s'il croit qu'il aura mon numéro en échange, il se fourre le doigt dans… l'œil.

Je saisis le premier verre et pousse l'autre vers mon bel inconnu.

— C'est ma tournée, précisé-je.

Il grogne puis s'enfile une nouvelle rasade de bière.

— Mauvaise journée ? Vous vous êtes fait larguer par votre copine ?

Eh oui, la subtilité est un art que je maîtrise à la perfection ! Je goûte le liquide ambré du bout de la langue et la brûlure me réveille les papilles. Les yeux bleu-gris me fixent à nouveau avec une lueur agacée et… une étincelle d'amusement ?

Cette fois, je me tourne vers lui, croise les jambes de telle façon que la pointe de mon pied lui frôle la cuisse.

— Je m'appelle Camélia. Et vous ?

Ses yeux suivent mon mouvement et les muscles de sa mâchoire se contractent. J'ai ferré le poisson, je n'ai plus qu'à le ramener tranquille. Je soupire de satisfaction avant de retourner à la contemplation de mon whisky.

— Marc, répond-il après de longues secondes.

Je hoche la tête pour lui signaler que j'ai entendu et continue de m'amuser avec mon verre.

— C'est votre plan drague du vendredi soir ou je dois appeler la brigade des mœurs ? demande-t-il en penchant la tête pour me regarder avec un sérieux presque parfait.

Je bois une gorgée puis fais mine de m'étrangler. Ce n'est pas la première fois qu'on me prend pour une escort-girl – d'ailleurs, en quatre cent soixante-quinze ans, j'ai sûrement déshabillé plus de beaux mecs que toutes les professionnelles de Nyx réunies. Je n'en ai pas honte, c'est mon petit hobby. Certaines s'adonnent à la lecture ou à la course à pied, moi, je collectionne les objets précieux, ceux avec deux jambes et un joujou derrière la braguette.

— Je ne faisais que voler à votre secours, le taquiné-je.

— J'ai l'air d'un mec en détresse ? s'étonne-t-il en arquant un sourcil.

— L'air d'un mec qui a besoin de distraction pour oublier une mauvaise semaine, précisé-je.

Il esquisse un sourire puis termine sa bière.

— J'ai trop bonne mémoire, et vous n'êtes pas assez irrésistible pour me faire oublier.

Il repose le verre avant de glisser un billet sur le comptoir et de se lever pour se diriger vers le vestiaire.

— Bonne chasse ! lance-t-il par-dessus son épaule en clignant de l'œil.

Il est conscient que je vais prendre ça pour une invitation ? Une partie de chasse nocturne dans Nyx pour décrocher un bon repas – au sens figuré, restons sérieux –, ça me met en appétit. Mais il ne faudrait pas que je perde la trace de mon petit poisson ! J'arrache un billet à ma pochette et abandonne les deux verres encore pleins. Quel gâchis !

Marc le-blond-trop-parfait n'a pas perdu son temps, il enfile déjà sa veste en cuir brun par-dessus sa chemise blanche. Au passage, je remarque le jeu de ses muscles puissants qui roulent sous le tissu. Le côté pile est aussi agréable à regarder que le côté face.

Je demande mon manteau à la nana du vestiaire pendant qu'il disparaît dans la rue sans se retourner. Je tapote des ongles sur le comptoir en fixant la porte, le temps qu'elle passe en revue les vêtements, mon ticket à la main.

— Soixante-dix-huit, répété-je alors qu'elle y jette un deuxième coup d'œil.

Si elle me fait rater ma pêche du soir, c'est sur elle que je me vengerai. Je suis moins portée sur la gent féminine, mais avec un peu d'imagination, je pourrais prendre mon pied – ou l'expédier chez les harpies, si elle me déçoit. Elle me l'apporte enfin. Je l'enfile à la hâte et retrouve la fraîcheur de la nuit. Coup d'œil à droite, coup d'œil à gauche, rien. Les badauds se pressent dans les rues. Ça papote, ça rigole, ça se touche, mais aucune trace du grand blond. Il frôle les deux mètres, je devrais au moins apercevoir le sommet de son crâne. *Bon, réfléchis, Camélia, quel chemin a-t-il pu prendre ?* À ma droite, le quartier animé où s'alignent les bars à l'ambiance surchauffée ; à gauche, les résidences où l'atmosphère s'assombrit, en raison de la présence d'un parc, une centaine de mètres plus loin. Monsieur Presque-parfait n'avait pas l'air du genre fêtard donc je prends à gauche, sans me précipiter. C'est un sport d'endurance, il ne s'agirait pas de me casser un talon et de lui tomber dessus essoufflée et échevelée.

Je m'accorde le luxe de flâner devant la vitrine d'un restaurant italien puis d'un japonais, histoire de pimenter le jeu, avant de m'enfoncer dans la pénombre du parc. Mon instinct me souffle que je suis sur la bonne piste et il me trompe rarement. Les allées sont désertes à cette heure-ci, la végétation étouffe les bruits de la ville en même temps qu'elle capte l'humidité et la fraîcheur. Peu importe, je ne suis sensible ni à la température ni à l'obscurité. Maintenant que je le sens tout proche, je parcours le chemin principal d'un pas assuré et léger, prenant le temps d'observer les taches laiteuses déposées par la lune sur les pelouses rases. Les pavés m'amènent jusqu'à une fontaine qui glougloute tranquillement. Le fond de mosaïque éclairé de petites lampes lui donne l'air de sortir d'un conte de fées. Je la fixe quelques secondes tout en tendant l'oreille. Dix secondes plus tard, je perçois un bruit de semelles, discret, mais précis, comme un pas qui ne veut pas se faire remarquer. Un petit frisson d'excitation me remonte sur la nuque. J'ai visé juste. Pas besoin de me retourner pour savoir que c'est lui. Chaque être vivant émet une vibration imperceptible pour les Ordinaires et trop discrète pour la plupart des Surnaturels. C'est un sens que j'ai affiné au fil des siècles. Aujourd'hui, je peux identifier un individu que j'ai déjà rencontré à dix mètres, les yeux fermés, sans même faire appel à mon ouïe.

— Trop bruyant, le bar ? me nargue une voix grave et chaude.

Je tourne la tête pour apercevoir mon poisson, dissimulé dans l'ombre d'un chêne, le dos et un pied appuyé contre le tronc, comme s'il était là depuis une heure.

Je fais quelques pas dans sa direction et le détaille de la tête aux pieds. Sa veste en cuir marron s'ouvre sur sa chemise dont les deux premiers boutons sont défaits. Il se fend d'un sourire satisfait. Apparemment, notre petite partie de cache-cache l'a bien amusé. Je le soupçonne de m'avoir attirée ici volontairement. S'il croit m'effrayer, il est loin du compte.

S'il voulait nous accorder un peu d'intimité, on est sur la même longueur d'onde.

— Vous n'avez pas peur de l'obscurité ? demandé-je.

Il lève un sourcil.

— Vous non plus, apparemment.

— Je chasse, je vous rappelle.

Je TE chasse, mon poisson ! En es-tu conscient ? À quel point es-tu consentant ? Plus que trois petits pas et je peux presque le toucher. Il sent la menthe et le citron. Un homme qui n'a pas besoin d'un parfum musqué pour afficher sa virilité, c'est doublement excitant, à mon sens.

— Je devrais me sentir menacé ? continue-t-il en croisant les bras et en plissant les yeux, amusé.

J'approche encore, pose un doigt sur son torse avant de le laisser lentement glisser jusqu'à son nombril. J'accompagne mon geste d'un sourire de chat.

— Je ne sais pas. Qu'est-ce qu'un homme comme vous aurait à craindre d'une femme frêle et fragile comme moi ?

Un rire le secoue, mais il retrouve bien vite son sérieux, parcouru par un long frisson de plaisir. *Ferré, petit poisson ! On a atteint le rivage.* Je peux presque entendre son cœur cogner contre sa cage thoracique. Il est à point, pas de doute. Ma main glisse sur ses côtes et remonte vers les muscles bombés de ses pectoraux alors que mon regard emprisonne le sien. Il déglutit, mais n'esquive pas le contact. Je me mords la lèvre inférieure, petit geste qui marche à tous les coups ; ses prunelles se voilent de désir pendant que je pelote ses fesses fermes. Il m'attrape la nuque et écrase sa bouche sur la mienne pour me donner un baiser ardent avant de me faire basculer contre l'arbre. J'adore le frottement de sa barbe contre ma joue et la chaleur qui se dégage de son corps. Je me cambre contre lui, gémis doucement pour l'inviter à continuer. Ses hanches se pressent contre mon bassin. C'est qu'il en a derrière la braguette, mon poisson ! Une de mes jambes s'enroule autour de sa cuisse, il n'a pas besoin d'autres signaux pour me soulever et retrousser ma robe. D'un geste habile, je déboutonne sa chemise et la fais glisser avec sa veste. Son torse est aussi bronzé que son visage. Lisse et ferme, avec juste ce qu'il faut de poils, si vous vous posez la question. Je me délecte du spectacle un court instant avant qu'il ne fonde vers mon décolleté. Ses grandes mains épousent mes fesses à la perfection. Je ferme les yeux et savoure le contact de sa bouche qui dévore ma poitrine, mon cou, remonte vers mes lèvres, mordille le lobe de mon oreille. Il me relâche le temps de déboucler sa ceinture, avant de marquer une hésitation. Les mâchoires crispées, le boxer plus tendu que mon string, il vient de se rendre compte qu'il a oublié un truc super important. Bah, oui, contrairement à moi, il n'avait probablement pas prévu de se faire un petit encas ce soir. Je le laisse galérer encore quelques secondes avec sa conscience. Précautions, pas de précautions… *Allez, mon chou, je t'offre un joker*. Ce serait dommage de s'arrêter si près du but. J'arque un sourcil et me baisse pour récupérer ma pochette satinée sur l'herbe, avant d'en sortir une capote. Je la fais danser devant ses yeux avec un grand sourire satisfait.

— C'est ça que tu veux ? demandé-je avec malice.

Ses prunelles en deviennent presque noires, mais il n'esquisse pas un geste. J'imagine à quoi ressemblent ses pensées. « Oh ! Une femme qui prend l'initiative ? » Je ne vais pas attendre que les mecs se réveillent pour prendre mon pied, non plus ! *Est-ce qu'elle a envie de baiser ici ? Oh que oui !* J'arrache lentement l'emballage avec mes dents sans le quitter des yeux, fais descendre son boxer et, d'un geste assuré, lui enfile la capote. Je suis à peine arrivée au bout qu'il se jette sur moi, me plaque contre l'arbre avec frénésie, remonte ma robe jusqu'à la taille et tire sur l'élastique de ma culotte pour glisser ses mains dessous. Il me trouve toute chaude et prête à l'accueillir, mais prend le temps de me cajoler du bout des doigts. Je me cramponne à lui et gémis sans retenue, capturant sa bouche, enfonçant mes ongles dans sa peau. J'avais bien dit qu'il en garderait des marques ! Ses caresses sont à la limite du supportable. Je vais exploser avant qu'il me possède s'il continue. Je l'empoigne à pleine main puis le guide jusqu'à moi. Enfin, il cède, me soulève et entre en moi d'un mouvement puissant. Je crie, m'accroche de plus belle à ses épaules, adoptant son rythme. Je cherche sa bouche, enfouis mes mains dans ses cheveux à l'aspect soyeux. Il accélère, me mordille le cou, râle contre ma peau et je vois des étoiles, plein d'étoiles, pendant qu'une vague intense m'emporte. J'ai le cœur qui cogne si fort que j'en ris de satisfaction. Bon sang, ce mec est un champion ! Avec un premier encas pareil, c'est sûr, mon enquête s'annonce sous les meilleurs auspices ! Il ne me reste plus qu'à trouver un bon resto qui propose du steak tartare et je me sentirai comme chez moi !

CHAPITRE 2
MARC AU RAPPORT

Son regard rouge s'embrase, prêt à me consumer de l'intérieur. Mon pouls s'emballe. Je ne veux pas mourir ici, pas maintenant !

J'ouvre les yeux sur le plafond d'un blanc immaculé en prenant une grande inspiration, comme si j'émergeais du fond de l'océan. Je ne rêve pas souvent, alors je me sens perturbé. Je presse mes paumes sur mes paupières puis m'étire pour chasser la désagréable impression que ça ne tourne pas rond. Si c'était un rêve, il était torride. Cette furie blonde était… incandescente ! La vache, je devrais peut-être me trouver une nouvelle copine plutôt que de fantasmer sur des mannequins imaginaires. Je repousse les draps au bout du lit d'un mouvement furieux et pose les deux pieds sur le tapis tressé, avant de me masser le crâne. J'ai l'impression de sentir ses mains sur ma peau, sa bouche contre mon torse, ses ongles dans mon dos…

Je me lève d'un bond pour rejoindre la salle de bains et me tords le cou devant le miroir pour inspecter mes omoplates.

Des traînées rougeâtres y sont bien visibles. J'ai chaud tout à coup. Elle était réelle. Je n'en reviens pas ! Quand j'y repense, elle était vraiment cinglée. Je l'ai attirée dans un parc désert et elle m'a suivi sans aucune peur. Mais qu'est-ce qui m'a pris ? Les images de sa petite robe rouge moulante, sa bouche pulpeuse et le petit grain de beauté juste au coin de sa lèvre supérieure me reviennent en mémoire. J'en frissonne. *Ouais, mon gars, n'importe qui aurait sauté sur l'occasion.* Je m'asperge le visage d'eau froide, me contemple dans la glace. *Marc, t'es un champion, mais t'es complètement con.* Allez, à la douche, ça fait mauvais genre d'être en retard au briefing de la cheffe.

Une heure et demie plus tard, je patiente avec le reste de l'équipe dans la salle de réunion, un café serré à la main, assis sur le rebord de la fenêtre. Une ribambelle de fleurs s'épanouit sur la petite étagère qui orne l'angle. À se demander comment elles survivent ici alors que personne ne doit penser à les arroser.

— Il paraît que le commandant va former une nouvelle équipe pour enquêter sur les disparitions, raconte Nolan pendant que les autres entrent par petits groupes.

C'est vrai que cette affaire commence à faire du bruit dans le quartier. Un petit effectif enquêtait déjà sur les premières disparitions, mais vu l'ampleur que ça prend, il est fort probable que notre service récupère le bébé. De ce que j'ai lu dans la presse, ce ne sont pas moins de douze disparitions, sans aucun mobile apparent. Un frisson d'excitation me parcourt à l'idée qu'on nous l'attribue, à Nolan et moi. C'est mon coéquipier depuis six ans et je n'imagine pas bosser avec quelqu'un d'autre. C'est un petit brun bien dans ses baskets, qui galope plus vite qu'un sprinteur aux JO. En plus, il a toujours de bons plans sandwich pour les missions d'observation. Je n'ai plus besoin de lui répéter que je déteste les tomates et la mayonnaise, ni que, pour moi, un jus de fruits, c'est des agrumes, de la pomme ou du raisin, pas des fruits rouges, des poivrons, des concombres ou je ne sais quoi.

Je passe en revue les têtes des lieutenants et brigadiers. Ils sont consciencieux, je n'ai aucun doute à ce sujet. Mais, pour moi, l'ingrédient principal pour former une bonne équipe, c'est la confiance. Et on ne forme pas un binôme du jour au lendemain.

— J'espère que ça sera pour nous, prié-je tout haut en terminant ma tasse.

Le café du distributeur est toujours aussi horrible. À croire que quelqu'un s'amuse à verser de l'acide dedans quand nous avons le dos tourné. Avec Nolan, on s'était cotisés pour acheter une vraie cafetière, mais elle a cramé la semaine dernière. En attendant d'avoir le temps de retourner en chercher une au magasin, on se fait un trou dans l'estomac avec cette mixture infâme. L'avantage, c'est que ça réveillerait les morts !

Le bruit des conversations s'étouffe à l'arrivée de notre commandante. La « grande cheffe », comme j'aime l'appeler, en impose malgré sa petite taille et ses longues boucles brunes tirées en queue-de-cheval. Je reste près de la fenêtre, à droite de Nolan qui a pris une chaise pour plus de confort. Les briefings peuvent durer longtemps, surtout lorsqu'une nouvelle enquête d'envergure est lancée. Je vérifie ma montre. Huit heures moins le quart tout pile. Réglée comme une horloge, notre commandante s'installe dans le fauteuil en bout de table et pose les deux mains sur les accoudoirs.

— Mesdames, messieurs, déclare-t-elle en nous saluant d'un geste du menton.

Son regard d'un vert perçant nous balaye d'une lueur amusée, s'attarde sur Nolan et moi, avant de repartir vers un autre binôme. Elle nous évalue, nous fait croire qu'elle n'a pas encore décidé qui enquêterait sur la nouvelle affaire. Je suis son regard pour buter sur le visage fermé de Bobby et celui, plus jovial, mais un peu trop rouge, de Stephen. Elle n'a pas intérêt à me placer avec un de ces deux-là ou ça va finir en massacre. On se déteste cordialement, je n'approuve pas leurs méthodes. L'un est plus porté sur la boisson que sur ses enquêtes et l'autre se prend pour le roi du monde. Mais ça, Jo, la grande cheffe, le sait déjà. Jamais elle ne nous ferait un coup pareil.

Elle distribue les ordres de mission en résumant chaque affaire en quelques mots. Les binômes sont presque tous équipés de leur fiche, à part Nolan et moi, Bobby et Stephen, et un groupe de bleus qui, de toute façon, intégrera une équipe existante. *Yeah, ça sent bon pour nous !* Bobby et Nolan se regardent en chiens de faïence. Les yeux jaunâtres de Stephen se fixent régulièrement sur moi avec une appréhension non dissimulée. Je suis confiant. Il n'y a aucune raison pour qu'on me sépare de Nolan et je ne vois pas bien pourquoi elle confierait une enquête aussi importante à un débutant. J'inspecte les troupes. Les trois bleus patientent dans un coin de la pièce, regroupés comme des poules qu'on aurait parquées pour l'abattoir. J'adresse un regard confiant à Nolan. On va mettre les bouchées doubles et tout déchirer !

Les trois jeunes recrues défilent en rang d'oignon pour rejoindre Stephen, Bobby et… Nolan. Ce dernier se voit attribuer une petite jeune à la chevelure flamboyante, pas mal du tout. Il ne reste plus que moi. Je pose ma tasse sur le rebord et croise les bras. Fait chier ! On a bien bossé sur la dernière enquête, pourquoi on nous inflige ça ? Les deux autres rigolos, à la rigueur, mais nous deux, Nolan et moi, on est l'équipe d'élite, bon sang ! Je jette un regard noir à Jo pour lui faire comprendre qu'elle ne doit pas compter sur ma coopération, mais un petit sourire moqueur étire ses lèvres carmin. Qu'est-ce qu'elle manigance encore ? Les sourcils froncés, j'attends le verdict, comme un condamné devant une assemblée de juges en colère. Dans tous les cas, ça sent le sapin.

— Et moi ? demandé-je devant le silence conspirateur de Jo.

— Tu pars enquêter sur les disparitions avec un agent détaché.

— Un agent détaché ? C'est quoi ces conneries ? Je bosse avec Nolan ou personne.

Jo secoue la tête, les lèvres pincées.

— Pas cette fois.

— Jo ! Merde ! On forme une super équipe ! Tu veux vraiment que cette enquête foire ?

Elle plante son regard acéré dans le mien.

— Marc, tu la fermes et tu écoutes. On nous a envoyé un agent spécial pour s'assurer que l'enquête aboutisse. Alors tu fais profil bas, tu le laisses te suivre comme un bon toutou et tu fais ton job. Dès que tu as résolu l'affaire, tu retrouves ton équipier adoré.

Son ton ne souffre aucune réplique, alors je hoche la tête en me promettant de prendre ma revanche, tôt ou tard.

— Bien.

Elle appuie sur la touche du standard sans me quitter des yeux et demande qu'on nous envoie l'agent détaché. *Agent détaché*... Tu parles d'un titre pompeux pour décrire un sbire du gouvernement. À tous les coups, je vais me retrouver avec un rond-de-cuir à lunettes et chaussures vernies. Ou un « *Men in black* » tant qu'on y est.

Un silence amusé s'installe et les collègues me fixent avec curiosité, à l'exception de Nolan qui ne se réjouit pas de notre séparation. J'ai l'impression qu'on vient de me couper la main droite. Je vais boucler cette enquête en deux-deux et retrouver mon équipier fissa.

Après une minute interminable, la porte s'ouvre sur une officière en tenue réglementaire, les cheveux noués en chignon. Tout ce cirque pour mettre Alexandra sur une enquête ? J'ignorais qu'elle bossait pour le gouvernement. C'est une couverture ? Quoi qu'il en soit, je respire à nouveau. C'est une demi-mauvaise surprise. Au moins, elle est sympa et intelligente. Discrète, surtout.

Elle ouvre la porte en grand et s'aplatit contre le battant pour laisser entrer une deuxième personne.

Je heurte ma tasse qui manque de s'écraser sur mes chaussures. Mon sang ne fait qu'un tour, je dois passer du blanc au rouge, puis au vert ou un truc du genre. Je serre les mâchoires, ne sachant comment réagir.

Une sublime blonde aux yeux bleus pénètre d'un pas sûr dans la salle bondée de flics, comme si elle était chez elle. Juchée sur des talons de quinze centimètres, moulée dans une robe tailleur noire à galons rouges et maquillée comme si elle allait au bal, elle m'adresse un sourire triomphant.

— Marc, voici l'agent spécial Anderson. Tu feras équipe avec elle les prochaines semaines, m'explique Jo.

Pas besoin de préciser, j'ai très bien compris, merci. Et je sais mieux que personne dans quelle galère elle vient de me fourrer. La blonde psychopathe qui m'a lacéré le dos pendant que je la prenais contre un arbre est un agent spécial. *Bordel de merde !*

CHAPITRE 3
CAMÉLIA « UNDERCOVER »

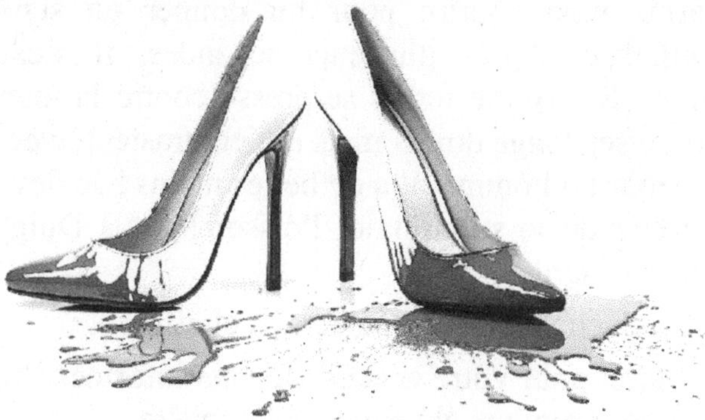

J'observe le grand blond avec un mélange de surprise et de contrariété. *Comme on se retrouve, Petit Poisson !* Bon, je n'avais pas prévu ça. En partant hier soir, je lui ai effacé la mémoire. (Oui, je sais, Morgan, mon chef d'équipe, ne serait pas d'accord, mais je vais vite me faire remarquer si tous mes rencards vivent autour du même pâté de maisons.) Alors, pourquoi me fixe-t-il comme s'il venait de rencontrer une extraterrestre ?

Dans de très rares cas, le sortilège ne fonctionne pas. Ou peut-être appartient-il à cette micro-fraction d'Ordinaires immunisés contre la magie ? Flûte ! Il fallait que ça tombe sur lui. Peu importe, je me compose un sourire de circonstance, le toise avec malice et lui tends une main amicale.

— Enchantée, vous pouvez m'appeler Camélia.

Il regarde ma paume comme si elle était couverte d'une substance toxique et grimace. Je lève un sourcil et patiente.

— Sawyer, fais pas ta tête de mule, le prévient sa cheffe.

Ses narines se dilatent comme celles d'un taureau en colère et une veine bat sur son front. On dirait qu'il va exploser. Il était beaucoup plus mignon hier soir. Mais j'ai un gros faible pour les mecs avec du caractère, alors je ne me démonte pas et élargis mon sourire pour lui donner un semblant de bienveillance. Après plusieurs secondes, il s'exécute en soupirant. Sa paume ferme se presse contre la mienne et je remarque ses longs doigts mats qui contrastent avec ma peau claire. Pour un homme, il a de belles mains ! Je devrais peut-être arrêter de le surnommer Poisson ! Mais Doigts-de-fée, c'est trop efféminé.

Je le relâche et me tourne vers sa cheffe.

— Merci pour votre accueil. Je vais informer l'inspecteur Sawyer des premiers éléments de l'enquête.

Elle hoche la tête et se lève, annonçant la fin du briefing. Les agents se dirigent vers la porte, non sans se tourner plusieurs fois vers mon Petit Poisson qui affiche toujours cette mine renfrognée, même quand son coéquipier vient lui donner une tape réconfortante sur l'épaule. Le grand brun aux cheveux très courts me fait frissonner de plaisir avec ses magnifiques yeux verts mis en valeur par une peau caramel. Celui-là aussi, je le goûterais bien, même s'il a l'air trop gentil. Mais je le garde sous le coude au cas où je m'ennuierais pendant l'enquête. Morgan ne m'avait pas prévenue qu'il y avait autant de beaux spécimens chez les flics Ordinaires. Je devrais peut-être me faire muter dans le quartier.

Je me tiens dos au mur, les bras croisés sur la poitrine, et observe avec amusement le défilé d'agents curieux et moqueurs qui quittent la salle sous le regard furibond de Marc. Lorsqu'il ne reste que nous deux et la cheffe, je prends place dans un fauteuil et sors un minuscule carnet noir bordé de rouge de mon sac à main.

— Vous assistez au briefing ? interrogé-je sa supérieure.

— Non, je connais déjà l'essentiel. Vous me ferez un rapport sur les avancées de l'enquête chaque semaine et me tiendrez au courant des éléments importants en direct.

— C'est noté. Certains points devront rester confidentiels, conformément à nos accords. Je vous demanderais donc de bien vouloir signer ici, tous les deux, dis-je en dépliant un formulaire.

— Une clause de confidentialité ? Et puis quoi encore ? s'insurge mon poisson en croisant les bras et en me fusillant de ses beaux yeux qui ont pris une teinte orageuse.

— Tu entres dans la cour des grands, mon chou. Je ne peux pas te donner la clé sans garantie, expliqué-je en lui tendant la feuille et un stylo noir.

— Vous allez me pourrir jusqu'au bout, pas vrai ? grommelle-t-il en s'emparant du stylo pour griffonner sur le papier.

C'est tout juste si sa signature ne déborde pas sur la table et ne traverse pas le support, tant il y met de la vigueur. Je me contente de lui renvoyer un sourire innocent puis fais glisser le formulaire vers sa cheffe que je gratifie d'un clin d'œil complice.

— C'est un honneur pour nous de collaborer avec votre service sur cette affaire, assure-t-elle tout en signant.

Elle me rend le papier avec un sourire avant de s'adresser à Marc :

— Pas de conneries, d'accord ? Tu fais comme on a dit, je te fais confiance sur ce coup.

Ils se jaugent du regard pendant de longues secondes, jusqu'à ce que Marc soupire et hoche la tête. *Bien, à nous deux, Petit Poisson !*

La cheffe, Joséphine, quitte la salle à son tour et referme la porte derrière elle. Mon nouvel agent reste planté debout, devant la table, dans une attitude hostile.

— Tu devrais t'asseoir, l'encouragé-je. Tu risques un lumbago.

Son regard révolté m'apprend qu'il n'est pas sensible à la plaisanterie. Dommage, les prochaines semaines vont être dures pour lui !

— Tu le savais ? Pourquoi tu n'as rien dit ? attaque-t-il tout en faisant les cent pas entre la table et la fenêtre.

— À quel propos ? le questionné-je avec innocence.

Honnêtement, je ne doute pas qu'il parle de notre rencontre fortuite de la veille. Mais je n'ai pas envie de lui faciliter la tâche. S'il veut jouer au con, je ferai pareil. Rien à cirer qu'il me déteste, ce n'est qu'un Ordinaire. Même si c'est un bon coup. Après l'enquête, il aura vite fait de m'oublier, et moi, de trouver un autre casse-croûte, inutile d'en faire un drame.

— Tu sais très bien de quoi je parle. Pourquoi tu n'as pas dit qu'on allait bosser ensemble ?

— Parce que je n'en savais rien, mon chou. Ce n'est pas écrit « flic » sur ton front, répliqué-je en illustrant mes propos d'un geste du doigt.

Il s'arrête net pour se planter face à moi puis se penche en avant, les deux mains sur la table, jusqu'à ce que son souffle effleure mes cheveux. S'il croit m'impressionner, il peut rentrer dans sa tanière. Je bascule contre le dossier avec désinvolture, croise les bras dans une allure de défi, sans me départir de mon sourire. *Tu ne t'y attendais pas à celle-là, hein ? Avoue, Petit Poisson !* Bon, pour l'instant, il ressemble plus à un requin décidé à croquer un surfeur qu'à une truite arc-en-ciel qui gobe les moustiques.

— Tu bosses pour qui, exactement ? fulmine-t-il. Le MI5 ? Interpol ?

— C'est secret défense.

Je vais éviter de lui dire que je suis au service du Consul des Autres (la communauté magique) de Nyx ou il risque de très, très mal le prendre. Outre le fait qu'il n'a sûrement jamais entendu parler des Autres, lui expliquer qu'il est lui-même un Ordinaire, sans intérêt, doté d'une espérance de vie de moucheron comparée à la mienne, risque de le mettre dans de mauvaises dispositions. Et comme on est censés faire équipe, mieux vaut ménager son ego.

— Foutaise ! Et je suis certain que tu savais exactement qui j'étais. Tu ne vas pas me faire croire que tu n'as pas fait quelques recherches sur ton nouveau coéquipier avant de débarquer ici !

— Et pourtant, c'est le cas, répliqué-je sans me départir de mon calme.

Il a fini sa crise, le bébé ours, là ? Je commence à perdre patience. Je ne vais pas passer la journée à lui expliquer qu'il m'a juste tapé dans l'œil et que je ne savais pas avec qui j'allais bosser avant que sa cheffe me le présente. Morgan m'a transmis les infos, c'est lui qui s'est chargé des recherches, ou notre secrétaire. Qu'est-ce que j'en ai à faire, moi, d'avoir pour équipier un poisson ou un vieux, ou une petite jeunette ? Bon, c'est vrai que si j'avais eu mon mot à dire, de tous ceux que j'ai rencontrés depuis ce matin, c'est lui que j'aurais choisi, mais ce n'est pas une raison ! On a couché ensemble hier, on fait équipe aujourd'hui, point. Pas besoin d'en faire une montagne ! Pourtant, il n'a pas l'air du même avis. Sa veine bat fort sur son front. Ses lèvres sont pincées si fort qu'on les discerne à peine, et ses poings sont ancrés sur la table.

— Tu devrais te calmer, mon bichon, le temps va te paraître encore plus long si on se fait la tête.

Il rougit. De la vapeur s'échapperait de ses oreilles que ça ne m'étonnerait pas. Il ne répond rien, son regard toujours rivé au mien avec une intensité qui me donne envie de sauter par-dessus la table pour lui arracher ses vêtements.

J'inspecte la pièce qui est vitrée sur deux côtés. L'un donne sur la rue, l'autre sur l'open space où s'alignent les box des agents. On ne se sent pas du tout épié ! *Oh, un store !* Je marmonne une phrase en langage ancien, les rideaux se déroulent, nous isolant des coups d'œil indiscrets. Surpris, Marc relève la tête pour chercher une explication. Je dissimule la petite étincelle rouge dans mes iris qui pourrait me trahir et me mords la lèvre. Son regard revient vers moi, il est plus étonné qu'en colère à présent.

— Pour ça aussi, tu vas me soupçonner ? le taquiné-je.

Il se redresse et hausse les épaules.

— C'est un vieux bâtiment, tout tombe en morceaux ici.

Il n'essaie même pas de relever les stores. Les mains dans les poches, il me toise avec méfiance.

— On va devoir faire équipe, tu sais. Ça serait bien que tu arrêtes de me déshabiller du regard, dis-je pour le provoquer doucement.

Ses pupilles se dilatent et un léger sourire éclaire son visage.

— Tu prends tes rêves pour la réalité. Je me demandais juste quel autre coup bas tu prépares, rétorque-t-il.

— Ah oui ? Je suis déçue. Moi qui pensais avoir une nouvelle occasion d'arracher ta chemise…, soupiré-je avec une moue désolée.

Les muscles de sa mâchoire tressaillent de manière presque imperceptible. Sans le savoir, il vient de lancer le deuxième round de notre partie de chasse. *Je t'aurai, mon poisson, encore ! Jusqu'à ce que tu admettes à quel point je te plais !*

Il esquisse un mouvement de recul avant de se laisser tomber sur la chaise en face de la mienne.

— OK. On va bosser ensemble sur cette enquête, mais ça restera professionnel entre nous, m'assure-t-il.

— Si tu le dis.

Il lève les yeux au plafond puis reprend une attitude on ne peut plus sérieuse.

— Bon, on le fait ce briefing ? s'impatiente-t-il.

— Mais je n'attends plus que toi, mon chou ! rétorqué-je avec un sourire aguicheur appuyé d'un clin d'œil.

Il soupire et appuie ses coudes sur la table, prêt à écouter.

— Selon nos premières informations, on compte douze disparitions, toutes à Nyx. Aucune victime n'a été retrouvée, que ce soit morte ou vive. Les profils sont très variés : sexe, âge, détails physiques, profession, nous n'avons trouvé aucune concordance entre elles jusqu'ici.

Je passe sous silence que leur seul point commun est de n'avoir aucun lien avec la communauté « Autres », malgré les traces de magie qui imprègnent chaque scène d'enlèvement. Nous avons essayé de mener l'enquête de notre côté, mais devant l'urgence de la situation, nous avons préféré collaborer avec le commissariat Ordinaire pour qu'aucune piste ne nous échappe. Les humains, de par leur vie plus courte et leur fragilité, sont imprévisibles. Peut-être que Marc s'attardera sur des détails qui m'échappent, et inversement.

Il acquiesce d'un mouvement de tête, m'invitant à poursuivre.

— Le mode opératoire change à chaque fois : enlèvement en pleine rue, disparition du domicile, absence au travail. Ce sont souvent les familles ou les amis qui nous alertent quelques minutes, heures ou jours après l'incident, mais aucun témoin n'a été en mesure de nous fournir un portrait cohérent du ou des ravisseurs. On peut donc supposer qu'il s'agit d'un groupe d'individus qui agit sur commande.

— La grande question est de savoir qui commande, conclut mon agent en plissant le front.

— Exact.

— Donc, vous n'êtes pas plus avancés que nous, fait-il remarquer.

Je lève un sourcil et penche la tête sur le côté.

— À ton avis, pourquoi ferait-on appel au super détective Marc Sawyer ? murmuré-je sur un ton conspirateur.

Il redresse le menton et me gratifie d'un sourire narquois.

— C'est ça. T'es pas douée pour le léchage de bottes, rétorque-t-il, même si je perçois l'amusement dans sa voix.

— Je suis douée pour autre chose, si tu veux que je te montre, à l'occasion.

Son regard se fait perçant et il croise les bras.

— Je n'entrerai pas dans ton jeu. Tu es peut-être belle, mais tu ne me fais pas plus d'effet que ça.

Je souris intérieurement. *Tu fais tout le contraire de ce que tu dis, mon bichon.*

CHAPITRE 4
MARC EN VADROUILLE

Il est 22 h 12. Ça fait deux jours que je promène l'agent Sexy-casse-bonbons (c'est son nouveau surnom officiel), comme un boulet, à travers la ville. Cette fois, nous nous rendons sur les lieux supposés d'un nouvel enlèvement. Les brigades ont ordre de nous appeler pour chaque disparition suspecte. Ça fait beaucoup de terrain à couvrir et énormément de fausses alertes ou de fausses pistes, mais ne pas prendre chacune d'elles au sérieux pourrait nous priver d'un indice clé.

Les collègues sont déjà sur place pour tenir la foule, attirée par les cris d'un témoin, à distance. Du ruban de signalisation définit un périmètre de sécurité autour de la sortie d'un restaurant indien. Des gyrophares bleus clignotent et une ambulance est venue en renfort. Assise sur un brancard, une couverture de survie sur les épaules, une femme d'une trentaine d'années, avec de longs cheveux noirs tressés et des lunettes rondes de travers, fixe le vide en tremblant.

Je soulève le cordon de sécurité en envoyant balader deux journalistes qui nous mitraillent et commencent à poser des questions. À mes côtés, Sexy-casse-bonbons déambule en tailleur rouge foncé avec ses talons gratte-ciel. Ça ne rate pas, l'un des reporters l'interpelle et lui attrape le bras.

Elle lui adresse un sourire ravi puis se retourne pour lui faire face. Et merde ! Elle ne peut pas juste me suivre ? Je croyais qu'une des caractéristiques des agents infiltrés, c'était la discrétion ? Apparemment, elle a zappé le mémo. Je m'arrête pour l'attendre pendant qu'elle lui glisse quelques mots, et tape du pied avec une impatience non dissimulée. Mais quel boulet ! C'est la règle numéro un sur toute enquête : on n'adresse pas la parole à ces vautours ! Je la fusille du regard, même si elle me tourne le dos. Avec sa petite jupe qui lui moule les hanches et lui arrive à mi-cuisse, sa veste cintrée qui met en valeur le galbe de ses fesses, elle attire tous les regards comme la lumière attire les moustiques. Et moi, j'ai l'impression d'être le ruban collant qui les intercepte. Je fais un pas dans sa direction pour couper court à leur discussion avant qu'elle ne transmette des informations compromettantes, mais le journaliste lui adresse un signe de la main puis s'éloigne de la scène sans même prendre une photo. Sexy-casse-bonbons se tourne vers moi avec un sourire satisfait.

Je lève les yeux au ciel et soupire.

— Allez, on n'a pas de temps à perdre, la sermonné-je en me dirigeant vers la jeune femme qui s'est mise à sangloter sur son brancard.

— J'ai réussi à le faire partir, je te ferais remarquer.

— Tu lui as promis quoi en échange ?

Elle se mord la lèvre d'un air suggestif et me lance un regard en coin.

— C’est pas vrai ? Tu vas coucher avec un journaliste ?

— Et alors ? Il est plutôt mignon ! T’es jaloux, mon bichon ?

Je secoue la tête, exaspéré par son comportement. Je ne suis pas jaloux, qu’est-ce qu’elle va chercher ! De toute façon, on ne fera plus rien ensemble. Je ne couche pas avec mes collègues, encore moins avec les furies dans son genre ! Je ne réponds rien, reporte mon attention sur la victime, avant de lui demander son nom.

— Racontez-nous ce qui s’est passé, l’encouragé-je.

— On… On… on est sortis du restaurant et... et... et une chose a… elle nous a… Nick a disparu !

Tremblante comme une feuille, la jeune femme fond en larmes contre mon épaule. Je frotte une main dans son dos pour la réconforter. Camélia reste silencieuse et inspecte les alentours tout en prenant quelques notes dans son carnet de grand couturier. Elle serait mieux placée pour soutenir la victime, mais elle n’a pas l’air d’éprouver la moindre empathie envers elle. C’est bien un truc d’agent secret, ça ! Ils se croient au-dessus du commun des mortels, sont blasés de tout.

— Vous pouvez nous décrire l’agresseur ? demande-t-elle finalement d’un ton neutre.

La jeune personne redresse la tête et la fixe de ses yeux larmoyants.

— Je… grand… tout en noir…

Sexy-sans-cœur note ces informations et lui adresse un sourire compatissant tellement faux que même un aveugle pourrait le deviner.

— Allez vous reposer, nous reviendrons vous poser des questions quand vous vous sentirez mieux, interviens-je avant qu'elle ne refasse une crise.

Un médecin lui donne quelques comprimés à avaler. On n'en tirera rien de plus.

— Je vais prendre votre adresse, continue Camélia. Nous vous verrons demain.

La victime s'exécute avant de s'accrocher à moi et de bredouiller :

— Vous allez retrouver Nick, hein ? S'il vous plaît.

— On va tout faire pour, répond Camélia.

— Je vous le promets, rajouté-je en gratifiant ma coéquipière de fortune d'un regard noir.

Un subalterne s'occupe de raccompagner la jeune femme. Je décide quant à moi d'aller vérifier auprès de mes collègues s'ils ont relevé des indices intéressants. Évidemment, mon boulet me suit comme mon ombre.

— Tu n'as vraiment pas de cœur, lui fais-je remarquer.

— Et toi, tu n'as pas le droit de faire une promesse sans être sûr de pouvoir la tenir. Tu lui diras quoi si on retrouve le corps de son petit ami en rondelles ? Que oui, tu l'as retrouvé, mais pas à temps ?

Elle marque un point, ce qui me rend encore plus bougon. Son regard affûté continue de balayer la scène avec attention.

— Tu as noté un détail intéressant ?

— Juste que ça sent les épices et que, pour un bon restaurant, il n'y a pas beaucoup de clients.

Et moi qui espérais en tirer quelque chose...

Mes collègues terminent de relever les indices ; ils m'informent qu'ils n'ont rien remarqué. Pas de caméra de surveillance, pas d'autres témoins que la petite brune. Les clients se souviennent juste que le couple s'est chamaillé pour payer l'addition avant de sortir du restaurant. Moins d'une minute plus tard, la fille s'est mise à hurler. Une épaisse fumée noire s'est répandue sur le trottoir dans un bruit d'explosion. Mais le temps qu'ils accourent, son petit ami s'était volatilisé et il n'y avait aucune trace d'un potentiel agresseur. Les chauffeurs qui passaient par là au même moment n'ont rien vu, absolument rien, à cause de la fumée qui s'est évaporée aussi soudainement qu'elle est apparue. Tout cela a provoqué un gigantesque accident à l'intersection des deux boulevards et un début d'incendie entre deux voitures. Les premiers secouristes ont tiré les victimes de là. Ça ne sent pas bon, cette histoire. On n'a pas l'ombre d'une piste pour avancer.

Je quitte la scène, dépité, pour rejoindre ma voiture, deux rues plus loin. C'est compter sans Sexy-sans-cœur qui m'emboîte le pas.

— On a terminé pour ce soir, la préviens-je. Tu peux partir, on fera le point demain avec le chef.

— Tu ne proposes même pas de me raccompagner ? Il est tard, c'est dangereux pour une femme de rentrer seule, minaude-t-elle.

— Je me fais plus de soucis pour le gars qui t'accostera, riposté-je en riant.

Son visage se décompose et elle se tord la bouche dans une grimace hésitante.

— Ça va, j'ai compris. Je vais rentrer à pied, murmure-t-elle en baissant la tête.

Elle me prend vraiment pour un jambon ? C'est un agent surentraîné et elle a peur du noir ?

J'ouvre la portière de ma voiture puis l'observe s'éloigner sur le trottoir d'une ruelle quasi déserte. Dans cette tenue, elle ne fera pas dix mètres sans se faire repérer. Je déteste cette femme, mais je n'ai pas envie d'avoir sa mort sur la conscience. Le kidnappeur est peut-être toujours dans le coin. Je soupire et mets le contact avant de rouler jusqu'à elle.

— Grimpe, dis-je en abaissant le carreau.

Elle m'adresse un sourire rayonnant, je me morigène de la laisser gagner à ce petit jeu. Je me retiens de la planter là et de démarrer en trombe juste pour voir sa tête, mais il paraît que je suis un gentleman, alors je la laisse s'installer sur le siège passager avant de lui demander son adresse.

— L'hôtel Blue Lion, m'indique-t-elle en me prenant clairement pour son taxi.

— Je te raccompagne et c'est tout, la préviens-je.

À cette heure-ci, les boulevards sont encore très fréquentés, aussi, je coupe par les petites rues en suivant ses indications.

— Tu n'as pas de voiture ? l'interrogé-je.

Elle hausse les épaules.

— Pour quoi faire ? s'étonne-t-elle.

— Je ne sais pas, pour rentrer toute seule, par exemple, ou ne pas avoir à te trouver un chauffeur.

— Ça serait moins drôle. Imagine si j'avais le don de me téléporter ? « Plop » et j'arriverais devant ma porte, mais toute seule.

J'éclate de rire. Elle peut se montrer divertissante quand elle veut.

— Ça fait partie de tes qualités ?

— Quoi ? Me téléporter ? m'interroge-t-elle en me fixant d'une drôle de manière.

— Non, l'imagination !

Je ne suis pas stupide au point de croire tout ce qu'elle me raconte, surtout quand il est question de pouvoirs magiques. Je suis flic, merci, j'ai quand même un certain sens critique.

— Oh. Je ne pense pas, non. On me dit souvent que je suis trop pragmatique, continue-t-elle avec sérieux.

Je me détourne de la route pour l'observer à la dérobée.

— Trop pragmatique ? me moqué-je. C'est ce qui te pousse à t'habiller en tailleur haute couture pour arpenter les scènes de crime ?

— Tu préférerais un jean-baskets-casquette ? rétorque-t-elle en arquant un sourcil.

Je secoue la tête. C'est peine perdue de lui faire entendre raison.

— Non, juste une tenue plus discrète.

— Hé, c'est très discret, là. J'ai choisi du rouge sombre et une jupe longue !

Je manque de m'étrangler, mais me force à me concentrer sur la route. *C'est pas vrai ! Je raccompagne ma collègue nympho et on parle chiffons dans la voiture. Non, mais on a basculé dans une dimension parallèle ou quoi ?*

— Tu es aussi discrète qu'une tornade en rase campagne. Tout le monde se retourne sur ton passage. Tu n'as jamais remarqué ?

— C'est un compliment ?

Je sens le poids de son regard sur moi et ma température corporelle monte d'un degré.

— Tu sais très bien que non. Ne joue pas à ce petit jeu avec moi, ça ne marche pas.

— Quel petit jeu ? m'interroge-t-elle en dépliant son bras contre le carreau de la portière.

Son autre main reste sagement posée sur sa cuisse et j'ai bien envie qu'elle dérape jusqu'à la mienne, mais non, je dois bien me tenir.

— Tu ne m'auras pas une deuxième fois. Je ne mélange pas le sexe et le travail.

— Hum, souffle-t-elle avec un petit sourire énigmatique. Dommage… moi qui pensais avoir trouvé un adversaire à ma taille…

Un soupir exaspéré m'échappe. J'ai bien envie d'ouvrir la portière et de lui demander de sortir. Tant pis pour elle, elle n'aura qu'à rentrer à pied.

— C'est ici, m'indique-t-elle.

Une vitrine lumineuse avec une enseigne dorée apparaît au bout de la rue. Nous sommes dans le quartier huppé de Nyx, et l'hôtel affiche quatre étoiles. Je pousse un sifflement.

— Eh bien, ils ont les moyens au gouvernement. C'est pas comme dans la police.

Je me gare au plus près. La façade en pierre de taille est percée de grandes fenêtres colorées qui laissent entrevoir de gros lustres à breloques. C'est un décor à l'image de ma coéquipière, clinquant et impressionnant.

— Tu veux entrer boire un verre ? demande-t-elle.

— Non, merci.

— Petit joueur ! Je te fais peur ? me provoque-t-elle.

Une lueur malicieuse traverse son regard.

Je soupire puis secoue la tête avec une détermination que je suis loin de ressentir. Les souvenirs de notre soirée me donnent des bouffées de chaleur. Si elle insiste, je vais encore céder et lui arracher ses vêtements comme un sauvage.

— Je crois surtout que tu ne supportes pas qu'on te résiste, répliqué-je en me penchant par-dessus ses longues jambes pour ouvrir sa portière.

Elle saisit ma main avant que je ne reprenne ma place afin d'enlacer nos doigts. Je la repousse sans douceur, dans un claquement de langue.

— Bientôt, tu me supplieras de recommencer, me promet-elle en se mordant la lèvre inférieure.

Elle me défie un court instant du regard, avant de descendre. Je la regarde disparaître dans le hall de l'hôtel puis laisse retomber ma tête contre le dossier et ferme les yeux. J'ai eu chaud. J'étais à deux doigts de me faire prendre à son piège.

Mais pas question que je cède du terrain, ou cette enquête va devenir un véritable enfer !

Je redémarre en trombe, direction mon appartement, à trois pâtés de maisons d'ici, des images de Camélia nue plein la tête.

CHAPITRE 5
CAMÉLIA S'INCRUSTE

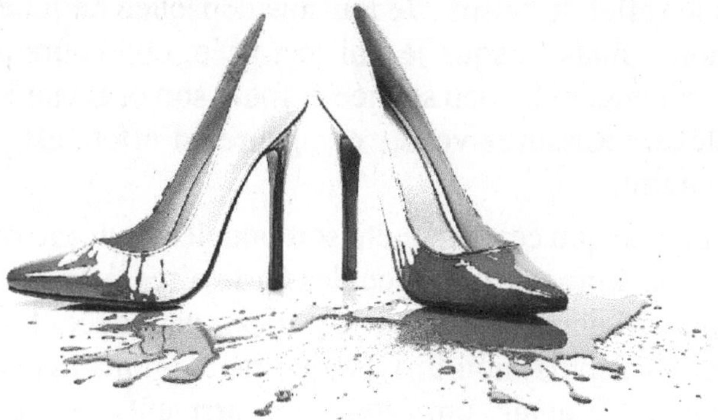

Je referme la porte de la suite que j'occupe au sixième étage de l'hôtel et jette mon sac à main sur le canapé avant de m'y laisser choir. J'ai bien failli ramener mon poisson jusqu'ici. Si j'avais insisté encore un peu, il me serait tombé dans les bras. Sauf que ça n'aurait pas eu autant de charme et qu'il aurait mis trois jours à se remettre de mon tour de cochon. Et je n'ai pas envie de bosser dans une mauvaise ambiance, c'est bien plus drôle de pouvoir le taquiner.

Je me relève, ouvre le bar à vin pour en sortir la bouteille de rouge entamée et m'en servir un verre. Assise dans le fauteuil face à la grande baie vitrée qui donne sur le boulevard animé, je déguste le cépage. Rien de tel pour bien terminer la journée. Je me félicite encore d'avoir pris une chambre dans le quartier Ordinaire plutôt que de me téléporter dans mon appartement tous les jours. C'est bien plus facile de donner le change en logeant ici. Il faut juste que je réprime mon réflexe de me dématérialiser à tout bout de champ. C'est assez simple quand Marc est là puisque mon envie de le taquiner et de le pousser à bout l'emporte sur le côté pratique ; mais avec les autres, je dois faire plus attention. Ce matin par exemple, en sortant de la salle de pause du commissariat, je me suis projetée dans le couloir qui mène aux toilettes. Une des agentes a failli hurler en me voyant apparaître derrière elle dans le reflet du miroir. Je me suis dépêchée de lui effacer la mémoire, mais lorsque je l'ai recroisée, une heure plus tard, elle était encore un peu sonnée et fixait son ordinateur d'un air perplexe. Rassurez-vous, ce genre d'effet est toujours temporaire.

J'ai hâte que cette enquête soit bouclée pour me déplacer à ma guise. Coincée au milieu des Ordinaires, je me sens très à l'étroit. Malheureusement, ce n'est pas avec les indices recueillis depuis mon arrivée que nous allons débusquer les coupables. J'avais un espoir en arrivant sur le lieu de l'incident, ce soir. Cette jeune femme qui a vu disparaître son ami aurait pu nous être d'une aide précieuse. C'était la première à se rappeler, elle était peut-être immunisée contre les sorts anti-souvenirs, mais j'ai vu dans ses yeux les réminiscences de la soirée s'évaporer. L'envoûtement a agi à retardement. Car je suis certaine que c'en est un. Il y a une sorcière parmi les kidnappeurs, assez puissante pour effacer la mémoire d'une foule de témoins et ouvrir un portail. À moins que quelqu'un ne téléporte les victimes. Les traces de magie qui subsistent sont trop infimes pour m'aider à identifier les coupables et je ne détecte aucune vibration, comme si rien ne s'était jamais produit. Ils sont doués, je dois au moins leur reconnaître cette qualité. Espérons que me fondre dans le quotidien des Ordinaires m'aidera à comprendre leur mobile…

Mon verre de vin terminé, je sors la carte de visite du mignon journaliste rencontré sur la scène de crime. Je la fais tourner entre mes doigts. Est-ce que je l'appelle maintenant ou le garde en joker pour plus tard ?

Je pèse le pour et le contre.

Pour : je suis frustrée que Marc n'ait pas cédé à mes avances ce soir. J'avais envie de lui sauter dessus dans la voiture, de me mettre à califourchon sur ses cuisses et d'arracher sa chemise pour me délecter de son torse puissant et tout bronzé. Je l'aurais exploré avec ma bouche, mes mains, mes ongles, jusqu'à ce qu'il en gémisse de plaisir.

Contre : si je croque mon journaliste maintenant, je n'aurai plus rien d'intéressant à me mettre sous la dent demain. Et il ne s'agit pas de commencer un nouveau tableau de chasse dans le quartier Ordinaire. Si je dois tous leur effacer la mémoire pour qu'ils oublient le rouge incandescent de mes iris quand je prends mon pied, ça risque d'occasionner quelques soucis de comportement, le temps que leurs cerveaux s'en remettent. Je ne veux pas être la cause d'une déviance massive de leur population. Si je me fais remarquer, le Consul va me taper sur les doigts.

Je soupire et bascule la tête en arrière. Si mon poisson avait accepté de monter boire un verre, on n'en serait pas là. Tant pis, j'appelle le journaliste.

Après trois tentatives qui aboutissent sur sa messagerie, je renonce, encore plus frustrée. À quoi ça sert d'avoir un fichu téléphone ? C'était presque plus rapide de communiquer par pigeon voyageur, dans mes jeunes années ! Ils commencent à me courir sur les nerfs, tous, à jouer les effarouchés ! La pendule qui orne le dessus de la télé indique un peu plus de vingt-trois heures trente. Je n'aurai aucun mal à dégoter un nouveau casse-croûte dans un bar sympa.

Motivée, je fais un détour par la salle de bains pour me rafraîchir, passe une robe qui m'arrive aux genoux, avec un décolleté plongeant dans le dos, noue mes cheveux en un chignon élégant, me remaquille et enfile des escarpins noirs. Dissimulant ma tenue sous un épais manteau en cachemire, même si je suis très peu sensible au froid, je sors de l'immeuble et me téléporte près du quartier animé de Libernoctis, réputé pour ses bars à thèmes et ses bons restaurants.

En tant que demi-démone, j'ai hérité de certains pouvoirs, dont celui de me matérialiser n'importe où dans le monde, mais je ne peux traverser ni mur ni porte, d'où la nécessité de me trouver en extérieur. La ruelle dans laquelle j'atterris est assez sombre pour dissimuler mon apparition. Je vérifie qu'aucun Ordinaire ne regarde dans ma direction avant de m'engager dans la rue à l'ambiance festive. Plusieurs bars s'alignent, débordant de petits groupes joyeux qui partagent des bières et rigolent sur les terrasses. Je passe mon chemin, à la recherche d'un endroit un peu plus calme, à l'atmosphère plus feutrée. Après un premier verre dans une petite taverne où les clients dansent au son des cornemuses, je décide de changer de décor. Pas de beaux mecs à l'horizon. Je continue d'explorer le quartier, essaie une deuxième enseigne, puis une troisième, quand, derrière une vitrine, j'aperçois mon poisson accoudé à un bar, en compagnie d'une bière. Ma bouche s'étire jusqu'à mes oreilles de contentement. *Ah, ah ! Deuxième round !*

Je pousse la porte puis pénètre dans la petite salle à l'atmosphère moins festive. Un match de foot est diffusé à la télé et le barman essuie tranquillement un verre en discutant avec Marc. Il lève les yeux à mon entrée, se redresse en esquissant un sourire un peu trop commercial. Mon poisson, qui me tourne le dos, ne m'a pas encore remarquée, mais le changement d'attitude de son vis-à-vis le fait réagir. Il pivote et son expression s'assombrit. Demi-tour. Il se plonge dans la contemplation de son verre, choisissant de m'ignorer.

— Tu la connais ? lui demande le barman sans se départir de son sourire.

Les quelques clients qui occupent les tables du fond suivent mon cheminement jusqu'au tabouret voisin de Marc. Ç'a un goût de déjà-vu et j'espère bien que la fin ressemblera aussi à notre rencontre.

Je m'installe tranquillement, plie mon manteau sur le siège d'à côté, révélant par la même occasion la sublime coupe de ma robe et son décolleté, puis m'adresse au tenancier des lieux :

— Je suis sa coéquipière, Camélia, me présenté-je en lui tendant la main.

Il se penche, applique ses lèvres sur le dessus, comme à la vieille époque, avant de se redresser.

— Andrew, pour vous servir. Je suis le frère de Marc.

Je cherche des similitudes entre ses yeux de chien battu, son nez un peu écrasé, et le visage d'apollon de Marc. À la rigueur, peut-être les lèvres fines ou encore leurs traits réguliers. Ils ont sensiblement le même âge et la même carrure, mais Andrew est plus mince. Devant ma moue dubitative, il croit bon de préciser :

— Demi-frère. Nous avons le même père.

— Qu'est-ce que tu fais là ? bougonne Marc.

— Oh, pardon ! ricané-je en déposant mon sac à main sur le comptoir, je ne savais pas que ce bar t'était exclusivement réservé.

— Camélia, la journée est terminée, j'aimerais bien boire un verre tranquille, marmonne-t-il.

— Je ne te suivais pas. J'ai vu de la lumière et je suis entrée.

Il éclate d'un petit rire grave.

— Tu ne m'avais pas dit que Nolan s'était transformé en une blonde super sexy, intervient son frère.

Tant qu'il ne dérive pas vers des adjectifs moins gracieux, ça se passera bien. Dans le cas contraire, je lui expliquerai comment on s'adresse à une dame, avec ma propre méthode. Attaché à un lit, bâillonné pour qu'il ne puisse pas crier et mes dents plantées dans un endroit délicat, je suis certaine qu'il apprendra vite !

Je lui souris de toutes mes dents.

— Au moins un qui sait apprécier les belles choses, fais-je remarquer.

Mon poisson soupire, son visage se ferme. Il n'est pas dans son assiette. Peut-être devrais-je arrêter d'insister et me rabattre sur le frangin pour ce soir. J'observe une nouvelle fois celui-ci. Il a l'air sympathique, un petit sourire coquin illumine son visage. Non, trop facile. Il suffit que je le frôle pour qu'il cède. À côté, l'ourson mal léché est bien plus attirant.

— Tu devrais être content de bosser avec une belle fille, insiste Andrew en m'adressant un clin d'œil.

Oui, définitivement trop facile.

— Je préfère bosser avec Nolan.

Nolan, le beau métis aux yeux verts. Je me souviens de lui, même si je ne l'ai croisé que deux ou trois fois en sortant du bureau de Joséphine.

— Parce que je suis trop intelligente ?

Il se tourne vers moi, la mâchoire crispée et le regard sombre.

— Parce que tu es un vrai boulet. Elle se balade sur les scènes de crime en minijupe et talons aiguille, ajoute-t-il à l'intention de son frère.

— C'est plus classe que la tenue réglementaire, me complimente Andrew.

— Oui, mais ça distrait les agents. On se fait trop remarquer.

À mon tour de soupirer. Il ne comprend rien à rien. Je déteste les uniformes et j'adore les robes en satin. Pendant plusieurs siècles, je me suis conformée aux exigences vestimentaires, mais j'en ai soupé. Tout y est passé, de la crinoline qui m'empêchait de respirer au treillis en jute qui allait de pair avec les cheveux courts sous le béret.

— Je peux avoir un verre de vin rouge ? demandé-je, au lieu de le relancer avec une réplique acerbe.

Andrew jette un regard en coin à son frère.

— Quoi ? bougonne Marc en prenant une nouvelle rasade de sa bière.

— Tu as vexé la jolie Camélia.

Il hausse les épaules avant de me faire face et plante ses beaux yeux gris orageux dans les miens.

— Bon, qu'est-ce que tu veux ? demande-t-il en s'appuyant contre le bar.

J'esquisse un sourire.

— Simplement me détendre après une longue journée.

Andrew me tend un verre de liquide pourpre qui embaume le fruit rouge. Je le remercie d'un clin d'œil et avale une gorgée du breuvage. Mon poisson continue de me fixer en haussant un sourcil, pas dupe de mon manège. Je ferais peut-être mieux de renoncer pour ce soir. Mais le jeu est trop amusant et j'ai envie de tester ses limites.

— Tu en penses quoi, de la dernière disparition ? le questionné-je pour l'orienter vers un terrain plus neutre.

Andrew s'éloigne pour discuter avec un client, nous laissant parler boulot.

— Ça ressemble aux autres disparitions, aucun témoin utile, aucun indice, répond-il.

Il me fixe quelques secondes.

— Tu as noté un détail intéressant ?

Je hoche la tête et reprends une gorgée du délicieux nectar.

— J'ai constaté plusieurs similitudes avec les précédents enlèvements. Tu as remarqué qu'il n'y avait pas plus de dix clients dans le restaurant ?

— C'est une coïncidence. On est en semaine, c'est normal qu'il y ait moins de monde passé vingt-deux heures.

— Oui, c'est ce que je me suis d'abord dit. Mais l'enlèvement précédent a eu lieu sur le parking d'un supermarché, en pleine matinée. Et il n'y avait pas plus de cinquante personnes à l'intérieur. Celui d'avant, devant le cinéma, à la fin d'un film, douze spectateurs, et ainsi de suite.

Il me regarde d'une étrange façon, les lèvres pincées, les yeux froncés, sans rien répliquer. Je m'attendais au moins à ce qu'il éclate d'un rire moqueur ou balaye mon hypothèse d'un haussement d'épaules, mais non, il me fixe comme si mes cheveux avaient soudain pris une teinte verte.

— Tu n'es pas d'accord ? ajouté-je.

— Au mieux, c'est une théorie fumeuse. Ça ne nous aide pas à avancer. Des chiffres aussi hasardeux, ça ne fait pas un point commun entre les victimes.

— Non, mais ça nous en apprend un peu plus sur les ravisseurs.

Il lève un sourcil, intrigué.

— Ils font attention à ce qu'il n'y ait pas trop de témoins dans des endroits pourtant fréquentés. Ce qui veut dire que chaque enlèvement est prémédité. Ils viennent repérer les lieux, attendent le bon moment et embarquent le premier innocent qui passe. Ils sont méticuleux et futés.

— Qu'est-ce qui te fait dire qu'ils sont plusieurs ?

— Juste une intuition. La rapidité d'action, l'absence d'indices, les méthodes et les lieux différents, ça me fait penser à une bande organisée.

Ses lèvres s'étirent en un petit sourire, presque craquant.

— Quoi ?

Il lève son verre et avale une gorgée de bière.

— Rien, je pensais juste que tu déconnais tout à l'heure avec cette histoire de restaurant.

— Tu crois que je prends cette affaire à la légère ? m'étonné-je.

Nouveau haussement de sourcil par-dessus sa chope.

— C'est-à-dire qu'avec ton petit carnet tout neuf, tes robes moulantes, ton allure de bimbo tirée à quatre épingles, on ne dirait pas que tu as l'habitude du terrain.

— Eh bien, tu es à côté de la plaque, mon chou.

Il sourit, le nez toujours dans son verre.

— J'admets que tu me surprends. Tu bosses pour les services secrets depuis combien de temps ?

Je plisse les yeux, comptant mentalement le nombre d'années passées auprès du Consul de Nyx en tant que garde du corps, puis comme agent spécial. Soit plus de quarante ans. Quand même. Je n'avais pas réalisé que ça faisait aussi longtemps. Si je divise par dix, c'est crédible pour le poisson ? Avec mon physique de trentenaire…

— Tu n'es pas obligée de répondre si c'est une information confidentielle, fait-il remarquer.

— Non, j'essayais juste de me souvenir. Quatre ans et demi, au moins.

Comme ça, ce n'est pas un mensonge, pas vrai ?

Je reprends une gorgée de vin pendant que Marc m'observe avec une mine suspicieuse.

— Tu faisais partie de l'Élite, alors ?

L'Élite, si j'ai bonne mémoire, ce sont ceux qui avaient les meilleures performances aux entraînements militaires. Hum… est-ce que d'excellentes performances au lit, ça compte aussi ? Dans ce cas, je suis mieux que l'Élite ! Je hoche la tête. Si je suis douée pour jouer avec les limites de la vérité, j'ai pour règle d'or de ne jamais mentir. Enfin, pas sur les points importants, ou très peu, bref, pas quand la situation ne l'exige pas.

Il fait tourner le fond de sa bière dans son verre. Sacrée mauvaise habitude. C'est sûrement le seul humain qui préfère sa bière chaude et sans bulles.

— Tu aurais aimé intégrer les services secrets ? demandé-je en imitant son geste.

— Exact.

— Et… Tu as été recalé ?

— Exact.

Il cogne son verre vide sur le comptoir, ses lèvres figées en un pli amer.

— Je crois que je vais rentrer. Merci pour ce charmant moment, ironise-t-il en se levant.

Andrew range une bouteille et m'adresse un petit sourire dépité.

— Tant qu'il râle, c'est qu'il va bien, explique-t-il.

Mon poisson ouvre la porte, laissant entrer un courant d'air frais.

— Bonne nuit, lancé-je sans me retourner.

Les bruits de la rue s'estompent. Je termine mon verre, me demandant si je cherche un bar à l'ambiance moins morose, si je me contente du petit frère, ou si je file mon poisson en douce jusque chez lui, quand une vibration bien connue me fait lever la tête.

— Pour ta gouverne, mes performances étaient excellentes, souffle une voix grave contre ma joue.

J'en frissonne. Qu'est-ce qui se passe ? D'abord, il part en rogne, puis il revient se coller à moi ? Je l'ai peut-être ferré trop fort. Mais je saute de joie intérieurement, persuadée que, cette fois, je pourrai lui arracher sa chemise.

— Je n'ai aucun doute là-dessus, susurré-je en me tournant vers lui.

CHAPITRE 6

C'EST MARC QUI DÉCIDE

Je tourne les talons, persuadé que Camélia va me suivre, comme la première fois. Je me pose à l'angle d'une ruelle mal éclairée et observe le trottoir. Elle en met du temps à sortir ! Peut-être qu'elle est partie de l'autre côté. Rien ne me dit qu'elle a le sens de l'orientation. Après plusieurs minutes à fixer les badauds qui quittent les bars, je soupire de frustration. J'hésite à retourner la chercher, au risque qu'elle me prenne pour un abruti qui ne sait pas ce qu'il veut. Je ne pourrai pas la contredire. Je suis tiraillé entre l'envie de lui prouver que je ne suis pas à sa botte et celle de retrouver la douceur de ses courbes. Je dois me rendre à l'évidence, ce n'est pas ce soir que j'aurai l'occasion de céder à Sexy-casse-bonbons. De toute manière, c'est une très mauvaise idée. Si on couche ensemble, ça va ruiner nos relations de travail. Bon, OK, nos rapports sont déjà tendus et elle a le don de m'énerver rien qu'en apparaissant dans mon champ de vision. Mais si je succombe, elle deviendra infernale, c'est certain. Rien que d'imaginer son sourire satisfait après m'avoir fait jouir, j'en ai des bouffées d'agacement. Sauf que j'adore aussi ce petit air de chat qui se lèche les babines devant une glace au yaourt. Si on ne bossait pas ensemble, j'accepterais qu'elle me lèche partout. Mais là, non. Hors de question. Heureusement qu'elle ne m'a pas suivi.

Je quitte mon abri et prends le chemin de la maison. Je n'arrive pas à déterminer si je suis frustré ou fier d'avoir résisté à mon boulet de collègue. Agent secret. Tu parles ! Et dire qu'elle a fait partie de l'Élite… j'ai beaucoup de mal à le croire. Elle cherchait peut-être juste à m'impressionner. L'Élite. Il n'y a pas d'autre explication. À son âge, on ne gravit pas les échelons aussi vite sans appartenir à cette classe. Non, je ne suis pas envieux ! J'en ai fait partie, moi aussi. J'ai failli suivre le même parcours qu'elle. S'ils choisissent des agents dans son genre, je comprends pourquoi je n'ai pas intégré les services secrets. Pas assez voyant.

Je tourne à l'angle de ma rue, perdu dans mes pensées. Je devine la maison, deux cents mètres plus loin. C'est une bâtisse classique en pierre, coincée au milieu des autres sur Rove Street. Un gros buisson, que je taille une fois par an et qui se pare de grosses fleurs blanches au printemps, s'épanouit dans la petite cour délimitée par une barrière en métal. Quelques marches de briques mènent à la porte peinte en bleu marine, deux fenêtres avec persiennes trouent la façade sur la droite. Trois autres illuminent l'étage et un toit en ardoise flanqué de deux Velux complète l'ensemble. Elle n'a rien d'extraordinaire. Elle est même d'apparence plutôt austère, vue de la route, mais c'est chez moi. Mon espace d'intimité, celui où je reçois les personnes qui sont importantes à mes yeux, quelques amis, mon frère et Nolan pour regarder les matchs de basket à la télévision, mes parents quand ils font escale entre deux voyages en Afrique pour profiter de la douceur de notre climat. Mon cercle se résume à ça, en fait. Une petite dizaine de personnes, triées sur le volet. Rajoutons quelques conquêtes de passage, mais elles sont peu nombreuses. En général, je m'arrange pour trouver une chambre d'hôtel ou aller chez elles, ça évite qu'elles squattent mon lit et s'invitent pour le petit déjeuner. Il n'y a rien de pire que de boire son café en tête à tête avec quelqu'un alors que vous ne partagez rien d'autre que le sexe. C'est creux et tout se joue sur les apparences, je déteste ça.

Je foule un tapis de feuilles mortes, elles s'élèvent et virevoltent devant moi avant de retomber dans un léger bruissement.

— Finalement, j'ai quand même un doute sur tes performances, chuchote une voix féminine à mon oreille.

Je bondis en arrière avant de reconnaître Sexy-casse-bonbons qui me sourit de ce même air satisfait que je déteste. Bon sang ! Qu'est-ce qu'elle fout ici ?

— Tu ne m'as même pas entendue arriver, remarque-t-elle avec une moue désolée en secouant la tête.

Elle s'approche et je recule d'un pas, butant contre la clôture en métal de la maison. Avec ses hauts talons, elle est presque aussi grande que moi, elle me couve d'un regard gourmand et amusé qui me fait frissonner. J'essaie de me convaincre que c'est un frisson de méfiance, mais tout mon corps se tend. Bordel ! Pourquoi elle me fait tant d'effet ?

Elle n'est plus qu'à un souffle de mon visage, son corps aux formes délicieuses trop près du mien. Je déglutis et plaque une expression neutre sur ma figure, m'oblige à regarder derrière elle pour ne pas fixer sa bouche trop tentante.

— Qu'est-ce qui se passe, mon poisson ? Je te fais peur ? susurre-t-elle en effleurant le contour de ma barbe.

J'hésite entre détaler comme un lapin avant d'être pris dans les phares d'une bagnole et la plaquer contre moi pour lui montrer le désir violent qui m'habite.

— J'ai juste prévu de rentrer chez moi et de dormir, Camélia, murmuré-je sans conviction.

Elle soupire et se mord la lèvre.

— Hum… dommage, j'avais prévu des trucs sympas, mais si tu préfères dormir tout seul… c'est toi qui vois.

Elle me relâche puis fait demi-tour pour disparaître à l'angle de la rue. Bon sang ! Je passe une main dans mes cheveux. *Qu'est-ce que tu fous, Marc ? T'es débile ? Si tu la touches, elle va te faire vivre un enfer.* Sauf qu'elle me met déjà à la torture. J'en peux plus de ce jean trop serré. J'ai envie qu'elle me caresse avec sa bouche, qu'elle… *Mais quel idiot !* Je me dépêche de lui courir après et la rattrape en quelques enjambées seulement. Je l'attire par le poignet que je fais glisser autour de mon cou avant de l'embrasser sauvagement.

— Aurais-tu changé d'avis, mon poisson ? demande-t-elle en s'écartant pour plonger dans le mien son regard brûlant d'excitation.

— Arrête de m'appeler comme ça, c'est désagréable !

— Pourquoi ? Qu'est-ce que tu as contre les poissons ? Il y en a des mignons, et des balaises.

Je secoue la tête, les sourcils froncés pour lui montrer mon désaccord et mon impatience.

— Trouve autre chose.

— Petite souris ? Non, un truc plus viril ? Un ours ? Un ourson ! Ah oui, c'est beaucoup mieux.

Elle rit devant ma mine dépitée. Je ne sais pas ce qui est pire, finalement. Note à moi-même, la prochaine fois qu'un truc ne me plaira pas, ne surtout pas en parler à Camélia. Pourquoi il y aurait une prochaine fois d'ailleurs ? Je fronce les sourcils, me demandant pourquoi je l'ai poursuivie. Pour coucher avec elle, ça, pas de doute. Est-ce que j'entre dans la catégorie des hommes qui se laissent dominer par leur instinct ? Je croyais être au-dessus de ça !

— Un ourson guimauve ? continue-t-elle d'un air pensif.

Je plaque mes lèvres sur les siennes pour la faire taire, ce qui fonctionne pendant dix secondes avant qu'elle gémisse et s'agrippe à mon cou. Je glisse les mains à l'intérieur de son manteau pour caresser sa taille fine et le creux de ses reins. Elle vient de m'appeler « ourson guimauve » et j'ai juste envie de la posséder comme un fou furieux. Il y a quelque chose qui ne tourne pas rond chez moi.

— On va chez toi ? demande-t-elle en me léchant le cou. Ça sera plus discret.

Je me raidis instantanément. On n'a quand même pas failli faire ça en pleine rue ? Devant mes voisins ? Je la repousse par les épaules et l'observe quelques secondes. Une de ses longues mèches blondes lui tombe sur la joue, mais elle continue de me couver des yeux avec malice, certaine que je vais accepter. Je sais déjà que c'est une terrible erreur. Malgré tout, je prends sa main et l'entraîne jusque chez moi, dans un silence tendu. *Tu fais une belle connerie, Marc !* Je serre ses doigts un peu plus fort. Si elle se volatilise maintenant, je vais devenir fou et je n'aurai plus qu'à me soulager sous le drap comme un ado.

Je sors la clé de ma poche, la tourne dans la serrure et referme aussitôt derrière nous, sans prendre la peine d'allumer. Camélia s'en fiche aussi, puisqu'elle s'empresse de faire glisser ma veste qui tombe en tas sur le sol. J'enlève son manteau qui s'ajoute à la pile et glisse mes paumes dans le décolleté profond de son dos pour sentir le velouté de sa peau. Nous reculons tant bien que mal jusqu'au canapé qui trône au milieu du salon. Le lampadaire extérieur diffuse une clarté jaunâtre sur le tapis, qui nous aide à nous orienter. Je perds ma chemise en chemin et les doigts habiles de Camélia débouclent ma ceinture. Je fais glisser la fermeture de sa robe sans délicatesse, elle s'étale sur le tapis dans un bruissement soyeux. Pendant tout ce temps, nos bouches font des allers-retours frénétiques sur le haut de nos corps. Elle me mordille le coin de la mâchoire, la clavicule, pendant que ses mains s'agitent autour de ma taille. Je m'éloigne un instant pour aller chercher une capote dans un tiroir et m'arrête net sur la vision de paradis qui m'attend au retour.

Camélia, uniquement vêtue d'une petite culotte en dentelle rouge et de ses escarpins. L'assurance qu'elle dégage et ses jolies courbes m'arrachent un gémissement d'excitation. Je déglutis. En deux enjambées, je la rejoins, le souffle court, les neurones anesthésiés. Elle me pousse sur le canapé avant de s'installer à califourchon sur mes cuisses. Les deux fines couches de tissu qui nous séparent prolongent la torture. Elle en profite, me mordille les pectoraux, me caresse les abdos alors que mes mains n'ont de cesse de la plaquer un peu plus contre moi. Je la veux, là, tout de suite ! Un besoin impérieux qui rend notre étreinte bestiale.

Ses ongles se plantent dans mes épaules, mes doigts la pénètrent avec vigueur, mes dents s'attardent sur la pointe durcie de ses seins. Si ça continue, nos sous-vêtements ne survivront pas à l'assaut. Je me dévoue pour les faire glisser. D'abord, sa petite culotte, le long de ses cuisses fermes et généreuses, ensuite mon boxer. Cette fois encore, c'est elle qui se charge de la capote avant de me chevaucher d'un seul mouvement en gémissant. Je m'agrippe à sa taille et elle se cambre, bascule la tête en arrière pour m'offrir ses seins pendant qu'elle imprime un rythme de plus en plus soutenu à nos bassins. Je me délecte de chaque parcelle de sa peau. Elle est parfaite et déchaînée. Sublime.

Ses dents viennent s'attaquer à la naissance de mon cou, puis suivent le contour de ma mâchoire, mais elle ne ralentit pas pour autant. Si elle ne fait pas gaffe, je vais jouir avant elle. Ce serait quand même dommage, sauf si elle préfère que je l'emmène au septième ciel autrement. Mes paumes épousent l'arrondi de ses fesses et je la force à ralentir. Elle gémit de frustration, tente de reprendre le contrôle et je sens la vague monter. Alors j'insiste pour gagner de précieuses secondes et me concentre sur le bout de ses seins avant de lui lécher le creux du cou. Je la sens se tendre, se comprimer autour de moi alors que son souffle devient erratique. *On y est, ma belle, tu ne resteras pas sur le banc de touche.* Elle s'écroule sur mon épaule pendant que j'explose.

Son cœur bat fort contre mon torse et ses doigts restent agrippés un long moment à ma peau. Je reprends ma respiration et attends que mon rythme cardiaque s'apaise pour bouger. Elle n'a pas l'air pressée de s'écarter non plus. Sexy, casse-bonbons, mais incroyablement talentueuse. Il n'y a aucun doute !

— D'accord, tu as gagné le droit à un nouveau surnom, souffle-t-elle contre mon cou.

Je sens ses lèvres former un sourire pendant qu'elle me caresse la clavicule.

— Je ne veux pas savoir, marmonné-je.

Elle est douée pour me faire grimper aux rideaux, mais ce n'est pas une raison suffisante pour m'attribuer des surnoms ridicules.

— OK, je le garde pour moi. Mais je suis sûre qu'il t'aurait plu.

Je me redresse légèrement et elle se retrouve à la verticale, me dominant d'une bonne tête. Sa chevelure blonde me chatouille le bout du nez.

— Tu peux prendre une douche, si tu veux, lui proposé-je.

— D'accord, mais ensuite, je file. On doit se lever tôt demain matin, bichon, me rappelle-t-elle avec un sourire moqueur.

— Hey ! Tu m'as déjà appelé « bichon », lui fais-je remarquer d'un air sévère.

Surnom que je déteste autant que poisson, ou ourson, ou tout ce qu'elle veut. Les noms d'animaux, ce n'est pas mon truc.

— Ce n'était pas à celui-là que je pensais.

— C'était quoi alors ?

Elle se dégage de mon étreinte puis se plante devant moi, une main sur la hanche, bien consciente de sa nudité, et me toise un court instant.

— Trop tard ! Tu as dit que tu ne voulais pas savoir.

Elle attrape sa culotte avant d'ouvrir la porte la plus proche.

— Ça, c'est la cuisine, précisé-je. La salle de bains est au premier étage, porte de gauche.

Elle se dirige vers l'escalier d'un pas souple, récupère sa robe au passage et monte se doucher. Je me laisse retomber contre le dossier du canapé tout en me massant les tempes. *Marc, qu'est-ce que tu as encore fait ? Tu cherches les emmerdes, mon vieux.* La bonne nouvelle, c'est qu'elle n'a pas insisté pour rester dormir. Je me lève, remets de l'ordre dans le salon, enfile mon jean et me rends dans la cuisine pour boire un verre d'eau.

En ouvrant le frigo, j'avise le fromage et la barquette de viande sur le point de se périmer. Ce qui me rappelle que je n'ai rien avalé depuis ce midi. Il est presque minuit, mais j'ai faim. En attendant que Sexy-casse-bonbons sorte de la douche, je fais bouillir de l'eau, sors une conserve de sauce provençale du placard et mets du beurre à dorer dans la poêle.

J'entrouvre la porte-fenêtre qui donne sur le petit jardin, à peine éclairé par la lune à cette heure tardive. Malgré le froid automnal, j'adore sentir les courants d'air frais dans la maison. Lorsque le beurre chante dans la poêle, je fais revenir le bœuf haché, plonge les spaghettis dans l'eau bouillante et surveille le tout. Un peu de sel, un peu de poivre, j'ajoute la sauce. Ça commence à sentir délicieusement bon.

— J'aurais parié que tu préférais la viande rouge au poisson, me taquine Camélia.

Je me retiens de sursauter une nouvelle fois. Elle a un don pour surgir sans bruit dans mon dos, c'est perturbant.

— J'aime bien ta cuisine, continue-t-elle en circulant autour de moi.

C'est ma pièce préférée, avec la porte-fenêtre qui l'illumine et la réchauffe été comme hiver. Même si, à deux, on se marche sur les pieds. J'ai installé un plan de travail qui occupe trois murs pour étaler mes préparations.

— C'est chaleureux, note-t-elle.

— Merci. Tu as faim ? demandé-je tout en égouttant les pâtes.

Après tout, sa présence ne me dérange pas plus que ça. Quand elle n'en fait pas des tonnes en cherchant à me séduire et qu'elle n'en rajoute pas une couche avec ses surnoms, elle est même supportable.

— Mon chou, c'est très gentil, mais on n'est pas amis, on ne fait que coucher ensemble. Donc je vais rentrer chez moi et on se reverra lundi au bureau en tant que collègues.

Je grommelle dans ma barbe. On me l'avait jamais faite, celle-là. C'est clair qu'elle n'a aucun problème pour compartimenter sa vie.

— Donc on est collègues le jour et « sex-friends » la nuit ? clarifié-je.

— Si tu veux, mais rien d'exclusif. Pour le sexe, précise-t-elle. Tu vois qui tu veux, quand tu veux. Tiens, c'est mon numéro.

Elle me tend une carte de visite noir métallisé avec des caractères argentés. C'est sobre, pas du tout à son image.

— C'est ma carte de visite professionnelle, mais c'est aussi mon numéro personnel.

OK, je comprends mieux. Mais ça ne me viendrait pas à l'idée d'avoir le même numéro que pour le boulot.

— Je croyais que tu séparais ta vie privée du reste, m'étonné-je.

— Le téléphone, c'est juste un moyen de communication. Ce n'est pas la peine de m'envoyer des textos coquins ou des smileys avec des petits cœurs, je n'y répondrai pas. Tu m'envoies juste le lieu et l'heure, c'est simple.

Je fronce les sourcils, mais prends la carte que je glisse dans la poche arrière de mon jean.

— Ça fait très… agent secret.

Ses jolies lèvres se tordent en un sourire contrit.

— Déformation professionnelle ?

J'accepte l'explication d'un hochement de tête.

— Tu as prévu de repartir comment ? demandé-je en coupant le gaz, là où mijote la sauce. Les transports en commun ne circulent plus à cette heure-ci.

Je me tourne vers elle, intercepte son trouble.

— Euh… à pied ? suggère-t-elle.

— Tout à l'heure, tu me faisais du chantage affectif pour que je te dépose chez toi alors qu'on était à deux pâtés de maisons, et maintenant, tu veux traverser la ville toute seule en pleine nuit ?

— Je vais appeler un taxi, alors.

— Comme tu veux, mais ça va te coûter un bras.

— Qu'est-ce que tu proposes ?

Elle me jette un regard désorienté qui me pousse à sourire pour la rassurer. C'est étrange comment cette femme si sûre d'elle dévoile ses failles dans des situations anodines. C'est très fugace, mais après quelques jours, je commence à capter ces moments, ceux où elle doute, où elle est déstabilisée.

— Tu partages ce fabuleux plat de spaghettis à la bolognaise avec moi et ensuite, je te ramène.

— Je ne sais pas, ça va à l'encontre de mes principes.

— Comme tu voudras.

Je sors un verre et des couverts du placard, avant de dresser les pâtes puis la sauce dans une assiette. Il y en a bien assez pour deux. Je tire un tabouret de dessous le plan de travail près de la fenêtre et m'y installe.

— C'est pas si mauvais, dis-je en piquant ma fourchette dans les spaghettis.

Camélia soupire. Je crois que, cette fois, c'est moi qui ai gagné.

— D'accord, mais tu me racontes pourquoi tu n'es pas devenu agent spécial.

Je ravale un juron. J'aurais dû me douter qu'elle était dure en affaires. Quand elle veut quelque chose, elle ne lâche pas le morceau.

— Tu me diras quel surnom débile tu m'as encore trouvé ?

— Adjugé !

Elle me sourit de toutes ses dents avant d'effectuer les mêmes gestes que moi, comme si elle était chez elle. Elle s'installe à mes côtés avec sa vaisselle et ses couverts et se sert une grosse plâtrée de pâtes avec une double dose de sauce.

— Quoi ? Tu croyais que je grignotais des carottes et de la salade ? J'ai un corps à entretenir ! réplique-t-elle devant ma mine médusée.

CHAPITRE 7
CAMÉLIA CÈDE DU TERRAIN

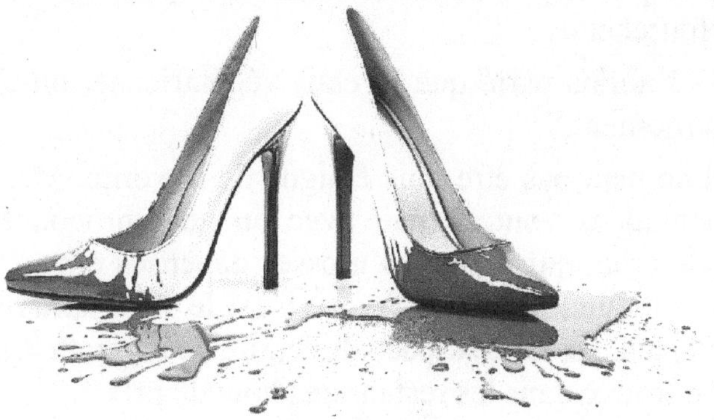

C'est vrai qu'elles se laissent manger, ses pâtes. J'en avale une deuxième bouchée et me sers un verre d'eau. Il y a longtemps que je n'ai pas fait un bon repas. D'ordinaire, c'est Valérien, notre agent-consultant en préretraite, qui prépare de super petits plats et nous les apporte au bureau. Mais depuis que j'ai été infiltrée ici, je n'ai fait que manger au restaurant ou gober des sandwiches entre deux sorties sur le terrain. Or, il n'y a rien de meilleur que de la cuisine toute simple. Même un restaurant étoilé ne procure pas autant de plaisir en bouche. Je soupire de contentement.

— C'est délicieux.

— Tu n'es pas obligée de forcer sur les compliments. J'ai mélangé des ingrédients, c'est tout, réplique-t-il en enroulant ses spaghettis autour de sa fourchette.

— Alors ? Pourquoi as-tu échoué à ton évaluation, si tes performances étaient aussi exceptionnelles ? demandé-je en relevant la tête pour l'observer.

Ses épaules s'affaissent tandis qu'il soupire.

— On ne peut pas d'abord manger ? J'ai faim, et les pâtes, ça refroidit très vite.

— D'accord.

Le repas se poursuit dans un silence rythmé par le bruit de nos fourchettes.

— J'aurais parié que tu étais végétarienne, dit-il au bout d'un moment.

Il ne peut pas être plus éloigné de la vérité. Mes origines démoniaques vont de pair avec un goût prononcé pour la viande crue, qui pallie les grosses dépenses énergétiques de mes pouvoirs. Mon plat favori, c'est le steak tartare, le vrai, bien épais, pas cette espèce de feuille de cigarette translucide qu'on trouve dans les restaurants hors de prix.

— Tu te trompes, mon lapin. J'ai un penchant pour la viande saignante.

Il hausse un sourcil dubitatif.

— Tu m'étonnes, encore une fois, répond-il avant de retourner à son assiette.

J'observe le reflet laiteux de la lune sur la terrasse. Au fond du jardin, un saule pleureur apporte de l'ombre pour les soirées d'été. La maison de Marc me rappelle celle où j'ai habité au début du siècle dernier, à quelques rues d'ici. Ces petites maisons se ressemblent toutes, mais je les trouve jolies et chaleureuses.

— Il y a longtemps que tu vis ici ?

— J'ai hérité cette maison de ma grand-mère. J'y ai fait quelques travaux pour la remettre au goût du jour et la rendre pratique, mais dans l'ensemble, elle a gardé son aspect d'origine.

— Donc tu es originaire de Nyx ?

— Si on veut. J'ai vécu quelques années en France avec ma mère, avant qu'elle m'envoie chez mon père pour mes études. J'ai passé mon enfance dans une autre maison, à quelques rues d'ici. Et toi ?

— J'ai vécu un moment dans le quartier aussi, avant de devenir agent.

Encore une fois, c'est la stricte vérité, même s'il est loin d'imaginer que j'ai vécu en bordure du quartier ordinaire il y a un demi-siècle. À l'époque, la ville était plus petite, pas encore bardée d'immeubles. Seuls quelques faubourgs résidentiels comme celui-ci fleurissaient autour de la communauté magique. Un terme générique qui rassemble les humains dotés de pouvoirs, mais aussi les Surnaturels et même quelques immortels. J'appartiens à la classe des Surnaturels, pour ceux qui se demanderaient. Toutefois, certains demi-démons sont devenus des immortels. C'est un processus complexe que j'avais entamé quand j'étais jeune, mais auquel j'ai renoncé entre-temps. Ma mère dirait qu'il n'est jamais trop tard pour changer d'avis. Les trois âmes que j'ai volées ne se sont pas évaporées. Si j'en trouve deux autres, je deviendrai immortelle. Mais franchement, à quoi ça sert, à part regarder vieillir et disparaître ceux qu'on aime ? Je préfère m'entourer de Surnaturels ou d'Autres qui ont une espérance de vie proche de la mienne, du moins concernant mes amis. Il y a un moment que j'ai renoncé à être en couple. Tous les hommes avec qui j'ai eu envie de partager un bout de chemin étaient des Ordinaires, à croire que j'ai un penchant pour la souffrance.

— Camélia ?

Je me redresse pour croiser la mine amusée de Marc.

— Tu ne m'écoutes pas, fait-il remarquer.

— Pardon, je savourais l'onctuosité de ta sauce bolognaise, le taquiné-je.

— C'est une sauce en boîte.

— Eh bien, tu me donneras la marque.

Il secoue la tête, positivement agacé.

— C'est quoi mon nouveau surnom, alors ? s'enquiert-il en débarrassant nos assiettes vides.

— D'abord ton histoire, ensuite peut-être que je te le dirai.

Il s'approche, toujours aussi sexy dans son jean, le torse à l'air. Comme je suis encore assise sur le tabouret, il me domine de deux têtes, ce qui me donne une vue imprenable sur ses pectoraux lisses et fermes. J'y passe un doigt provocateur et lui souris. J'y goûterais bien encore une fois. *Je ne me lasse pas de toi, petit poisson, pas encore.* Je lui mordille un téton.

— Camélia…, râle-t-il en reculant.

Je me pince la lèvre avec innocence, une lueur de désir traverse ses iris.

— Tu veux l'entendre, cette histoire, ou pas ? demande-t-il en s'écartant d'un autre pas.

— Oui, mon poisson, et ensuite je rentre chez moi.

Il se retourne pour verser du café dans deux tasses et les faire réchauffer, m'offrant le spectacle de son dos musculeux.

— Tu choisis toujours des noms d'animaux ou ça m'est exclusivement réservé ?

— C'est juste pour toi.

— Est-ce que je dois me sentir flatté ?

— Hum… tout dépend si tu préfères Canard ou Poisson à Choupinet, Bonbon-en-sucre, Banane, Tomate…

— Tu surnommes vraiment tes conquêtes « Banane » ou « Choupinet » ? s'étrangle-t-il.

Heureusement, le café chaud fait diversion, mais oui, ça m'arrive. Du moins, ceux qui sont assez intéressants pour y avoir droit. Sinon, individu numéro un ou deux de la soirée, c'est suffisant.

Il me tend une tasse fumante et s'installe contre le plan de travail pour humer les effluves de la sienne.

— Évite les noms de légumes, je détesterais finir en potage, marmonne-t-il avant de boire une gorgée.

Je l'imite et savoure la chaleur du liquide qui se répand dans ma gorge.

— J'ai passé toutes les épreuves avec des résultats dépassant les attentes des instructeurs, explique-t-il en fixant le contenu de sa tasse.

— Alors, qu'est-ce qui s'est passé ?

— J'ai foiré l'évaluation psychologique, avoue-t-il.

— Tu es un sociopathe en puissance ? plaisanté-je en agitant le liquide sombre qui se met à tournoyer dans le récipient.

Il relève la tête et me toise avec une expression fermée.

— Tu vois, c'est ça ton problème ! Tu prends tout à la légère, pour toi, tout est source de moquerie !

Il pose brusquement sa tasse sur le plan de travail et se tourne face à la porte-fenêtre. Je m'approche en silence puis lui presse l'épaule dans un geste de réconfort. Je sais que ça lui coûte de s'ouvrir à moi, je lui suis reconnaissante de cette marque de confiance. C'est juste que c'est plus facile de plaisanter et que je déteste montrer de la pitié aux gens. Les plaindre ne les aide pas à se sortir de l'ornière. Les pousser à se dépasser est plus efficace, même si, bien souvent, après ça, ils ont tendance à me détester. Je m'en fiche royalement. La plupart des vies glissent sur moi comme le courant autour d'un rocher. Dans cinquante ans, Marc ne sera plus qu'un petit vieux au crépuscule de son existence, quand je n'aurai même pas pris une ride. Je l'aurai probablement oublié depuis longtemps. Alors, qu'est-ce que ça peut faire qu'il me repousse et me considère comme une pimbêche ? Rien. Pourtant, je prends le temps de poser ma tasse pour l'enlacer, plaquant ma joue contre son épaule. Il se raidit, chacun de ses muscles tendu à mon contact.

— Qu'est-ce que tu fais ? coasse-t-il sans se retourner.

— Je me moque de toi, tu vois bien ?

Il souffle et secoue la tête.

— Tu es infernale.

— Merci, c'est dans ma nature, rétorqué-je avant de lui mordre l'épaule.

Il frissonne.

— Alors, si tu n'es pas émotionnellement instable, pourquoi tu as été recalé ?

Il soupire, enfonce les mains dans ses poches. Je laisse un doigt courir le long de sa colonne vertébrale.

— Quelques jours avant l'entretien, j'ai rencontré une fille dans un bar. On s'est pas mal entendus, j'ai couché avec elle et je suis parti avant l'aube, sans laisser mes coordonnées.

Je stoppe mon geste.

— Laisse-moi deviner, c'est elle qui était chargée de faire ton profil ?

— Bingo !

— Et elle n'a pas apprécié que tu te sauves comme un voleur.

— Je ne me suis pas sauvé… j'ai juste oublié.

Je hausse un sourcil et me place face à lui.

— Mon chou, les femmes détestent se réveiller seules. C'est comme si tu lui laissais un mot pour dire que c'était un mauvais coup.

— Merci, Camélia, j'avais compris.

Une ombre passe sur son visage et son regard se fait dur. Pauvre petit poisson, on dirait que ça ne lui porte pas chance de se faire ferrer dans les bars. Ou alors, peut-être que notre rencontre était son retour de karma, allez savoir !

— Ça ne lui donnait pas le droit de mettre un point final à ta carrière, cela dit, ajouté-je en réfléchissant à haute voix.

— Ça ne l'a pas empêchée de le faire. Elle a noté : ne supporte pas l'autorité. Personne n'est allé à l'encontre de son appréciation. Il faut croire que mon caractère de merde a suffi à convaincre les autres.

— Pauvre lapin.

Je dépose un baiser sur ses lèvres, mais il ne semble pas réceptif. Je ne vois pas ce que je pourrais faire de plus. Lui dire que c'est une injustice, qu'il devrait se battre pour repasser son évaluation ? Je devrais, mais ça nous avancerait à quoi ? Il doit apprendre à aller de l'avant, à saisir les nouvelles opportunités.

— Les services secrets, c'est surfait. Je suis sûre que tu t'éclates bien plus au commissariat. On n'aurait pas eu l'occasion de travailler ensemble sinon. Rien que pour ça, ça valait la peine, non ?

Il se détend légèrement.

— C'est sûr que tout le monde rêve d'une coéquipière casse-bonbons, rétorque-t-il.

— Casse-bonbons, mais sexy.

— Casse-bonbons sexy, répète-t-il d'une voix plus rauque.

Il me soulève par la taille pour me déposer sur le plan de travail. Je le domine d'une tête comme ça. Ce qui ne l'empêche pas de s'emparer de ma bouche et de glisser ses mains sous ma robe.

Il s'écarte et m'observe de son regard pétillant.

— Alors, j'ai le droit de connaître mon surnom ?

Je me mords la lèvre tout en appuyant mon index sur son plexus solaire.

— Mon loup, murmuré-je. Fier, sauvage et fougueux comme un loup.

Il reprend mes lèvres pour un baiser passionné qui m'arrache un gémissement de plaisir. La nuit n'est pas terminée.

CHAPITRE 8
MARC TOMBE DE HAUT

Il n'est que sept heures cinquante-deux et le commissariat est déjà en effervescence quand j'y pénètre, en ce lundi matin. Le week-end a été reposant malgré l'intermède avec Sexy-casse-bonbons. Pas si casse-bonbons quand elle le décide, d'ailleurs. Après l'avoir déshabillée une deuxième fois dans la cuisine, elle m'a laissé la raccompagner au pied de son hôtel. Depuis, silence radio. Elle a tenu sa promesse de ne pas me harceler toutes les cinq minutes. J'en suis presque frustré. J'ai pu me rendre au match des Warriors de Nyx avec Andrew et m'occuper du jardin tout le dimanche, sans interruption. Même mon portable professionnel est resté silencieux, ce qui relève du miracle quand on bosse sur une si grosse affaire. Ma hantise, c'est de ne pas réussir à démasquer les ravisseurs avant le prochain enlèvement, ou que l'on découvre un corps. Je m'y attends de plus en plus. S'il s'agit d'une bande organisée, comme le suppose Camélia, ils n'ont aucune raison de garder leurs victimes. Donc, soit ils font du trafic d'êtres humains, soit ils les tuent par plaisir. Mais n'envisageons pas le pire tout de suite. Jusqu'ici, les victimes ont juste disparu.

Reste à savoir comment je vais gérer ma pseudo-relation avec mon équipière. Elle a dit n'avoir aucun problème à séparer le privé du professionnel, on va voir ça tout de suite.

L'open space est étrangement animé pour un lundi matin. Pas seulement à cause des fêtards qui ont perdu leurs clés de voiture et ceux qui ont trop bu pour marcher droit. Dans le bureau de la cheffe, Camélia est déjà installée devant une tasse fumante, en grande conversation avec Jo. Fait chier, elle devait m'attendre pour le rapport ! Je passe par le distributeur, fais couler un café infect dans un gobelet puis les rejoins d'un pas lourd.

J'ouvre la porte sans cérémonie et pénètre dans le bureau.

— Bonjour Jo, bonjour… Camélia.

Comment je suis censé l'appeler, en fait ? Agent Anderson ? Tout le monde s'appelle par son prénom ici, sauf pour râler. Mais c'est comme si le sien me brûlait les lèvres. Quand je le prononce, je la revois toute nue entre mes bras, ou pire… Bref, ça va être pratique pour se concentrer sur le boulot.

— Marc, tu tombes à point, constate Jo en époussetant quelques miettes de son sous-main. On t'attendait pour le rapport hebdo.

Bon, au moins, elle n'a pas commencé à tout balancer pour récolter les lauriers. Je déteste ça. Quand on forme une équipe, les échecs comme les réussites, c'est pour l'équipe, pas pour soi.

Elle se retourne et m'adresse un sourire poli qui dissimule presque son amusement. Elle me teste. Je détourne le regard pour me diriger vers le fauteuil vide en face de la cheffe.

— Alors, comment avance l'enquête ? Votre coopération se passe bien ?

Je hoche la tête.

— Merveilleusement bien, renchérit Camélia avec un regard pétillant.

Je me renfrogne et avale une gorgée du liquide acide.

— Camélia planche sur le mode opératoire des criminels, expliqué-je.

— Bien, se réjouit la commandante en croisant les mains sur le bureau.

Camélia lui répète ce qu'elle m'a exposé vendredi, Jo opine du menton.

— Qu'est-ce que vous comptez faire cette semaine ?

— Retourner sur les lieux du dernier enlèvement et passer les alentours au peigne fin pour nous mettre dans la peau des ravisseurs, décrété-je.

Camélia me lance un regard en coin et acquiesce à son tour.

— Nos analystes épluchent une nouvelle fois les données dont nous disposons, pour trouver un point commun entre les victimes, même s'il devient de plus en plus évident que les ravisseurs attachent moins d'importance à leur… profil qu'au mode opératoire, ajoute-t-elle.

On ne peut pas se contenter d'arpenter les scènes de crime après coup. On doit anticiper, et pour ça, il faut comprendre comment ils agissent. Le meilleur moyen, d'après moi, c'est d'entrer dans la peau du criminel, mais un *backup* de données est toujours utile. L'équipe scientifique est aussi sur le coup, mais vu le peu de traces que laissent les malfrats, ils attendent après nous pour se mettre quelque chose sous la dent.

— Parfait. Tenez-moi au courant. Et, Camélia, merci pour les croissants.

Nous sortons du bureau de la cheffe puis nous dirigeons vers le box qui délimite nos bureaux.

— Des croissants ? Tu as ramené des croissants à la boss ? m'étonné-je.

— Oui, mon poisson. Et il y en a un pour toi aussi, dit-elle en désignant un paquet posé sur mon clavier.

— Il y a une boulangerie qui en vend dans le quartier ?

Je n'ai pas mangé de véritables croissants depuis que j'ai quitté la France. Je sais que certaines boutiques à Londres en vendent, même s'ils sont mous et trop gras. Alors s'il y a une boutique ici, j'aimerais le savoir.

— Pas exactement. Disons que j'ai ma combine, répond-elle avec un petit clin d'œil énigmatique.

Je marmonne qu'elle pourrait partager ses bons plans, mais ouvre le paquet avant de humer son contenu avec gourmandise. Un vrai croissant, tout frais, tout croustillant et bien doré. Je le sors comme s'il s'agissait d'un objet de valeur, l'admire et croque dedans. Il me fait oublier le goût infect du café. Je le dévore en trois bouchées, sous le regard amusé de Sexy-casse-bonbons.

— Merci, articulé-je la bouche pleine.

Elle a réussi à illuminer mon lundi matin, ça mérite ma reconnaissance. Un nouveau sourire plus énigmatique éclaire son visage. Mais je n'ai pas le temps de m'appesantir sur sa signification. Nolan se glisse derrière mon siège et m'envoie une grande claque dans le dos.

— Alors comme ça, toi, tu as la coéquipière qui fournit les croissants, et moi, la stagiaire ! On se demande vraiment qui a perdu au change, lance-t-il d'un ton moqueur.

— Hé ! Je croyais que c'était temporaire notre divorce ! rétorqué-je en manquant d'avaler de travers.

— Je négocierais bien un échange avec ta belle blonde, si tu vois ce que je veux dire !

Du coin de l'œil, j'observe Camélia qui dévoile ses dents en un large sourire carnassier. Elle va le bouffer tout cru, ou c'est moi qu'elle va bouffer. Oui, à choisir, je préfère la deuxième option. Je ne suis pas jaloux, seulement, partager mes conquêtes avec mon coéquipier, c'est un peu bizarre.

— Sois pas jaloux, frangin, elle paraît pas comme ça, mais c'est une véritable enquiquineuse, soufflé-je à son oreille avant de prendre les clés de voiture.

— On peut juste faire un test ? insiste-t-il, penaud.

Camélia s'approche dans son dos et lui murmure un truc que je ne saisis pas, mais qui fait pétiller le regard de mon collègue. Tout content, il retourne s'asseoir derrière son bureau agrémenté de plantes vertes. Elle ne peut pas s'empêcher de draguer, même au bureau. Je soupire et m'engage vers le parking, bientôt rattrapé par Sexy-casse-bonbons.

— Alors, lui aussi, tu vas le mettre dans ton lit ?

— Jaloux, mon poisson ? Ça commence à devenir une habitude.

— Tu sais bien que non. C'est juste que Nolan est encore jeune et plus impressionnable.

— Ah… donc tu te juges plus mature et moins… vulnérable ?

— Tout à fait. On y va maintenant ? la pressé-je en déverrouillant la berline noire avant d'ouvrir la portière côté passager.

— À tes ordres.

Elle se plie avec élégance pour s'installer sur le siège, dévoilant légèrement une cuisse grâce à la fente de sa jupe bordeaux. Je m'installe derrière le volant et résiste à l'envie de glisser une main sur sa peau. Elle ne porte pas de collants comme la plupart des femmes qui se baladent en jupe. Je démarre, patiente devant la porte jusqu'à son ouverture puis m'engage sur le boulevard qui mène au restaurant où a eu lieu le dernier enlèvement.

Camélia garde le silence, observant les passants sur le trottoir. Je crève d'envie de lui demander ce qu'elle a fait de son week-end alors qu'on a convenu qu'il n'y aurait que du sexe entre nous. Elle gère beaucoup mieux la séparation sexe/travail que moi. J'ai peur que ça n'influence ma manière de bosser. Si on n'avance pas cette semaine, je devrai suggérer à la cheffe de la mettre en binôme avec quelqu'un d'autre. Je suis quasi certain que Nolan sera volontaire, ce qui est loin de me réjouir, mais je détesterais encore plus qu'elle fasse équipe avec Bobby ou Stephen. Je n'ai plus qu'à faire en sorte de trouver un indice pour me prouver qu'on est sur la bonne voie.

— Arrête-toi ici, me commande soudain Camélia.

Son regard est fixé sur un point sombre dans une ruelle. Je me gare sur la première place de parking disponible et nous rebroussons chemin à pied.

— Qu'est-ce que tu as vu ? demandé-je tandis que nous approchons de l'entrée de la venelle.

— Je n'en suis pas sûre. Je vais aller vérifier, tu devrais rester ici, me conseille-t-elle en sondant les ombres d'un regard déterminé.

— Pas question, on y va tous les deux.

— Alors, reste derrière moi.

Elle s'engage dans la voie, sort un flingue dissimulé sous sa veste de tailleur et agite deux doigts pour m'indiquer de la suivre. Je rêve ou elle me prend pour une pucelle en détresse ? Je l'imite, sans enlever la sécurité de mon Glock. L'endroit désert pue l'urine et la vinasse, un savant mélange qui me retourne les tripes. Cam, elle, avance sans en paraître affectée.

La luminosité se réduit de plus en plus. La ruelle est à présent recouverte de tôles trouées qui dessinent des points blancs sur le sol jonché de détritus. Un vrai coupe-gorge. Il est trop tard pour lui demander pourquoi elle nous a amenés ici. On est à cinq cents mètres du restaurant. D'ici, on ne peut pas apercevoir la vitrine, alors quel est le rapport ?

Le bruit des talons de Sexy-casse-bonbons s'arrête, m'empêchant de peu de lui rentrer dedans. Il fait noir comme dans un four ici.

— Camélia, chuchoté-je près de son visage. Qu'est-ce qu'on fout ici ?

Elle colle un doigt sur ma bouche pour me faire taire puis me pousse lentement contre le mur. J'entends le déclic de la sécurité de son arme et j'ôte la mienne par réflexe. Sa silhouette se découpe dans la pénombre, droite, en alerte. Elle a repéré quelque chose que je suis incapable de voir. J'ai beau balayer l'endroit du regard, je ne perçois que l'obscurité et quelques formes floues immobiles. Je décide de lui coller au train. Un bruit de poubelle renversée me fait tourner la tête, au bon moment pour voir une silhouette armée d'un couteau nous foncer dessus. Je tends le bras, prêt à tirer.

— Camélia, l'avertis-je à voix basse.

Je sens des ongles me rentrer dans la peau du cou. Un petit bruit résonne, comme un bouchon de champagne qui cède, et un quart de seconde après, c'est comme si mes entrailles se tordaient dans tous les sens et que mes membres devenaient élastiques. J'ai l'impression d'avoir été balancé dans une essoreuse à salade. Mon cerveau est compressé contre ma boîte crânienne, prêt à exploser. Des éclairs défilent devant mes yeux sans que je parvienne à déterminer s'ils sont ouverts ou fermés. C'est sûr, je vais crever. Alors que, dans un instant de lucidité, j'émets l'hypothèse que nous avons été percutés par un camion-poubelle, j'atterris en hurlant sur un sol dur et humide. La gorge en feu, je vérifie que mes mains et mes pieds sont encore à leur place avant de rendre le contenu de mon estomac. Tant pis pour le croissant. Je redresse la tête, nous sommes en pleine lumière et Camélia me fixe d'un air soucieux. Mais, ce qui me frappe le plus, ce sont les petites étincelles rouges qui brillent dans ses prunelles.

— Qu'est-ce que… Qu'est-ce qui s'est passé ? lui demandé-je en me remettant debout.

Elle s'approche, pose une paume sur mon torse et murmure des paroles incompréhensibles.

— Mais qu'est-ce que tu fous ? dis-je en écartant sa main d'un geste brusque. Comment on a atterri ici ?

Elle écarquille les yeux et recule d'un pas. C'est la première fois que je la vois si peu sûre d'elle. Je vérifie que nous ne courons plus aucun danger. Je reconnais la petite épicerie au bout de mon quartier et la pharmacie accolée. Une horloge sonne dix heures du matin, indifférente à mon état de confusion. Nous sommes à l'angle de Mapple Street, près de chez moi, à des kilomètres du restaurant. Je ne me l'explique pas.

— Qu'est-ce qui s'est passé ? C'était quoi ce truc dans la ruelle ?

Les yeux de Camélia reprennent une teinte rouge flamboyant qui me fait frissonner. Je lève la tête pour trouver d'où vient ce reflet, mais il n'y a que le ciel et les nuages au-dessus de nous. Je recule d'un pas, me cogne contre le muret en brique d'une maison.

— Tes yeux…, m'étranglé-je. Pourquoi ils sont…

J'ai déjà vu ce rouge, en rêve. Ou dans la réalité ? Le soir de notre rencontre, non ? Je serre les poings à m'en faire blanchir les jointures des doigts. J'ai dû lâcher mon Glock entre-temps. Merde, il faut le retrouver !

— Je suis désolée, souffle Camélia. Ils étaient trop nombreux, trop dangereux. J'ai dû…

— Tu as dû quoi ?

Son regard est à nouveau bleu. J'ai des hallucinations, c'est pas possible. Je souffre peut-être d'une commotion cérébrale. Pourtant, je ne ressens aucune douleur et la nausée a disparu.

— J'ai dû nous téléporter.

Je l'observe quelques secondes avant d'éclater d'un rire nerveux.

— Arrête, c'est pas drôle, Cam. Comment on est arrivés ici ? redemandé-je.

Elle me fixe avec sérieux, les bras le long du corps, l'un tenant encore son flingue. Qu'est-ce qu'elle compte faire avec ?

— Tu devrais ranger ton arme, lui fais-je remarquer sans la quitter du regard.

Elle se mord la lèvre et s'exécute.

— Tu n'as pas vu la mienne ?

— Reste ici, m'enjoint-elle avant de s'évaporer dans un « plop » qui me fait penser à une bouteille qu'on débouche.

Je reste abasourdi, le souffle coupé. Qu'est-ce qu'elle m'a fait, là ? Il y avait de la drogue dans son croissant ? Ça doit être ça. Ou alors, on a respiré un truc pas clair dans la ruelle. Je passe une main dans mes cheveux dans un geste nerveux et m'appuie contre le mur. Camélia réapparaît presque aussitôt.

— Tiens, dit-elle en me tendant mon Glock.

Je le prends et l'examine. C'est bien le mien, intact. Je m'empresse de le ranger.

— Tu vas m'expliquer ce qui s'est passé ?

— Pas ici. Viens.

Elle prend mon bras et la sensation de torsion recommence, un peu moins forte cette fois. Lorsque j'ouvre les yeux, nous sommes devant le perron de ma maison. Le vertige s'atténue avant que j'aie l'occasion de rendre mes tripes. La téléportation, hein ? C'est quoi ce bordel ? D'un geste tremblant, j'ouvre la porte et nous nous glissons à l'intérieur. Je jette les clés sur la commode de l'entrée puis me tourne vers Camélia. Elle est restée devant le battant fermé, comme si elle cherchait à s'enfuir. Les bras serrés autour d'elle, ma coéquipière me suit du regard, comme si j'étais une bombe à retardement. Elle n'a pas tort. Je suis sur le point d'exploser. Je ne comprends pas ce qui s'est passé !

— Maintenant, tu arrêtes de me prendre pour un con et tu m'expliques ! lui ordonné-je en la pointant de l'index.

Elle soupire et s'avance dans le salon.

— Je vais faire du café, on va en avoir besoin.

Excédé, je la suis dans la cuisine, sors deux tasses pendant qu'elle prépare la cafetière. C'est la meilleure, ça ! Qu'est-ce qu'on fout ici ? Les secondes passent. N'y tenant plus, j'ouvre la porte-fenêtre et me réfugie dans le jardin pour prendre l'air. La nausée revient à l'attaque. Je m'appuie contre le mur pour reprendre mon souffle.

— Tiens, tu devrais boire ça, me conseille Camélia en me tendant un verre d'eau.

J'en avale une grosse gorgée avant de me rendre compte que le liquide a un goût amer, mais mon malaise reflue.

Elle me laisse seul, le temps de remplir deux tasses et de revenir avec. Camélia s'installe sur le banc à l'autre bout de la terrasse et sirote son café en silence. J'en fais autant, sans la quitter du regard. Pourquoi j'ai la sensation d'avoir loupé un truc ? Pourquoi j'ai l'impression que ce qu'elle s'apprête à me dire ne va pas me plaire ? Je tire une chaise puis m'installe face à elle.

— Je t'écoute.

Elle redresse la tête, je décèle une lueur d'incertitude dans ses prunelles qui me prend de court. Sexy-casse-bonbons est tout sauf une femme en détresse. Elle est forte, sûre d'elle, indépendante et trop fière pour admettre la moindre faiblesse. C'est ce que j'ai découvert durant ces dix jours où nous avons bossé ensemble. Elle se livre très peu, ne parle que de sexe et de conquêtes quand le sujet dérive vers le personnel. Donc, soit elle joue incroyablement bien la comédie et dans dix secondes elle va m'annoncer que c'est une grosse blague, soit elle cache un secret tellement gros qu'elle ne sait pas par quel bout le déballer.

J'ai encore espoir que l'option une l'emporte quand elle soupire et croise les bras sur ses genoux. Le mouvement dévoile la naissance de sa poitrine comprimée.

— Je suis désolée, je ne voulais pas que tu l'apprennes comme ça. Je ne voulais pas que tu l'apprennes tout court…, murmure-t-elle.

— Camélia ? De quoi tu parles ?

— Il y a plusieurs jours que je suis sur la trace de ces individus.

— Ceux de la ruelle ?

— Oui. Je les ai traqués tout le week-end sans résultat. Alors quand j'ai perçu leurs vibrations tout à l'heure, j'ai sauté sur l'occasion. Mais je n'aurais pas dû t'embarquer là-dedans. C'était trop dangereux pour un Ordinaire.

Je me redresse.

— Des vibrations ? Un ordinaire ? Je dois le prendre comme une insulte ?

Elle secoue la tête.

— Non, c'est un état de fait. Tu es un Ordinaire, j'appartiens à la classe des Surnaturels.

— Je ne comprends pas.

J'essaie d'emboîter les morceaux, mais c'est comme si je voulais assembler les pièces de deux puzzles différents.

— Nyx est une ville mixte. Il y a le quartier Ordinaire, où tu vis, qui abrite les gens comme toi, n'ayant pas de pouvoirs magiques, pour faire simple... et il y a un autre quartier, dissimulé aux Ordinaires, où se mêlent les Surnaturels et les humains avec des pouvoirs, qu'on appelle les Éveillés.

Je la fixe quelques secondes, cherchant une trace de plaisanterie sur son visage dépité, mais la manière dont elle se triture les doigts me dit qu'elle n'est pas en train de me raconter une histoire sortie de son chapeau. Je me frictionne les paupières.

— Donc, s'il y a des humains avec des pouvoirs et des humains sans et que tu es une… surnaturelle, qu'est-ce ça veut dire au juste ? Qu'est-ce que tu es ?

— Je suis une démone. Demi-démone, pour être exacte.

Il y a de grandes chances pour que ma chaise se brise en petits morceaux sous le violent tremblement qui me secoue. Je peine à reprendre mon souffle. Toutes les images qui me viennent en tête ont un rapport avec la religion, le diable et la torture. Pourtant, la jeune femme qui se tient face à moi ne m'évoque rien de tout ça. Alors, qu'est-ce que je dois croire ?

CHAPITRE 9
CAMÉLIA S'EXPLIQUE

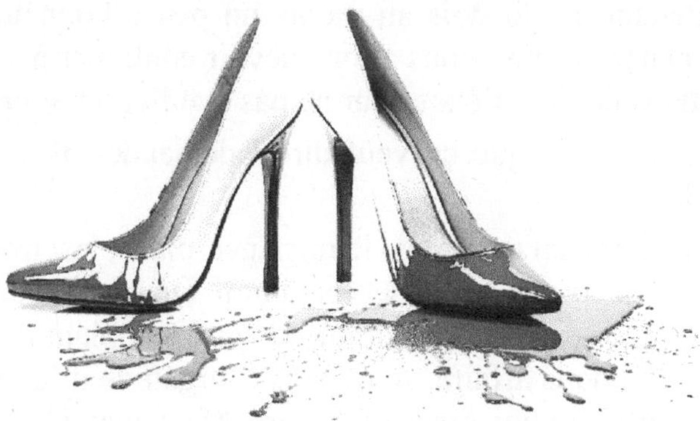

Marc blêmit et, pendant un instant, je me demande s'il ne va pas s'évanouir. *Pauvre petit poisson !* Je me retiens de tendre une main pour lui caresser le bras. Il a besoin de temps pour encaisser la nouvelle, s'il y arrive…

En presque cinq cents ans, j'ai rarement déconné de manière aussi spectaculaire. J'aurais dû me douter que ça allait mal tourner. La première fois que j'ai tenté de lui faire oublier ce qu'il savait, après notre petite escapade dans le parc, ça n'a pas fonctionné. Pourquoi serait-ce différent aujourd'hui ? Je ne voulais pas le mêler d'aussi près à la communauté des Autres. Mais lorsque j'ai repéré la trace de ces Surnaturels, samedi, en retournant au restaurant, je les ai pistés pendant plusieurs heures. Comme je ne voulais pas révéler ma véritable nature et que je ne sais pas de quels pouvoirs ils sont dotés, je suis restée à distance et j'ai fini par les perdre. Alors, quand j'ai de nouveau perçu leurs vibrations tout à l'heure, je n'ai pas voulu prendre le risque qu'ils m'échappent une nouvelle fois. J'aurais dû insister pour que Marc reste dans la voiture, c'était stupide. Mais il est tellement buté aussi que j'étais certaine qu'il ne m'obéirait pas. Je ne m'attendais pas à ce qu'ils nous sautent dessus armés et, par habitude, j'ai téléporté mon poisson devant mon ancienne maison. Mauvais réflexe. Bref, je me suis mise dans la panade. Maintenant, je lui dois au moins un peu d'honnêteté. Quoi qu'il pense de moi, nous allons devoir continuer à collaborer comme si de rien n'était pour ne pas éveiller les soupçons.

— Qu'est-ce que ça veut dire ? demande-t-il d'une voix blanche.

Je cherche un moyen de le ménager, mais c'est trop tard, la seule manière de le préserver aurait été d'aller dans cette ruelle toute seule et de continuer à faire semblant d'ignorer à qui nous avions affaire. Je maudis Morgan de m'avoir forcée à infiltrer le commissariat Ordinaire. Mais quand le Consul va apprendre ma bourde, je vais payer le prix fort, et Marc aussi. Il est strictement interdit de révéler l'existence de la communauté des Autres à un Ordinaire, sauf s'il fait partie de notre famille. Et, euh… je ne vois pas quel lien je pourrais inventer entre Marc et moi.

— Pour faire simple ? J'ai des pouvoirs magiques, je peux me téléporter, voir la nuit et lancer des malédictions.

Son teint vire au gris, mais il n'esquisse aucun mouvement. Ses mâchoires sont si crispées que j'ai peur qu'il se brise les dents.

— Si j'avais voulu te faire du mal, tu serais déjà mort, lui fais-je remarquer avec un sourire que j'espère réconfortant.

Il fronce les sourcils et se redresse un peu.

— Est-ce que… tu m'as… ensorcelé ?

Je secoue la tête.

— Non, j'ai juste voulu te faire oublier ce qu'il s'est passé tout à l'heure et notre rencontre dans le parc, mais le sortilège ne fonctionne pas sur toi.

— Me faire oublier ? Tu veux dire que tu as manipulé mon esprit ? s'indigne-t-il, les poings crispés.

Il semble sur le point de me sauter à la gorge, seuls la peur et le choc l'en empêchent.

— Ça ne fonctionne pas sur toi, répété-je, mal à l'aise.

Cette fois, il semble plus intrigué qu'apeuré.

— Tu veux dire que je suis immunisé ? Est-ce que tu as tenté de me manipuler pour d'autres choses ?

À mon tour de le fixer sans comprendre.

— Qu'est-ce qui t'inquiète, au juste ?

Il recule sur sa chaise et pose sa tasse.

— Est-ce que tu m'as jeté un sort pour coucher avec toi ?

Je retiens un rire de soulagement. *Oh mon poisson, si tu savais !*

— Tu crois réellement qu'avec ce physique, j'ai besoin de la magie pour séduire les hommes ?

Il se mord la lèvre et un minuscule sourire lui retrousse le coin des lèvres. J'ai bien envie de lui sauter dessus et de lui prouver qu'il est maître de ses pulsions, en grande partie.

— Tu sais, mon poisson, j'ai toujours mis un point d'honneur à ramener des hommes consentants dans mon lit. Et, à moins que je ne me trompe, c'est toi qui es venu me trouver dans le parc, et encore toi qui m'as fait entrer chez toi vendredi.

Il reste de longues secondes à me fixer. Je me demande ce qui lui trotte dans la tête. Marc ne s'est pas enfermé dans la cave, il a l'air de me croire, c'est bon signe.

— Quel âge tu as ? ma questionne-t-il finalement.

— Quatre cent soixante-dix-huit ans. Ça t'en bouche un coin, hein ?

Il passe une main dans ses cheveux et secoue la tête avant de soupirer.

— Qu'est-ce qui nous a attaqués tout à l'heure ?

— Des Surnaturels.

— Des humains avec des pouvoirs ?

— En quelque sorte. Ils étaient trop puissants pour qu'on les affronte seuls.

Marc me fixe sans répondre. Ça fait beaucoup d'informations à assimiler en si peu de temps. J'ai peur que mon ourson guimauve ne perde quelques neurones s'il continue à poser des questions.

— Je vais te laisser, dis-je en me levant. Tu as besoin d'un moment pour encaisser. Je vais aller patrouiller du côté du restaurant et je dirai à la cheffe qu'on est tous les deux, si elle demande. Prends ton temps.

Il se redresse, le visage fermé. Sans plus de cérémonie, je me téléporte pour atterrir devant mon ancienne maison. Je me laisse aller contre le mur d'enceinte en soupirant. Morgan va me passer un sacré savon. Je lui envoie un message pour le prévenir que mon nouveau coéquipier est au courant et la réponse ne tarde pas à fuser.

[Camélia, qu'est-ce que tu as encore foutu ?]

Résignée, je lui passe un coup de fil afin de lui expliquer la situation.

— J'ai bien cru qu'ils allaient poignarder Marc avant que je ne le téléporte.

— Marc ? Tu l'appelles par son prénom maintenant ? fait-il remarquer d'un air moqueur.

— C'est pas drôle, Papi, rétorqué-je en utilisant son surnom. Je ne peux pas lui effacer la mémoire et j'ai peur qu'il soit en danger.

— Qu'est-ce que tu vas faire ? Tu sais que le Consul ne laissera pas passer ça. Tu dois rectifier la situation.

— Tu vas lui dire ?

Il soupire. Je sais qu'il n'est pas en très bons termes avec son père, mais c'est son devoir d'agent de lui faire remonter les informations importantes. Or, un Ordinaire qui apprend l'existence de notre communauté, ce n'est pas anodin.

— Je vais réfléchir à une solution, mais je ne te promets rien, rétorque-t-il. On se retrouve à vingt-deux heures au bar à l'angle de Cedar et Lone. Viens avec l'Ordinaire. Et tiens-toi à carreau d'ici là.

Il raccroche et je tente de calmer les battements frénétiques de mon cœur. C'est le problème d'avoir toujours l'air si sûr de soi : quand ça déconne, on se retrouve tout seul. Si je ne trouve pas rapidement une solution pour Marc, le Consul va l'éliminer purement et simplement. C'est sa manière de faire le ménage. Je ne devrais pas autant me soucier du poisson, mais c'est ma faute si sa vie est en danger. Ça et le fait que son regard sur moi a changé du tout au tout depuis que je lui ai révélé ma véritable nature. Terminé notre petit jeu du chat et de la souris pour savoir qui allait finir dans le lit de l'autre. À ses yeux, je suis devenue un monstre et… ça ne devrait pas m'atteindre. Je me moque royalement du sort des Ordinaires. Ils sont trop fragiles, leur vie trop courte, de plus, ils perdent vite de leur intérêt. Sauf qu'il va mourir à cause de moi, si le Consul l'apprend. Peut-être qu'un sort pour l'empêcher de parler des Autres suffirait… J'irais ensuite plaider ma cause auprès de Lincoln, avec le soutien de Morgan… J'ai envie de me donner des claques. On dirait que le boomerang me revient en pleine figure. Je soupire à nouveau. Il faut que je répare ma bêtise.

Je contemple la façade de mon ancienne maison tout en pierre, avec un petit jardinet sur le devant et des volets roses aux fenêtres. De mon temps, ils avaient une jolie teinte vert menthe. Je me remets en marche, trouve un coin plus discret pour me téléporter sur le lieu du dernier enlèvement.

J'arpente la rue principale, près de la ruelle où nous avons été attaqués, pendant plusieurs minutes, à la recherche d'un indice, mais ne trouve rien. Sans surprise, je constate que les Surnaturels ont pris la poudre d'escampette. Plus aucune trace. La sorcière fait bien son travail. Je ne peux pas retourner seule dans l'étroit passage, ce serait stupide. Je dois attendre les renforts promis par Morgan. Je décide donc de retourner du côté du restaurant.

Tout est calme, les serveurs s'occupent de la mise en place des tables pour le midi. Je frappe à la porte de derrière et présente mon badge. Les employés répondent à mes questions, mais comme pour les précédents enlèvements, aucun n'a de souvenir précis de ce qui est arrivé. Comme si la victime s'était évaporée dans la nature.

À l'heure du déjeuner, je reçois un message de Marc. Il a des questions. Sans perdre une minute, je me téléporte dans son jardin, c'est plus discret qu'en pleine rue. Je donne quelques coups contre le battant, il vient m'ouvrir presque aussitôt, la mine préoccupée.

— On reste dans le jardin ? demandé-je d'une voix moins assurée.

Il me fait signe que oui et s'installe sur le banc. Je rapproche une chaise avant de croiser une jambe par-dessus l'autre tout en lui souriant pour donner l'impression que tout est normal.

— Je t'écoute, l'encouragé-je en capturant son regard orageux.

Il a l'air désemparé, fatigué.

— Pourquoi tu as été envoyée au commissariat ? se lance-t-il en me fixant comme s'il cherchait à lire en moi.

Je soupire et agite le bout de mon pied.

— Je ne suis pas censée te révéler tous les détails, mon petit poisson, mais au point où j'en suis…

Il plisse les yeux, ses prunelles s'assombrissent encore. Je ne l'ai jamais vu en colère, mais j'ai l'impression qu'un tigre prêt à rugir se cache sous sa peau.

— Il y a quelques mois, quand les disparitions ont commencé, notre équipe a mené l'enquête dans les quartiers Autres, mais ça n'a pas donné grand-chose. On a juste constaté que les ravisseurs étaient des Surnaturels. On n'a aucun indice quant à leur identité ou leurs motivations.

Son silence m'incite à continuer.

— J'ai aussi relevé des traces de rites sataniques, mais sans lien direct avec les enlèvements. Du moins, je pense que c'est ce qu'ils veulent nous faire croire. Le Consul voulait étouffer l'affaire du côté Ordinaire et vérifier que vous n'aviez pas un indice qu'on aurait raté. Alors, comme je connais le quartier, que je maîtrise les rites sataniques et qu'en plus, je peux effacer la mémoire des témoins trop gênants, il m'a envoyée incognito.

Marc relève la tête. Il semble encore plus déstabilisé.

— Les témoins gênants, comme moi ? demande-t-il d'une voix où perce le sarcasme.

— Non, pour toi, c'est différent. Je voulais juste effacer… mes traces.

Je me lève pour me rapprocher de lui et poser mes mains sur les siennes.

— Marc, ce que je vais te dire est important, plus important que l'enquête encore. Le Consul est très strict sur les règles qui concernent les Ordinaires ; aucun ne doit apprendre notre existence, sauf s'il s'éveille ou justifie d'un lien de parenté. Je… je t'ai mis en danger en te révélant tout ça. S'il l'apprend, il voudra faire le ménage. Tu comprends ?

Je braque mes yeux sur lui pour m'assurer qu'il saisisse bien l'urgence de la situation, il me jette sa rancœur à la figure. Marc dégage ses mains des miennes, un pli amer lui tord la bouche.

— Tu ne dois en parler à personne, pas même à tes amis ou ta famille. Nous ne sommes que trois au courant.

— Trois ?

— J'ai prévenu Morgan, mon chef d'équipe. Nous devons le retrouver dans un bar ce soir pour en discuter. Conseil de guerre, ajouté-je sur un ton plus malicieux pour détendre l'atmosphère.

Il redresse le menton, le visage toujours aussi fermé.

— Tu as raison de m'en vouloir. Je n'aurais pas dû t'embarquer là-dedans, murmuré-je avant de me mordre la lèvre.

— Pourquoi tu l'as fait alors ? demande-t-il sans me lâcher du regard.

Je hausse les épaules.

— Je voulais juste qu'on suive les Surnaturels. Je n'ai pas l'habitude de travailler avec des Ordinaires. Quand la situation s'est dégradée, mon premier réflexe a été de te téléporter.

Une expression que je ne parviens pas à identifier assombrit ses traits.

— Je savais bien que tu étais un boulet, rétorque-t-il.

Je rêve ou il arrive à plaisanter alors que je viens de lui dire qu'il était en danger de mort à cause de moi ?

— Tu n'es pas en colère ?

— C'était couru d'avance que tu ne m'apporterais que des emmerdes. Je ne soupçonnais pas à quel point, mais je ne peux pas dire que je suis surpris, répond-il avec un haussement d'épaules désabusé.

Ça me désarme encore plus. Je m'attendais à une crise de panique ou de colère, mais son inertie apparente me fait bouillir de l'intérieur. Je baisse les yeux pour contempler le bout de mes escarpins. Ce n'est pas la première fois que je me retrouve dans ce genre de situation. Morgan est bien placé pour savoir que je n'en fais qu'à ma tête. Mais cette fois, j'ai l'impression d'avoir un peu trop tiré sur la corde. Si ça vient aux oreilles du Consul, le fait qu'on soit de vieilles connaissances ne suffira pas à me sauver les fesses, encore moins celles de Marc. Ce qui serait dommage parce qu'il a un très joli petit cul bien musclé.

— On retourne bosser alors ? demande-t-il en se levant.

— Je te téléporte jusqu'au restaurant ?

— Je vais encore vomir toutes mes tripes ?

— Ça dépend, certains s'y habituent plus vite que d'autres. Sinon, tu es bon pour me rejoindre en métro.

— D'accord, souffle-t-il, allons-y alors.

Il pose une main sur mon épaule et darde sur moi un regard froid. Malgré notre proximité, j'ai l'impression qu'un mur de béton armé se dresse entre nous.

— Tu vas supporter de faire équipe avec moi jusqu'à la fin de l'enquête ? lui demandé-je.

— On a le choix ? De toute façon, toi ou un autre de ton espèce, ça ne changera rien à l'épée au-dessus de ma tête.

Je me mords l'intérieur de la joue pour cacher ma déception. Ses mots sont comme autant de petites flèches empoisonnées qui viennent se loger dans mon corps. Sauf que je les ai empoisonnées moi-même. Je ne suis qu'une sotte. Comment j'ai pu croire qu'il comprendrait, qu'il m'accepterait ? Alors que je suis la première à clamer que je n'en ai rien à faire des Ordinaires.

Je secoue la tête et esquisse un sourire espiègle.

— Tu ne pourrais plus te passer de moi de toute manière, mon poisson.

Avant qu'il ne me sorte une réplique bien cinglante, je nous téléporte près du restaurant.

CHAPITRE 10
MARC VA DE SURPRISE EN SURPRISE

Je garde les yeux fermés et vacille à l'atterrissage. Camélia me maintient par les épaules, le temps que je retrouve mon équilibre. Nous sommes dans l'arrière-cour du restaurant, au vu des poubelles qui jonchent le sol et de l'odeur de nourriture avariée. Heureusement, elle nous a téléportés dans le seul endroit propre. Je me demande comment elle fait pour se repérer. Est-ce qu'elle connaît déjà les lieux ou est-ce qu'elle s'oriente en même temps qu'elle bouge ?

Je me dégage de sa prise. J'ai encore du mal à concevoir que j'ai couché avec une démone, deux fois. Chaque fois que j'y pense, un long frisson me parcourt. Un frisson d'effroi, mais aussi de plaisir, même si ça sonne comme un plaisir défendu. Je mentirais en disant que ça ne m'a pas plu et qu'elle ne m'attire pas comme un aimant. Mais je ne suis pas près de recommencer. En dehors du fait qu'elle m'a menti et mis en danger, toute cette histoire est complètement dingue ! Je vais rester sur mes gardes le temps de bien comprendre et me tirer de ce mauvais pas. Et, une fois l'enquête terminée, bye bye,

Sexy-casse-bonbons démoniaque ! Qu'elle m'efface la mémoire ou non, elle disparaîtra de ma vie. Définitivement.

— On mange un morceau ? demande-t-elle en se dirigeant vers la grand-rue.

— Non, je n'ai pas faim.

Camélia se tourne vers moi, un sourcil levé et une lueur espiègle dans le regard. Je suis surpris par une bouffée de chaleur, mais je ne me démonte pas.

— On fait équipe, c'est tout. On va limiter nos interactions au strict minimum, la préviens-je.

Elle s'approche et glisse un doigt sur mon biceps. Je réprime un frisson à son contact. Même si elle a perdu de son arrogance, elle reste dangereuse. Un être surnaturel, maléfique. Et elle m'a menti. Ce que je déteste plus que tout. En réponse à son geste, je la contourne et me place face à elle en maintenant une distance respectable.

— Plus de jeu entre nous. Et tu as intérêt à trouver une solution pour ton Consul ou je ne sais quoi. Je n'ai pas envie de foutre ma vie en l'air pour tes conneries.

Cette fois, Camélia accuse le coup avec plus de difficulté et baisse le regard. Je me dandine d'un pied sur l'autre, mal à l'aise. D'un côté, j'ai envie de la secouer comme un prunier pour lui faire comprendre que je lui en veux, que je suis en colère contre elle ; d'un autre côté, je sais qu'elle en est déjà consciente et qu'elle culpabilise. J'ai bien remarqué son changement d'attitude, je ne suis pas aveugle. Mais je ne suis pas prêt à lui pardonner.

— Bien sûr, souffle-t-elle en fixant le sol.

Elle redresse la tête et plaque un sourire sur son visage.

— Si tu n'as pas faim, je vais manger toute seule, rétorque-t-elle en me passant devant.

Elle est ingérable ! Je fourre les mains dans mes poches et lui emboîte le pas pour pénétrer dans le restaurant où elle s'installe à une table libre près de la fenêtre. Je m'assieds face à elle et ne fais même pas mine de regarder le menu. Si Camélia croit qu'elle va continuer à me manipuler, elle se fourre le doigt dans l'œil jusqu'au coude !

— Tu n'as toujours pas faim, mon canard ? demande-t-elle en m'observant par-dessus la carte.

— Dépêche-toi de commander, on ne va pas passer la journée ici, ronchonné-je.

— Ça va paraître suspect si tu me regardes manger.

Je soupire d'exaspération, prêt à la renvoyer dans ses buts, mais le serveur vient prendre la commande.

— Un steak tartare pour moi, dit-elle.

Le jeune homme se tourne vers moi avec un sourire poli qui s'efface devant ma mine sombre.

— Un steak-frites, déclaré-je finalement pour mettre fin à la torture du pauvre gars.

Il griffonne sur sa fiche et tourne les talons sans demander son reste.

— C'est pas comme ça qu'on va en tirer quelque chose, me fait remarquer Camélia en me gratifiant d'un regard moqueur.

Je fais mine de m'absorber dans la contemplation du plafond. Il est beige et un peu fissuré par endroits, en accord avec mon état émotionnel. J'ai l'impression d'étouffer. Cette journée est surréaliste. Comment on est passés du croissant à… ça ? Une démone, des gens avec des pouvoirs, un fou qui veut me tuer. Tout cette histoire, c'est à cause d'elle ! Et, en même temps, j'ai su à la seconde où elle a débarqué au commissariat qu'elle allait me causer des ennuis. J'étais loin d'imaginer jusqu'où les choses iraient, et même maintenant, je me dis que je n'ai pas encore tout vu. J'espère que son chef sera moins tordu, qu'il me sortira de ce mauvais pas. Je suis prêt à renoncer à l'enquête. De toute façon, je me demande à quoi je sers. Je n'étais qu'un prétexte pour justifier sa présence. Elle n'avait même pas l'intention de me rencarder sur cette affaire.

— Tu m'écoutes, mon poisson ?

Je baisse les yeux vers elle. Je n'aurais pas dû. Son petit sourire en coin me fait sortir de mes gonds.

— Si ce n'est pas pour parler de l'enquête, je préfère que tu la fermes, ronchonné-je.

— Justement, je te disais que je suis venue ici ce matin pour interroger le personnel et qu'ils semblent tous avoir oublié l'incident de vendredi.

— L'enlèvement ?

— Quoi d'autre ? demande-t-elle en battant des cils avant de prendre une gorgée du verre de vin que le serveur a déposé entre-temps.

— Pourquoi tu nous as fait revenir ici, alors ?

— J'avais faim.

— Non, mais tu te fiches de moi ? fulminé-je tout bas en balançant la serviette sur la table.

— Absolument pas ! Si on se fond dans le décor, qu'on se comporte comme des clients lambda, on verra peut-être un indice qui nous a échappé.

C'est un canular ! Ça doit être ça, oui. Elle s'est levée ce matin et a décidé de me pourrir la journée ! Je me disais bien aussi que c'était trop facile ! Les femmes sont toutes comme ça. Elles promettent de nous laisser tranquilles puis, deux jours plus tard, ça devient sérieux dans leur petite tête et elles échafaudent des plans machiavéliques pour nous torturer.

N'y tenant plus, je quitte brusquement la table et sors du restaurant. J'inspire profondément. Cette histoire, c'est du délire ! Je m'appuie contre un mur, cherche un carré de ciel bleu au-dessus des immeubles. Gris. En plus de ça, un vent frais s'est levé et une pluie fine mouille les trottoirs. Je suis maudit.

Je ferme les yeux, luttant pour garder mon calme et ne pas céder à la vague d'angoisse qui me comprime l'estomac. Comment tout a pu dérailler en si peu de temps ? Ce matin encore, je ne croyais pas au surnaturel. Je ne saisis même pas l'ampleur de tout ce que ça implique ! Je suis un cartésien, j'observe, j'analyse, je déduis de façon rationnelle. Mais là, il n'y a rien de rationnel, tout est bizarre. La téléportation ! Bordel ! Soit c'est le canular le mieux monté du monde, et alors, je me demande qui se donne autant de mal pour me ridiculiser, soit j'ai vécu plus de trente ans avec un bandeau sur les yeux.

Le bruit de talons qui martèlent les pavés m'annonce l'arrivée intempestive de Sexy-casse-bonbons.

— Mon chou, tu es sûr que tu vas bien ? Tu es tout pâle, minaude-t-elle en se plantant devant moi.

Même les yeux fermés, je peux deviner son expression soucieuse et le petit sourire qui la dissimule.

— Non, ça ne va pas, Camélia. J'ai besoin de prendre l'air.

Elle soupire et pose une main sur mon épaule. Par réflexe, j'ouvre les yeux et m'écarte. J'ai à peine le temps de détecter une ombre sur son visage avant qu'elle ne m'adresse son éternel sourire malicieux. J'ai l'impression qu'elle n'en mène pas plus large que moi face à cette situation.

— OK, mon chaton. Tu veux voir un truc cool ? demande-t-elle en se mordant la lèvre, le regard pétillant.

Je m'apprête à répliquer que non, mais mon estomac fait un looping pendant qu'elle nous téléporte.

— Bon sang, Camélia ! Je n'ai pas dit oui ! m'énervé-je en vacillant.

Ma vue tarde à s'habituer à la luminosité plus intense. Il n'y a plus aucun nuage dans le ciel et un vent frais nous fouette à présent le visage, accompagné du roulement des vagues. Nous sommes dans une petite crique déserte, bordée de graviers, en contrebas d'une falaise calcaire. Je ne reconnais pas l'endroit, mais le bleu foncé de l'océan m'est familier. Nous ne sommes pas loin de Nyx.

— Qu'est-ce qu'on fait ici ? grommelé-je.

— Tu as dit que tu avais besoin de prendre l'air, alors, voilà ! s'exclame-t-elle en attrapant ma main pour m'entraîner vers la plage.

— Camélia, tu ne peux pas me téléporter comme ça, à tout bout de champ ! Ça ne règle pas le problème !

Une fois sur le sable, elle enlève ses escarpins, les pose sur un gros morceau de bois flotté et me fait face avant de s'emparer de mes deux mains. Un sourire malicieux illumine son visage. J'en oublierais presque ce qu'elle est, qui elle est, ce que ça implique pour mon avenir.

— Allez, viens ! Ne fais pas ton rabat-joie !

Sexy-casse-bonbons joue avec mes doigts tout en reculant vers le rivage pour nous guider jusqu'aux vagues qui s'écrasent à quelques mètres. Comme un con, je me laisse faire, hypnotisé par son regard et son joli sourire. Lorsque nous atteignons le sable humide, elle lâche mes mains et se penche pour dénouer mes lacets.

— Qu'est-ce que tu fais ?

— Je t'aide à te détendre ! Tu vas voir, le surnaturel, ça n'a pas que de mauvais côtés.

— Camélia…, grondé-je.

Mais elle m'ignore et soulève mon pied pour tirer ma chaussure, m'ôte la chaussette avant de passer à l'autre. Je devrais la stopper, lui demander de me ramener. C'est une idée absurde. J'ai juste besoin d'être seul pour réfléchir. Sauf que sa présence a aussi un côté rassurant. Elle me prouve que je ne deviens pas dingue. À qui d'autre je pourrais parler de ce qui m'arrive sans passer pour un fou ? Même pas à Nolan ou Andrew. Ils m'enverraient directement voir un psy.

— C'est une mauvaise idée. On est au mois de février, on va mourir gelés, lui fais-je remarquer.

— Trouillard !

Mes pieds entrent en contact avec le sable humide et froid. Pas si glacé que ça. Les rayons du soleil l'ont chauffé toute la matinée.

Son sourire est contagieux, je dois l'admettre, et le bleu de ses iris, réconfortant quand il pétille ainsi.

— Tu vois, tu commences déjà à te détendre. Maintenant, je vais te montrer autre chose. Ferme les yeux.

J'hésite à m'exécuter, fronce les sourcils à la place.

— Ferme les yeux, répète-t-elle.

Je cède et sens qu'elle pose une paume contre ma poitrine en marmonnant des paroles incompréhensibles. Je crois reconnaître certains mots en latin comme « *aqua* » et « *calor* », mais le reste est inintelligible.

Lorsqu'elle s'arrête, j'ouvre les paupières pour croiser son regard où dansent des flammes rouges. Je recule d'un pas, sous le choc. Ce n'est pas la première fois que j'aperçois ce reflet, mais jamais aussi nettement. Ça n'a rien d'une illusion. Je jurerais que ce sont de vraies flammes.

— Qu'est-ce que tu m'as fait ?

Le coin de ses lèvres se retrousse et elle enlève son manteau, puis sa robe avant de s'attaquer à mon écharpe et ma veste.

— Camélia, arrête. Qu'est-ce que tu fabriques ?

— Laisse-toi faire. Je ne vais pas te manger. Et la plage est déserte, aucun risque qu'on te voie tout nu !

— Ce n'est pas la question, Cam.

— Ne m'appelle pas comme ça, me prévient-elle.

— Alors, tu as le droit de m'affubler de plein de surnoms ridicules et je n'ai pas le droit d'utiliser un pauvre diminutif ?

Elle claque la langue, agacée.

— Cam…

Elle redresse la tête et me foudroie du regard.

— Cam, Cam, Cam, chantonné-je pour me venger.

— Marc, ça suffit, gronde-t-elle en tirant sur la manche de mon pull.

— Tu vois à quel point c'est agaçant quand certaines personnes insistent sur des choses que tu n'aimes pas ?

Sur le point d'enlever mon autre manche, elle suspend son geste.

— Ce n'est pas que je n'aime pas ça, c'est juste… que ça me rappelle de mauvais souvenirs.

L'éclat de vulnérabilité que je décèle dans son regard m'atteint bien plus qu'il ne le devrait. Je m'approche et lui caresse l'épaule. Bon sang, ce qu'elle est sexy ! Elle est en sous-vêtements au milieu de l'hiver et elle ne frissonne même pas. Ses courbes délicieuses suffisent à me donner chaud, mais j'ai surtout envie de la serrer dans mes bras pour lui faire oublier ces mauvais souvenirs.

— OK, si tu insistes, je te fais confiance. Mais si c'est encore un de tes coups tordus, je te promets que ma vengeance sera terrible, soufflé-je avant d'enlever mon pull, ma chemise et mon pantalon.

Je m'attendais à souffrir de la morsure du froid, pourtant il n'en est rien.

— Un petit sort bien pratique, explique-t-elle devant mon air ahuri.

— Et maintenant ? On fait quoi ? demandé-je.

— On se baigne, bien sûr, dit-elle en retrouvant son air malicieux.

Sexy-casse-bonbons attrape ma main puis m'entraîne au pas de course dans les vagues. Je n'éprouve aucune sensation de froid au contact de l'eau et plonge avec délice dans les rouleaux qui m'arrivent à la taille. Je vérifie que mes mains ne bleuissent pas, mais ne note aucune réaction, comme si l'océan avait pris quelques degrés. Le sel me pique les yeux, toutefois la sensation est vivifiante. J'adore l'océan. Quand j'étais plus jeune, on y venait souvent avec Andrew et une bande d'amis pour faire du bateau. L'eau a toujours été source de réconfort. Je ne sais pas comment Camélia a deviné que ça me ferait du bien, mais c'est efficace.

Une demi-heure plus tard, après avoir effectué quelques brasses et m'être laissé porter par les flots, je rejoins Camélia qui se prélasse sur son manteau qu'elle a étendu sur le sable. Son regard me suit tout du long, me réchauffant aussi efficacement qu'un brasier. Je la trouve encore plus belle quand elle perd de son assurance. J'ai toujours beaucoup de mal à concevoir qu'elle a presque cinq cents ans, mais ça explique la carapace épaisse qu'elle s'est forgée et son caractère très indépendant.

Je m'allonge à côté d'elle puis contemple le ciel où se croisent quelques avions. Une flopée de mouettes s'envole pour se poser en criant au bord de l'eau. Je me sens étrangement apaisé. La tempête intérieure s'est calmée pour l'instant, ce qui me permet de prendre un peu de recul face à la situation.

— Tu peux te téléporter où tu veux ? Comment ça marche ?

Elle prend le temps de se mettre sur le côté pour me regarder et dessine le contour de mon pectoral du bout de l'index. Je frissonne, mais ne la repousse pas, trop curieux du nouvel univers qui s'ouvre à moi.

— Je peux me téléporter presque partout, mais plus la distance est importante, plus ça me demande d'énergie. Et j'évite de traverser les océans, j'ai failli me noyer une fois.

— Tu peux aller n'importe où sur le continent alors ?

— En général, je reste dans la ville. Sur une dizaine de kilomètres, ça ne me demande aucun effort.

— Et comment tu fais pour choisir les endroits ?

— De mémoire. C'est plus simple avec les lieux que j'ai déjà vus, mais il m'arrive aussi d'atterrir dans des endroits inconnus.

— Comme ici ?

Elle secoue la tête.

— Non, je connais très bien cette crique. C'est là que je viens quand j'ai besoin de me vider la tête.

Je suis touché qu'elle m'ait emmené ici. Gêné, je me racle la gorge et cherche un moyen de relancer la conversation.

— Ça doit être pratique pour cambrioler des banques, dis-je sur le ton de la plaisanterie.

Elle appuie sa joue contre ma poitrine et je sens ses lèvres s'étirer.

— Je suis une demi-démone, je ne peux pas traverser les murs. Si une porte est fermée, je ne peux pas entrer.

— Et il y en a beaucoup des… comme toi ? Ici ?

Je me tords le cou pour l'observer.

— Moins d'une dizaine à Nyx. On ne se fréquente pas trop. Les démons sont solitaires, m'explique-t-elle avec une pointe d'amertume.

— Tu te sens seule ?

Mon pouls s'accélère pendant que je lui caresse la joue du pouce.

— Un peu moins maintenant. J'ai quelques amis, même si je sais qu'ils ne vivront pas aussi longtemps que moi.

— Ça doit être dur… de voir vieillir ceux qu'on aime, prononcé-je tout bas en me demandant combien de ces personnes elle a vu mourir.

Elle se redresse et tend le bras pour récupérer sa robe.

— Tu n'imagines pas à quel point, répond-elle finalement.

Je n'imagine pas, non, à quel point elle a dû souffrir à cause de ça.

— On rentre ? demande-t-elle en plaquant un sourire sur son visage triste.

Je me relève et, incapable de supporter de la voir dans cet état, prends son visage en coupe dans mes mains avant de l'embrasser. Elle ne réagit pas, se contente de me laisser faire jusqu'à ce que je m'écarte.

— Mon lapin, il n'y a rien de pire que de lire la pitié dans le regard des autres.

Elle se baisse pour empoigner mes affaires, me prend par l'épaule et nous téléporte chez moi.

CHAPITRE 11

UN BABY-SITTER POUR CAMÉLIA

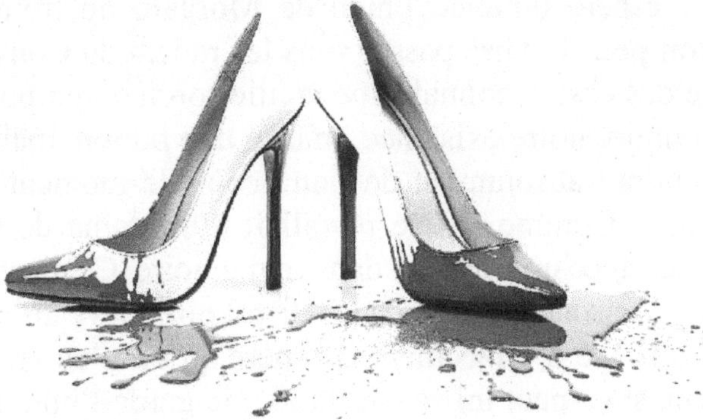

Il est un peu moins de vingt-deux heures lorsque je reviens chercher Marc. Il m'attend, assis sur le banc, emmitouflé dans sa veste en cuir, une écharpe beige rayée autour du cou. La petite étincelle qui brille dans son regard quand il m'aperçoit me redonne du courage. Nous allons en avoir besoin dans les minutes qui viennent pour affronter Morgan. Mon chef d'équipe est loyal et gentil, mais il sait aussi se montrer retors et inflexible quand on enfreint certaines règles.

— Tu es prêt ? lui demandé-je.

Mon poisson se lève, les mâchoires serrées, avant de s'approcher. J'admire son courage. Aurais-je aussi bien réagi si la situation avait été inversée ?

— Tu es sûre que c'est une bonne idée ? insiste-t-il.

On a déjà eu cette conversation tout à l'heure. Si je vais à ce rendez-vous sans lui, Morgan va s'énerver.

— Absolument. Et si tu veux… je pourrai te raccompagner après…

Je glisse une main entre sa veste et son écharpe pour caresser la base de son cou dans l'espoir de le sentir frissonner. Ça fonctionne et je détecte même une petite lueur au fond de son regard. Pour un Ordinaire, il s'adapte plutôt bien. J'espère qu'avec l'aide de Morgan, on trouvera une solution pour le faire passer sous les radars du Consul. Dans le pire des cas, je connais une vieille sorcière qui pourrait lui faire oublier notre existence grâce à une potion, mais il ne se souviendrait absolument de rien depuis le moment de notre rencontre. Comme s'il se réveillait d'un coma de plusieurs semaines avec un trou noir dans sa mémoire. Ce n'est pas sans danger, le risque qu'il perde la tête est plus élevé qu'avec mon petit sortilège d'effacement. J'espère qu'on n'en arrivera pas là. Mais si ça peut lui sauver la vie, je garde l'option sous le coude.

Je me contente de le caresser, rien de plus. C'est à lui de décider s'il est prêt à aller plus loin, en connaissance de cause. Même si ça me frustre. J'ai constamment envie de lui arracher ses vêtements et de le mordre un peu partout pour l'entendre gémir de plaisir. Si ça dure trop longtemps, j'envisagerai de me chercher un autre encas en attendant. Mais qu'est-ce que je raconte ? Je devrais déjà en avoir trouvé un autre. Sauf que, dans l'immédiat, j'ai encore envie de profiter un peu de ses bras musclés et de son torse tout chaud. Je devrais me méfier. Ça a commencé comme ça, la dernière fois. Et ça s'est mal terminé…

— Camélia ?

Sa voix chaude et profonde me ramène à la réalité. Mon regard dévie vers sa bouche qui continue de remuer. Sa main vient englober ma nuque.

— Tout va bien ?

— Oui, pourquoi ? répliqué-je en plaquant un grand sourire sur mes lèvres.

Il hausse un sourcil, pas dupe de mon jeu. Marc commence à me connaître, ça ne va pas arranger mes affaires. *Allez, je dois me reprendre !* Ça ne me ressemble pas de perdre pied de cette manière, surtout pour un homme.

— Je n'ai peut-être pas de pouvoirs magiques, mais je suis très observateur et je vois bien que quelque chose te chiffonne.

— Oui, je dois présenter un Ordinaire à mon chef. Ça n'arrive pas souvent.

— Il sait qu'on couche ensemble ?

Sa question me surprend, mais je réponds avec assurance :

— Pourquoi s'en cacher, mon poisson ?

Il se renfrogne, mais n'insiste pas, alors je nous téléporte dans une ruelle près du bar. Il tient sur ses jambes cette fois, même s'il pâlit un peu.

— Tu peux faire voyager combien de personnes avec toi ? m'interroge-t-il pendant que nous rejoignons la rue principale.

— Une ou deux. Plus il y a de monde, plus ça exige de concentration et d'énergie. Il y a toujours un risque que les ADN s'emmêlent. Donc je fais très attention.

Il m'ouvre la porte de l'établissement et nous pénétrons à l'intérieur. L'ambiance est calme, un match de foot est diffusé sur une petite télé, quelques clients consomment au bar tout en la regardant et deux blonds reconnaissables entre mille sont attablés dans un coin. On dirait que Morgan a appelé du renfort.

Le plus âgé des deux tourne la tête et m'adresse un salut discret. Morgan a certainement une bonne raison de mêler mon plus vieil ami à la conversation, celui qui connaît mes secrets les plus noirs. Trouve-t-il mon comportement suspect au point de solliciter son avis ? Je m'approche, Marc sur les talons. Une fois n'est pas coutume, il ne se la ramène pas et se contente de serrer la main de Morgan, puis de Valérien.

— J'ai demandé à Val de venir, m'explique mon responsable en se rasseyant, il va vous prêter main-forte.

— Marc, je te présente Morgan, mon chef, ainsi que Valérien, notre agent en préretraite.

— En préretraite ? s'étonne-t-il.

— Je suis plus vieux que j'en ai l'air, explique Val en lui jetant un petit regard amusé.

— C'est-à-dire ? insiste Marc.

— J'ai presque cent quatre-vingts ans.

— C'est plus jeune que Camélia, note-t-il.

— Je ne suis pas un demi-démon, et j'ai d'autres aspirations, élude Val.

Mon poisson hoche la tête et encaisse l'information sans broncher.

— Et vous ? demande-t-il à Morgan.

— Trente-sept.

Marc fixe Morgan d'un regard inquisiteur, le visage fermé. Il se mure derrière sa carapace de flic blasé, seulement, s'il croit que Papi va baisser la tête en premier, il se trompe. Sous ses airs de gentil, notre chef cache une force et une assurance insoupçonnables. Un peu comme Valérien, sauf qu'on ne le qualifierait pas de gentil, mais d'enquiquineur.

Marc finit par s'asseoir au fond de la banquette et je m'installe face à Morgan.

— Et sinon, tous les… Autres se ressemblent, ou c'est juste vous trois ? demande-t-il en nous désignant du doigt.

— Je l'aime bien, ricane Val en levant son verre de bière.

— Les autres membres de l'équipe sont bruns et pas forcément très grands, si ça peut te rassurer, lui expliqué-je.

Morgan est plus grand et musclé que Valérien. Il porte des cheveux assez courts tandis que Val les a un peu plus longs, avec des reflets cendrés et, en prime une barbichette ainsi que des lunettes rondes qui lui donnent un air de gentleman des années 70.

Les deux agents me fixent, bien droits dans leur costume noir trois-pièces sans le moindre faux-pli.

— Je suis contente de te voir, Val, dis-je pour changer de sujet.

— Moi aussi, Cam.

Le regard de mon poisson dévie légèrement vers moi, il fronce les sourcils, ravalant sûrement sa réplique quant à l'utilisation de mon diminutif. Je l'ignore et commande deux bières pour les accompagner.

— Tu as trouvé une solution pour le Consul ? demandé-je, une fois que nous sommes servis.

Morgan secoue la tête.

— Je vais te laisser le plus de temps possible, mais s'il s'en rend compte, je ne pourrai pas grand-chose pour toi.

Je soupire en contemplant le fond de mon verre.

— Je croyais qu'il se radoucirait en devenant grand-père, mais on dirait que je me trompais. Comment vont Emychou et ma Charlotte ?

— Tu sais, un jour, je devrai leur dire que tu les appelles comme ça, me taquine Morgan.

— Hors de question ! Je ne suis pas une tata gâteau !

— Charlotte sait écrire son prénom, m'apprend Morgan avec un sourire plein de fierté. Et Em va très bien. D'ailleurs, je lui ai promis que je ne rentrerai pas tard, alors on va mettre les choses au clair tout de suite.

Il redevient sérieux. Disparu, le papa, revoilà Morgan, l'agent en chef.

— Valérien va rester avec vous pour vous aider sur l'enquête. Il ne se rendra pas au commissariat, mais vous suivra dans vos déplacements. Au moindre problème, tu fais appel à lui. C'est noté ?

— Ça ressemble plus à du baby-sitting ! Mais si ça peut te rassurer, pourquoi pas, dis-je tout en buvant une gorgée.

Je m'en doutais. Il m'a lâché la bride quelques jours et maintenant, il veut tout contrôler. Reste à savoir si c'est à cause de Marc ou parce que son père lui met la pression.

— Camélia, tu sais aussi bien que moi que je n'ai pas le choix. Cette enquête est importante, on ne peut pas laisser un Ordinaire la perturber.

À cause de mon poisson, donc. Est-ce que je leur ai raconté quelque chose qui avait de quoi les inquiéter ? Hormis ma boulette monumentale en nous dévoilant à un Ordinaire. Est-ce qu'eux aussi s'inquiètent que je lui accorde trop… de confiance ?

— J'ai rien demandé, moi, bougonne Marc en avalant une grosse rasade de sa bière. J'étais très bien avec mon coéquipier, je n'avais pas besoin d'un boulet casse-bonbons.

Les lèvres de Val s'étirent en un petit sourire moqueur.

— Bravo, on dirait que tu as encore assuré le spectacle, me taquine-t-il en faisant mine de trinquer.

— Je peux très bien me débrouiller toute seule !

Le silence de Morgan en dit long sur ce qu'il pense de cette capacité.

— Et qu'est-ce que vous allez faire de moi, une fois que l'enquête sera terminée ? reprend Marc avec plus de sérieux.

Je soupire et me laisse aller contre le dossier de la banquette.

— Mon poussin…

— Tu pourrais peut-être lui lancer un sort de silence, suggère Valérien. Pour qu'il ne parle pas de la communauté.

Je me redresse.

— En dehors de nous trois, tu veux dire ?

Il acquiesce.

— Qu'est-ce que ça signifie ? s'inquiète Marc en nous fixant tour à tour.

— Ni plus ni moins que ce que vient d'expliquer Valérien, répond Morgan.

Le pragmatisme de mon chef semble rassurer mon poisson.

— Ça pourrait suffire ? demandé-je, pleine d'espoir.

— On peut tenter. Tu connais la formule ?

— Non, mais je peux lancer une malédiction en ce sens.

— Une malédiction ?

Marc me regarde avec de grands yeux, prêt à détaler comme un lapin.

— Pas de panique, mon bichon, ça ne te fera rien.

Sans attendre son avis, je pose une main sur la sienne.

— Tu n'évoqueras pas tout ce qui a rapport avec la communauté des Autres, en dehors de notre cercle, jusqu'à ce que tu rencontres le Consul, dis-je tout bas.

Un petit éclair rouge passe dans ses yeux, signe que la malédiction est en place, cette fois. Cet après-midi, j'ai testé sa résistance à ma magie en le rendant insensible au froid. Apparemment, il est juste immunisé contre mon sort d'oubli.

— Pourquoi tu parles du Consul ? demande-t-il en retirant sa main comme si je l'avais brûlé.

— Il faut une contrepartie à chaque malédiction et il n'y a aucune chance pour que tu le rencontres, donc tu es protégé jusqu'à… ta mort.

— Mouais, espérons que ça soit dans plusieurs décennies alors. Et c'est qui, le Consul ?

— L'homme pour qui nous travaillons. Il représente toute la communauté des Autres de Nyx. C'est lui qui fait appliquer les lois. Et c'est aussi mon père, ajoute Morgan en esquissant une petite grimace.

— Et d'ailleurs, le reste de l'équipe a avancé sur l'enquête ?

— Non, toujours aucun indice sur les ravisseurs. On ne sait toujours pas pour le compte de qui ils agissent, et le Consul s'impatiente, répond Morgan, la mine sombre.

— OK, on va mettre les bouchées doubles alors. Pas vrai, mon poisson ?

Je me tourne vers Marc pour lui adresser un beau sourire complice.

— Bien sûr, mon petit boulet ! réplique-t-il.

Il m'envoie une petite tape dans le dos agrémentée d'un regard plein de défi. D'accord, il n'aime vraiment pas les jolis surnoms !

Valérien éclate de rire.

— Ah, merci, Morgan ! Je sens que je vais bien me marrer avec ces deux-là ! s'exclame-t-il, les larmes aux yeux.

— Tu restes discret, Val. Personne n'est au courant que tu bosses sur cette affaire.

— Oui, Papi, promet-il avec un petit salut militaire.

— OK, je compte sur vous trois.

Morgan nous gratifie d'un dernier regard impénétrable avant de payer les consommations.

— Passe le bonsoir à ta petite famille, dis-je avant de le quitter.

— Ce sera fait. D'ici notre prochain contact, si tu pouvais éviter de nous balancer à tous les Ordinaires…

— C'est noté !

Morgan nous tourne le dos puis se transforme en papillon pour disparaître dans la nuit. Marc l'observe quelques secondes, ébahi, avant que son expression redevienne neutre. Il a oublié ce qu'il vient de voir. Peut-être que je pourrais utiliser un sortilège de ce type pour faire oublier Marc au Consul, en cas de problème. Mais lancer un sort sur un Surnaturel aussi puissant, c'est presque impossible.

— Alors, c'est quoi la suite du programme ? demande Marc en fourrant ses mains dans ses poches.

— Je te raccompagne.

— Et lui ?

Il désigne Valérien d'un mouvement de tête.

— Ne vous inquiétez pas pour moi. Faites comme si je n'étais pas là. On se revoit demain matin.

Comme à son habitude, il se fond dans les ombres pour disparaître tel un fantôme.

— C'est un Marchombre, expliqué-je à mon petit poulet, anticipant sa question. Il peut voyager dans les ombres, un peu comme moi, avec la téléportation.

CHAPITRE 12

MARC PREND DU RECUL

Quatre jours plus tard, je me rends au bar d'Andrew. Cette semaine, Camélia se fait plus distante. Elle me laisse respirer et je dois dire que j'en ai besoin. Je n'ai pas encore encaissé tout ce qu'elle m'a révélé lundi. Aussi, quand elle m'a raccompagné, ce soir-là, je ne lui ai pas demandé de rester et elle n'a pas insisté. Depuis, nos rapports se sont limités à l'enquête, des rapports strictement professionnels, tout juste ponctués des surnoms débiles habituels. L'autre agent est resté invisible. C'est tout juste s'il est venu boire un café avec nous hier matin. Hormis la sensation d'être épié vingt-quatre heures sur vingt-quatre, je n'ai aucun autre indice de sa présence. Pour les missions secrètes, il est bien plus discret que Camélia.

J'avale une gorgée du double expresso bien corsé et soupire.

— Dure semaine ? demande Andrew en s'accoudant devant moi.

— Ouais…

— Elle est passée où, ta coéquipière super sexy ?

Je hausse les épaules.

— Marc ! Tu l'as fait fuir ?

— Non, me défends-je.

— Elle ne te suit plus partout, alors ?

— Non.

À son tour de soupirer avant d'aller s'occuper d'un autre client, non sans m'avoir jeté un coup d'œil suspicieux. Je ne l'ai pas fait fuir. Je n'ai rien dit, rien fait. Je me suis contenté d'accepter qu'elle soit un être surnaturel, démoniaque et dangereux. Mouais, c'est sûr que, comme ça, ce n'est pas très engageant. Mais, il y a une semaine encore, j'aurais ri au nez de celui qui aurait évoqué la magie et tout le tralala. Sauf que je suis sous le coup d'une putain de malédiction maintenant. J'ai besoin d'un peu de temps. Pourtant, face à la réaction d'Andrew, je me sens con et lâche. Peut-être que Sexy-casse-bonbons croit que je suis effrayé ou dégoûté.

Mon frère revient vers moi.

— C'est elle qui t'a largué alors ? demande-t-il.

— Qui t'a dit qu'on sortait ensemble ?

Il ricane.

— Tu viens de le faire, frangin.

— Et merde… On ne sortait pas vraiment ensemble.

Je repose la tasse vide. Andrew me connaît trop bien. Il lit en moi comme dans un livre ouvert, ce qui est pratique les trois quarts du temps, vu que ça m'évite d'avoir à m'expliquer, mais sur ce coup, j'aurais préféré qu'il ne devine pas la nature de mes rapports avec Sexy-casse-bonbons démoniaque. Encore qu'il doit être bien loin du compte.

— Alors, qu'est-ce qui s'est passé ?

— Rien. Elle m'a avoué un truc et j'ai encore du mal à l'encaisser.

— Ah oui ?

— Pas la peine de m'en demander plus, je ne dirai rien à ce sujet, le préviens-je.

Ma langue se met à fourmiller comme si elle était engourdie et la discussion sur la malédiction me revient en mémoire. Bordel, elle était sérieuse ! Elle m'a vraiment envoûté ! De toute manière, je n'avais pas l'intention de parler de toute l'histoire à Andrew. Même si je lui fais confiance, je ne pense pas qu'il soit réceptif à la magie et à ce genre de conneries. Ouais, même pour moi, ça sonne encore bizarre. J'ai l'impression d'avoir été projeté dans une réalité parallèle.

— Elle te fait peur ? reprend-il en me servant un deuxième café.

— Non, c'est pas ça…

Il croise les bras sur le comptoir et me fixe d'un air moqueur.

— Moi, je crois que tu as la trouille parce que tu t'es attaché à elle alors que ce n'était qu'une histoire de fesses au départ. Mais comme tu es trop fier pour l'admettre, elle s'est barrée.

— Non ! Je ne me suis pas attaché et elle ne s'est pas barrée. Elle se tient juste à distance.

— Et ça te frustre.

— Oui. Sauf que c'est moi qui le lui ai demandé.

— Je ne te suis pas bien, frangin, là. Elle te plaît, je l'ai bien vu à ta manière de la rabrouer comme un lourdingue. Et la dernière fois que vous êtes venus, tu ne pouvais pas t'empêcher de la bouffer des yeux.

— N'importe quoi !

Il m'adresse un regard lourd de sous-entendus.

— Tu ne me la fais pas, à moi. La dernière fois que je t'ai vu agir comme ça, c'était avec Meghan.

— Qu'est-ce que Meghan vient foutre dans cette conversation ?

Il ne me lâche pas, j'ai envie de l'empoigner par le col de sa chemise pour le secouer. C'est petit de sa part de remettre mon ex sur le tapis. Notre rupture date de plus de trois ans ! Avec Camélia, c'est différent. C'est uniquement pour le sexe ! Rien de plus !

— En tant que petit frère, je dois te prévenir que tu dérailles. Si cette fille te plaît, ne la laisse pas filer.

— Comme Meghan ?

Il hoche la tête. C'est bien ma veine d'avoir un demi-frère aussi clairvoyant. Il met toujours le doigt où ça fait mal.

— Tu as pris un petit déjeuner avec elle ? continue-t-il.

— Avec Meghan ?

— Avec ta collègue sexy, espèce d'idiot. Quoique, si tu me dis que tu as couché avec Meghan récemment, je vais sérieusement m'inquiéter pour ta santé mentale.

— Non, elle ne fait pas dans le petit-déj…

— Mais ?

— Mais rien ! J'ai fait des pâtes, un soir, c'est tout.

Andrew me tapote l'épaule.

— Quoi ? bougonné-je devant son air désolé.

Il s'apprête à me répondre, mais un client pousse la porte et il lève la tête pour le saluer avant de froncer les sourcils. Je me retourne, m'attendant presque à voir Camélia, mais c'est l'acolyte à barbichette de cette dernière qui prend place à côté de moi.

— Bonsoir, messieurs, nous salue-t-il avant de commander un double whisky.

— Vous travaillez encore à cette heure-ci ou vous avez la même propension que votre collègue à me suivre partout ?

— Je suis payé pour ça, murmure-t-il très bas.

Je me redresse et me tourne vers lui.

— Morgan m'a envoyé pour vous protéger tous les deux. Même si je n'ai pas grand-chose à faire des Ordinaires, je prends toujours mes tâches très à cœur.

— Oh, et bien… merci, ricané-je.

Je crois surtout que sa « mission » consiste à s'assurer que je ne vais pas déballer leur secret à tout le monde et les ralentir dans leur enquête. Une enquête qui patine sévère, faute d'indices à se mettre sous la dent. Les analystes ont comparé le profil de la nouvelle victime présumée avec les autres, sans résultat. Aucun élément ne se recoupe. Le seul point commun reste les circonstances étranges de la disparition.

Si, au début, j'étais frustré qu'on nous envoie un agent spécial pour nous aider, je commence à me dire que si les Surnaturels ont besoin de l'aide de gens « ordinaires », ça sent vraiment le roussi. Heureusement, je ne suis pas du genre à me décourager pour si peu. On les aura, ces enflures ! Il faut juste qu'on réussisse à trouver le petit bout de fil qui dépasse. Ensuite, il suffira de tirer dessus jusqu'à détricoter ce bordel.

— Vous vous connaissez, tous les deux ? demande Andrew en lui apportant son verre rempli de glaçons.

— Il bosse avec nous sur l'enquête.

Mon frère le scrute quelques secondes, le visage fermé. Ce n'est pas dans ses habitudes. Andrew est quelqu'un de jovial, avec le contact facile ; c'est très rare qu'il se montre aussi méfiant.

— Vous vous connaissez ? m'inquiété-je.

— Non, répondent-ils d'une même voix froide.

OK, il y a anguille sous roche, ou gorille sous banane, mais ils n'ont pas l'air disposés à s'expliquer alors je lâche l'affaire. Peut-être que j'arriverai à faire parler le blond à lunettes lorsqu'on sera seuls.

— Camélia n'est pas avec vous ? demandé-je pour changer de sujet.

— C'est sa soirée de permission. Vous n'êtes pas au courant ?

— On n'est pas mariés, elle fait ce qu'elle veut, répliqué-je en haussant les épaules.

Valérien laisse échapper un petit rire.

— Qu'est-ce qu'il y a de drôle ? répliqué-je.

S'il me sort que je suis amoureux de sa collègue, je l'emplafonne, Marchombre ou pas !

— Vous savez qu'elle va vous bouffer tout cru ?

— En quoi ça vous regarde ? Je ne suis qu'un humain lambda.

Ils se sont donné le mot ou quoi ?

— Rien. Pardon, se reprend-il. C'est juste qu'elle peut se montrer insensible.

Je hausse un sourcil.

— Je crois surtout qu'elle est très douée pour cacher son jeu, le détrompé-je.

Cette fois, il me fixe avec attention, comme s'il cherchait la réponse à une question qui m'échappe.

— Depuis combien de temps vous la connaissez ? enchaîné-je.

Il fait mine de réfléchir en plissant les yeux derrière ses lunettes.

— Une bonne centaine d'années.

Je vois, j'ai un bon train de retard. Est-ce qu'ils ont couché ensemble ? Le grand blond, leur chef, je suis presque sûr que non. Mais lui, c'est peut-être son genre.

— Et vous êtes… intimes ? continué-je en faisant tourner ma tasse du bout du doigt.

Cette fois, il part d'un grand rire.

— Avec Camélia ? Sûrement pas ! On est amis, c'est tout.

Pourquoi je me sens si soulagé ? Aucune idée. Je me fiche de savoir avec qui elle couche.

— Vous deux, par contre, vous l'êtes un peu trop pour votre bien.

— Je ne vois pas en quoi ça vous regarde.

— Oh là, doucement ! J'ai répondu à votre question. Je n'y étais pas obligé.

Sur ce point, il a raison. C'est juste que ça m'énerve que tout le monde s'octroie le droit de qualifier notre relation ou d'y aller de son avis. On est des adultes et Camélia est bien assez grande pour gérer sa vie privée. Quant à moi, je prends le parti de ne pas m'attacher, alors, pas besoin de leurs conseils à deux balles.

— Vous savez, je tiens beaucoup à Camélia, mais je sais à quel point elle peut se montrer exaspérante. C'est une marque d'affection de sa part, ajoute-t-il.

— J'avais saisi, mais merci de la précision.

Vexé, il se tait. Je viens de me mettre à dos la seule personne capable de m'aider à la comprendre, bravo !

— Je vous offre un autre whisky ? demandé-je en avisant son verre vide.

— Non, merci, je vais rentrer. On m'attend chez moi.

Il se lève et s'apprête à partir.

— Valérien ?

— Oui ?

— C'est bon signe qu'elle me laisse autant d'espace ?

Il me scrute pendant dix longues secondes, d'un air impénétrable.

— Vous devriez l'appeler, lance-t-il avant de gagner la sortie.

Une fois qu'il est parti, Andrew vient débarrasser son verre et ma tasse tout en continuant à regarder vers la porte, les sourcils froncés.

— S'il te cherche des problèmes, tu me le dis. OK ?

Mon barman de petit frère veut jouer les gardes du corps ? En quel honneur ?

— Non, on collabore pour l'enquête, c'est tout.

— Mouais, ce type n'est pas clair.

— Qu'est-ce qui te fait penser ça ?

— Il cache son jeu.

Ma langue fourmille encore pendant que je me demande s'il a senti la véritable nature de Valérien. Impossible. Mon frère est aussi Ordinaire que moi.

— Je gère, t'inquiète.

— Alors, appelle ta jolie collègue et passe-lui le bonjour de ma part, m'enjoint-il avec un sourire malicieux.

— C'est marrant, c'est ce qu'il vient de me dire.

— Il n'est peut-être pas aussi con qu'il en a l'air.

Je secoue la tête et paye mes consommations avant de partir. Sur le chemin du retour, je tergiverse. Est-ce que je dois appeler Sexy-casse-bonbons ? Est-ce que j'ai envie de la voir ? Oh, ça, oui ! Alors pourquoi je ne le fais pas ? Probablement parce que c'est plus facile de faire comme si ma vie n'a pas changé quand elle n'est pas là. En bref, je me comporte comme un lâche.

Arrivé chez moi, je m'affale dans le canapé et sors mon téléphone.

[Chez moi ? Dans vingt minutes ?]

Je clique sur « envoyer » avant de changer d'avis et fais taire la petite voix qui me dit que je serai encore plus déçu que frustré si elle ne répond pas.

CHAPITRE 13
CAMÉLIA PERD LES PÉDALES

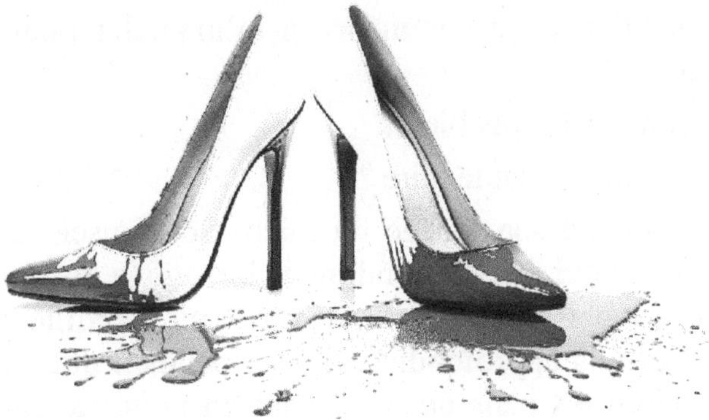

Je relis le message de Marc une dernière fois avant de sourire. On dirait que les affaires reprennent. Mon poisson sort enfin la tête de l'eau. Je commençais à m'impatienter. Quatre jours ! Je me suis fait violence pour lui laisser assez d'espace, en espérant qu'il ne prenne pas la poudre d'escampette. J'ai bien repéré quelques encas de dépannage, au cas où, mais aucun ne m'a semblé assez appétissant pour passer à l'action. J'ai hésité à me rapprocher de Nolan, le coéquipier de Marc, mais il est décidément trop gentil et trop crédule.

Je me recoiffe, réajuste ma robe, remets un peu de rouge à lèvres et me téléporte avec cinq minutes d'avance dans le jardin de mon poisson. Il est là, assis sur le banc, vêtu de la même veste en cuir que la dernière fois. Sauf que l'ombre dans ses prunelles n'est pas celle du doute, mais du désir. Ce simple constat me réchauffe de partout.

— Bonsoir, mon lapin, dis-je en m'approchant.

Comme il ne bouge pas et continue de me suivre du regard, je m'installe à côté lui. Il garde le silence.

— Je ne m'attendais pas à recevoir un message de ta part ce soir, fais-je remarquer. Tu as des questions à me poser ?

Il me fixe et je commence à m'inquiéter pour sa santé mentale.

— Marc ? Tu vas bien ?

— Tu veux bien te taire ?

Il approche son visage du mien. Son baiser est d'abord hésitant, ce qui me surprend, mais lorsque je passe une main sur sa nuque, il se rapproche encore et me mordille les lèvres. Je gémis puis approfondis le baiser pendant que sa main se glisse entre les pans de mon manteau pour me caresser les hanches et la poitrine. Je me rends seulement compte à quel point la distance m'a frustrée, combien la sensation de ses doigts sur mon corps m'a manqué. Ça ne fait même pas une semaine qu'on a couché ensemble. Qu'est-ce qui me prend ? Je m'écarte brusquement, à bout de souffle, le cœur battant à tout rompre.

— Qu'est-ce qui se passe ? demande mon poisson d'une voix rauque.

Un éclair de tristesse passe dans son regard et j'ai envie de le serrer plus fort contre moi, de lui dire qu'il peut continuer, mais une autre partie de moi a envie de détaler avant d'être trop accrochée à lui.

— Je… c'est juste pour le sexe, n'est-ce pas ? bégayé-je.

Son expression se rembrunit.

— Bien sûr, mon petit boulet, uniquement du sexe, rien de plus.

Marc reprend là où il s'était arrêté avec plus d'ardeur encore, comme s'il avait envie de me dévorer. Il se relève, prend ma main et m'entraîne à l'intérieur sans un mot, une expression déterminée sur le visage. Je m'attendais à ce qu'il nous emmène dans la cuisine ou le salon, mais il emprunte les escaliers et ouvre la porte de sa chambre. J'ai jeté un œil à cette pièce la dernière fois quand il m'a laissée utiliser la salle de bains. Les murs sont blancs avec, pour seule décoration, un cadre représentant un bord de mer. Cette fois, je m'y attarde moins, trop préoccupée par son changement d'attitude soudain.

Il se tourne vers moi et me scrute avec curiosité.

— Je peux te poser une question ? demande-t-il sérieusement sans me lâcher.

— Oui ?

Je n'arrive même pas à sourire, à trouver une pointe d'humour pour alléger l'atmosphère. La tension qui règne dans la pièce n'est pas malsaine pour autant, c'est juste un mélange d'électricité et de questions.

— Est-ce que c'est ta véritable apparence ?

Comme je mets du temps à répondre, il précise :

— Tu peux devenir toute bizarre comme les démons des films ?

Je soupire de soulagement. L'apparence est une vaste question, mais pour ce qui est de mon physique…

— Je ne suis qu'à moitié démon, mon chou. Je ne peux pas changer d'aspect. De toute façon, avec ce corps de rêve, pourquoi est-ce que je le voudrais ?

Son regard se fait appréciateur, ses lèvres s'étirent.

— OK, ça me va pour l'instant, conclut-il.

— Pour l'instant ?

Marc se rapproche légèrement, fait glisser mon manteau qu'il dépose sur une chaise avant d'effleurer la base de mon cou de sa bouche. Je n'ose pas bouger. Je ne comprends pas cet homme, mais chaque parcelle de mon corps a envie d'être touchée par lui alors je me laisse faire, immobile. Il descend la fermeture de ma robe, très lentement, pendant que ses lèvres explorent ma joue et mon cou. J'aime quand les rapports sont plus passionnés, mais je joue le jeu et l'aide à ôter mon vêtement. Je me retrouve en dessous devant lui. Noirs en dentelle, cette fois. Ses lèvres retrouvent les miennes pendant qu'il me caresse le dos et j'ai envie de prendre le contrôle pour rendre notre étreinte plus fougueuse, mais il ne coopère pas, se contente de picorer mes lèvres avant de suivre du doigt le contour de mon soutien-gorge.

— Qu'est-ce que tu fais, Marc ? soufflé-je en retenant un gémissement de plaisir.

— J'improvise.

D'une main habile, il enlève l'agrafe pour libérer mes seins avant de me faire basculer sur le lit. Je suis presque entièrement nue alors qu'il porte encore sa veste. Suivant mon regard, il sourit et se débarrasse de ses vêtements, sans précipitation. Il est sexy à en mourir. Le jeu de ses muscles m'hypnotise quand il vient s'allonger à côté de moi.

— Marc…

— Tu veux bien me laisser faire ? me coupe-t-il en me caressant du bout des doigts.

Je hoche la tête et, une fois n'est pas coutume, m'abandonne, docilement, profitant des sillons brûlants qu'il trace sur ma peau avec ses mains et sa langue. Frénétique ou délicat, il provoque le même plaisir en moi. Je me sens bouillonner de l'intérieur, impatiente. D'ordinaire, c'est moi qui mène la danse, et j'aime ça, je veux avoir le contrôle, mais avec lui, j'arrive à lâcher prise, du moins pour l'instant. Lorsque mon tour viendra, il ne faut pas qu'il s'attende aux mêmes égards. J'ai envie de le mordre et d'enfoncer mes ongles dans sa peau pendant que je le chevauche. Sauf que, pour l'instant, c'est sa bouche qui accapare tous mes sens alors qu'elle se fraye un chemin entre mes cuisses.

Mes mains glissent dans ses cheveux, je me raccroche à la sensation de ses mèches souples pour ne pas perdre pied complètement, mais il trouve le point le plus sensible et l'agace jusqu'à ce que je crie. Je retombe sur le drap, pantelante, pendant qu'il se relève.

Je tends la main pour le retenir, mais il me sourit puis ouvre le tiroir de la table de chevet pour en sortir une capote. *Ouf, ça ne s'arrête pas là !* Je tire sur son bras pour l'attirer contre moi et l'embrasse avec fougue. Cette fois, il se laisse faire. Sa peau chaude plaquée contre la mienne, nos hanches soudées, je fais courir mes doigts le long de son dos et le fais basculer pour m'installer sur ses jambes tendues. Il me regarde déballer la capote en se mordillant la lèvre d'une manière si sexy que je lui renvoie un sourire satisfait. À mon tour.

Je ne m'embarrasse pas de préliminaires, mais m'arrange pour faire durer le plus possible son plaisir, jusqu'à ce que je le sente prêt. Alors je nous fais rouler sur le côté et noue mes bras autour de son cou pendant que ma bouche se soude à la sienne. Je le sens haleter contre moi, se tendre en râlant. Cette fois, c'est lui qui atteint le sommet et je me rends compte que j'ai encore plus apprécié ce moment. Surtout quand il ouvre les yeux pour me fixer avec ce petit sourire. Je peux voir les étoiles danser dans ses prunelles, et même si je n'arrive pas à identifier l'émotion qui les anime, je sais que j'aime ça.

Marc m'embrasse puis ramène le drap sur nous avant de me serrer contre lui. Pas trop fort, juste assez pour me communiquer sa chaleur. Je me love au creux de son bras et lui caresse le torse d'un geste distrait. J'ai conscience qu'on vient de dépasser une limite, mais j'ai envie de me voiler la face encore un peu. Le réveil risque d'être brutal, seulement, là, tout de suite, je veux juste profiter de ses bras, de sa tendresse.

À son souffle régulier, je comprends qu'il s'est assoupi. Il est rare que je reste avec un homme après une partie de jambes en l'air. Enfin, cette fois-ci, elles n'étaient pas en l'air, mais peu importe. Je commence à me poser de sérieuses questions sur ma santé mentale. J'aime être libre, indépendante, croquer des hommes quand bon me semble et, surtout, ne pas m'engager. Parce que c'est trop dur quand ils vieillissent et que je les vois se faner avant de mourir. Oh, avec Marc, j'aurais sûrement droit à quelques décennies de bonheur, même s'il finira par passer pour mon grand-père. Après tout, il est fort et en bonne santé, il peut vivre jusqu'à quatre-vingts ans sans problèmes. Et après ? Je me retrouverai encore seule ? Ou pire ? Il m'accordera son âme et me rapprochera encore un peu plus de l'éternité ?

Je ferme les yeux, retiens un soupir. Je ne veux plus revivre ça. Si je dois tomber amoureuse, il faudra que ça soit avec un surnaturel doté d'une très longue espérance de vie, comme la mienne. Vous allez me prendre pour une égoïste ou une insensible, mais en presque cinq cents ans, je suis tombée amoureuse plusieurs fois. Quatre fois, pour être exacte. Et je les ai tous vus mourir sans rien pouvoir faire. Je n'ai pas eu la chance de Morgan qui a pu lier sa vie à celle de son âme sœur grâce à un cheveu magique. C'est une longue histoire, peut-être que je vous la raconterai plus tard. Bref, ce qu'ils vivent est digne d'un conte de fées. Mais les cheveux de déesse, ça ne se trouve pas à tous les coins de rue. Je me demande même s'il en existe d'autres avec des propriétés similaires. Et même si j'avais la possibilité d'en trouver un, je ne suis pas certaine que je me lancerais dans cette quête. Je condamnerais la personne que j'aurais choisie à vivre aussi longtemps que moi.

Et on ne parle pas de deux cents ou trois cents ans, comme la majorité des Surnaturels, mais de plus d'un millénaire. Elle verrait disparaître toute sa famille et ses repères. Les quartiers qu'elle fréquente, le climat, la technologie, tout change avec le temps et pas forcément pour le meilleur. C'est dur de se dire que le bonheur qu'on a connu à un endroit il y a deux cents ans est parti en poussière, à plus d'un titre. Je ne souhaite ça à quiconque.

Alors, pourquoi je reste là en sachant qu'il m'accorde trop d'importance ? Parce que je n'ai pas envie qu'il se sente seul et abandonné ? Parce que j'aime être avec lui ? C'est égoïste de ma part. L'addition sera salée pour nous deux. Je devrais peut-être partir maintenant, arracher le pansement d'un coup sec pour éviter que ça fasse trop mal.

Mon poisson remue et ses doigts viennent me caresser le bras.

— Alors ? J'ai droit à un nouveau surnom ? murmure-t-il en souriant.

Mon cœur tambourine dans ma cage thoracique. Je lève les yeux pour croiser son regard pétillant de malice, encore un peu endormi. Qu'est-ce qu'il est beau !

— Non, tu restes mon loup, finis-je par répondre.

Il se redresse contre la tête de lit et m'entraîne avec lui. Je cherche à me dégager, mais il resserre son étreinte.

— Tu veux déjà partir ? s'inquiète-t-il.

— Ça vaudrait mieux.

Ses mâchoires se crispent.

— Pour qui ?

— Pour nous deux et cette enquête.

Il soupire, mais ne cesse de me caresser avec son pouce.

— Et pourquoi ?

Oui, pourquoi ? J'ai le cerveau vide et envie de pleurer. Si je lui dis la vérité, il va s'accrocher encore plus. Il ne mérite pas ça.

— Ça devient trop compliqué.

Je m'arrache à son étreinte pour me rhabiller, mais il se penche pour attraper ma main.

— Camélia ? Qu'est-ce qui ne va pas ?

Il me sonde de ses yeux inquiets. Je vois bien qu'il est contrarié et qu'il cherche à le cacher.

— On ne peut pas être ensemble. C'est juste pour le sexe, rien de plus.

— Est-ce que j'ai dit que je voulais plus ? demande-t-il en fronçant les sourcils.

— Pas avec des mots, mais tout le reste… tout ça…

— Camélia…

Il tire un peu plus fort sur ma main, mais je me dégage. Si je ne pars pas maintenant, je n'en aurai plus la force.

— Je ne veux pas revivre cela…, soufflé-je en retenant un sanglot.

Désemparé, il me regarde enfiler ma robe, ouvrir la fenêtre et disparaître.

Je me dépêche d'ouvrir la porte de mon appartement, dans le quartier Autre de Nyx et m'y engouffre avant de me laisser glisser contre le mur. Qu'est-ce que j'ai fait ? Une larme me brûle la joue, les autres suivent. Je n'essaie même pas de les arrêter. Ça n'a aucun sens ! Je ne suis pas amoureuse de lui. Je l'apprécie, c'est tout. Peut-être que j'aime plus que son corps, mais ça s'arrête là. Je ne reviendrai pas sur ma décision. Alors pourquoi ça fait mal ? Pourquoi ai-je l'impression qu'on vient de m'arracher le cœur ? Pour un ordinaire que je connais depuis moins de trois semaines.

Je me redresse, ouvre une bouteille de vin, mais le goût ne suffit même pas à me redonner le moral. Je contemple mon appartement, spacieux, opulent, avec de hauts plafonds, de lourds rideaux et de grands miroirs encadrés de dorures. Ça ressemble à la Camélia que je suis devenue. Celle qui a enfermé son cœur dans une boîte pour profiter de la vie. Je veux rester cette Camélia-là. Je ne veux pas redevenir faible et souffrir. Faire souffrir les autres…

À force de faire les cent pas, j'en viens à la conclusion que j'ai besoin d'en parler avec quelqu'un. Hormis Morgan et Valérien, je n'ai pas beaucoup d'amis et je ne vois que ce dernier pour comprendre la situation. Je lui envoie un message avant de réaliser que la nuit est bien avancée. Bien entendu, il ne répond pas. Je me sers un autre verre et me cale dans un fauteuil rembourré pour tenter de mettre mes idées au clair. Mon téléphone sonne. Marc. Nouvelle crise de larmes. La preuve qu'il me fait perdre les pédales. Je m'abstiens de décrocher. Je dois prendre mes distances, même si ça fait mal. Je ne peux pas recommencer.

C'est comme ça que me trouve Valérien, blottie dans le fauteuil, avec des yeux de panda à cause du maquillage qui a coulé. Et probablement une bouche digne des clowns de film d'horreur avec le rouge à lèvres que j'ai frotté. Je ne prends conscience de sa présence qu'au moment où il s'agenouille devant moi pour me presser l'épaule. Je me jette dans ses bras, le renversant à moitié sur le tapis du salon.

Pendant de longues minutes, il se contente de me tenir contre lui. L'image en choquerait plus d'un. Moi, la femme forte toujours en train de sourire, et lui, le petit connard de service qui cache un grand cœur. On s'est bien trouvés. Je suis une des seules à connaître cette facette de lui, celle d'un gars attentionné qui est là pour ceux qu'il aime, à n'importe quelle heure du jour et de la nuit. Même maintenant qu'il a rencontré l'homme de sa vie, il n'hésite pas à venir me réconforter à des heures indues.

— Merci, Val, soufflé-je en plaquant mon visage contre son torse.

— J'ai bien fait de venir, on dirait, me taquine-t-il.

C'est tout lui, ça. Il ne me pose pas de questions, même si je sais qu'il en meurt d'envie. Il se contente d'être là et d'attendre que je sois prête à m'expliquer.

— J'aurais dû t'épouser pendant que tu étais encore libre, murmuré-je en esquissant un pauvre sourire.

— Tu es bien trop chiante, on aurait fait un couple horrible. Et puis, il te manque quelques attributs, fait-il remarquer.

Je redresse la tête pour croiser son regard malicieux derrière ses lunettes. J'y lis aussi de l'inquiétude. C'est sûr, ce n'est pas tous les jours qu'il me voit dans cet état. La dernière fois, c'est lui qui m'a ramassée à la petite cuillère alors qu'on se connaissait très peu.

— Tu veux bien rester un peu ? demandé-je en l'entourant de mes bras comme un gosse sur les genoux de son père.

Il hoche la tête avant de la poser sur mon crâne. Ça fait du bien. Je ferme les yeux et l'écoute parler d'Octavius.

— On risque de le voir débarquer si je passe le reste de la nuit avec toi.

— Tu lui as dit que tu venais ici ?

— Bien sûr, ma douce. Et, à mon avis, quelques paires de bras supplémentaires ne seraient pas de trop pour te remonter le moral.

Je souris bêtement. Octavius n'est rien de moins qu'un prince-araignée doté de huit appendices qui lui poussent dans le dos à la demande. Son gros problème, c'est qu'il est kleptomane.

— Je devrais peut-être aller planquer mes bijoux avant qu'il arrive, alors.

Je me relève finalement et lui propose un verre de vin. La conversation dévie sur l'enquête qui n'avance pas. Ça commence à agacer Morgan et le Consul. À la mention de ce dernier, mon estomac se noue.

Le soleil commence à se lever quand Valérien juge bon d'entrer dans le vif du sujet.

— Tu tiens beaucoup à cet Ordinaire, pas vrai ?

Je me contente de hocher la tête avant de me perdre dans la contemplation de la vue panoramique. J'adore les couleurs chatoyantes de l'aube. C'est chaud et froid en même temps, du bleu, du rose, de l'orange. J'ai envie de retourner à la crique pour y passer une journée tranquille.

— Tu veux bien prévenir Marc que je ne viendrai pas travailler aujourd'hui ?

— Tu me laisses encore faire le sale boulot, se plaint-il. Et s'il pose des questions ?

— Tu réponds que tu n'es au courant de rien. Ce qui est vrai.

— Tu n'as pas envie de m'expliquer.

— Tu as très bien compris tout seul. Mais je ne replongerai pas.

Il s'approche pour me caresser la main et me fixer avec sérieux. Le soleil vient donner une teinte chaude à ses yeux gris.

— Camélia, tu n'es pas condamnée à vivre seule.

— Si. Je l'ai décidé ce jour-là, je ne reviendrai pas sur ma résolution.

— C'était il y a plus de cent ans !

— Cent trois ans, pour être exacte.

Il ne réplique pas, il sait que c'est inutile.
— Tu resteras avec lui aujourd'hui ? m'assuré-je.
— À une condition.
— Laquelle ?
Je sais d'avance que ça ne va pas me plaire du tout.
— Tu lui expliqueras ce qui s'est passé avec Archibald.
— J'y réfléchirai, c'est tout ce que je peux te promettre.

CHAPITRE 14

MARC MÈNE L'ENQUÊTE

Voilà une semaine que Camélia est partie de chez moi en se précipitant par la fenêtre. Elle n'est pas revenue au commissariat avant lundi. Valérien a prétexté qu'elle avait été rappelée au siège de leur organisation pour traiter une affaire urgente. J'ai essayé de lui tirer les vers du nez, mais il est resté inflexible. Ce serait pourtant une sacrée coïncidence qu'elle disparaisse aussi longtemps, juste après son étrange réaction.

Je ne sais plus quoi penser. Depuis hier, elle se comporte comme si de rien n'était en arborant son éternel sourire de façade. Je commence à détester ce sourire. Au boulot, elle s'enferme volontiers dans le bureau de Jo pour discuter ou pose ses fesses sur celui de Nolan en lui apportant son café, mais elle m'adresse à peine la parole. Cet idiot la bouffe du regard, je peux lire ses fantasmes sur son visage. Ça me met les nerfs en pelote. Je me demande si je n'ai pas imaginé le lien qui commençait à se créer entre nous. Mais la manière dont elle m'évite, ses détours discrets pour ne pas me toucher me confortent dans l'idée que non. J'ai agi comme un con. J'ai voulu aller trop vite et elle a paniqué. Étonnant venant de sa part. Je pensais que c'était moi, l'atrophié du cœur, mais apparemment, j'ai trouvé meilleure que moi à ce poste.

— Alors, chouchou, tu boudes dans ton coin ? minaude Nolan en singeant Camélia.

Il s'assied sur le coin de mon bureau et me tend un café. Je ferme les yeux en imaginant qu'il s'agit de Sexy-casse-bonbons, mais la magie ne prend pas. Il y a quelques semaines, j'aurais adoré me plaindre du café dégueulasse avec Nolan et lui détailler mes plans pour mes prochains jours de repos. On n'a pas regardé un seul match de basket depuis un mois. J'étais trop accaparé par… autre chose.

— Non, c'est cette enquête qui n'avance pas. Ça me mine le moral, rétorqué-je en humant l'arôme piquant qui émane du gobelet.

— En tout cas, il y en a une qui garde la patate, fait-il remarquer en suivant du regard Sexy-casse-bonbons qui déambule jusqu'à la photocopieuse dans une robe en velours rouge mettant en valeur son déhanché.

Ouais, c'est vite dit. Plus ça va, plus je crois que la taille de son sourire est inversement proportionnelle à son humeur. Elle est douée pour cacher ses sentiments, mais la détresse que j'ai lue dans ses yeux ce soir-là m'a retourné les tripes. J'ai eu l'impression de l'avoir poignardée dans le dos.

— Tu devrais en prendre de la graine. Ça ne te va pas de jouer les grincheux, t'as tout l'air d'un amoureux éconduit, continue-t-il.

Je le fusille du regard, il esquisse un mouvement de recul.

— Ne t'avise plus jamais de me traiter d'amoureux éconduit ! Je me focalise sur cette putain d'enquête, c'est tout.

Nolan, plus futé qu'il n'en a l'air, saisit la perche et change de sujet.

— Oui, la cheffe a dit que ça pataugeait. Elle envisage de mettre une équipe de plus sur l'affaire.

— Intéressant.

Avec un peu de chance, je vais retrouver mon équipier. Comme s'il lisait dans mes pensées, il grimace et prend une gorgée de café.

— Oh, ne crie pas victoire trop vite, avec Jessica on est sur un plan d'enfer. On est à deux doigts de boucler le gars qui a organisé le braquage de la rue St James.

Je lui adresse un sourire poli.

— C'est bien, le complimenté-je.

Il se rembrunit. Oui, j'ai été un peu sec.

— Du coup, tant qu'on ne l'a pas mis sous les verrous, la seule équipe de dispo c'est…

— Stephen et Bobby, en conclus-je.

De quoi égayer ma journée. Merde ! Ils se sont passé le mot cette semaine ? Je me lève et enfile ma veste.

— Où est-ce que tu vas ? demande Nolan.

— Vérifier un truc sur le lieu du dernier enlèvement. Tu peux dire à Camélia de m'y rejoindre, si elle veut.

— Mais… pourquoi tu ne l'attends pas ?

— Pas le temps. Elle est grande, elle me rattrapera.

— Toi, tu te l'es tapée, pas vrai ? m'interroge-t-il avec un regard amusé.

Je lève les yeux au ciel et quitte le commissariat avant qu'il ne pose d'autres questions. Je sais qu'il tiendra sa langue. Nolan n'est pas du genre à lancer des rumeurs, mais je n'ai pas envie de me confier. Agacé, je démarre en trombe et retourne sur les lieux du septième enlèvement, qui a eu lieu la semaine dernière. Cette fois, la victime a été kidnappée devant le muséum, un samedi après-midi, à l'heure de pointe, sauf que personne ne semblait être dans les parages à ce moment-là. La théorie de Camélia se confirme, quelqu'un efface la mémoire des témoins ou repère les lieux très en avance.

J'arpente le parvis, à la recherche d'un détail qui m'aurait échappé, plus pour m'aider à décompresser que par conviction.

Au bout de dix minutes, pas de nouvelles de Camélia. Je m'en doutais. À la place, c'est Valérien qui se pointe.

— Tu mènes l'enquête en solo, maintenant ? m'interroge-t-il avec un regard suspicieux.

Il me suit toujours avec la même discrétion, mais j'ai l'impression qu'il quitte de plus en plus souvent sa planque pour venir discuter. Je n'ai pas encore vraiment eu l'occasion de faire connaissance avec lui et j'ai parfois des difficultés à savoir s'il plaisante ou non lorsqu'il me lance ce genre de petites piques.

— Pas le choix, ma coéquipière préfère tenir compagnie à la photocopieuse, marmonné-je.

Les mains dans les poches, il me suit comme un petit chien, avec une nonchalance qui a le don de m'énerver encore plus. Je me concentre sur les alentours. Les trottoirs qui longent le bâtiment sont sillonnés par des travailleurs pressés. Quelques touristes flânent sur le parvis, appareil photo pendu au cou ; d'autres se sont assis sur un banc pour manger un sandwich en profitant du soleil timide. Tout a l'air normal, comme la balayeuse qui vient perturber le calme de la place. Même les tags dans la venelle adjacente sont d'une banalité affligeante.

— Je ne comprends pas ce qu'elle a, bougonné-je au bout d'un moment.

— Elle a besoin de prendre de la distance, répond-il.

C'est la première fois qu'il se montre coopératif au sujet de Camélia. Je ne relève pas et fais mine d'examiner les joints des briques.

— Je suis trop lourd à supporter ?

— Non, juste tes sentiments.

C'est comme s'il venait de me gifler.

— Tu te trompes, rétorqué-je. Je n'ai pas de sentiments pour elle.

— Ce qui explique pourquoi tu es dans un état pareil. Mais, crois-moi, c'est pour ton bien.

Je m'approche de lui et le toise en serrant les poings. Valérien me fixe avec ce petit air supérieur qui me donne envie de lui coller mon poing dans la figure.

— C'est toi qui lui as conseillé de s'éloigner ?

Je le dépasse d'une dizaine de centimètres, mais ça n'a pas l'air de l'impressionner. Au contraire, il croise les bras et s'appuie tranquillement contre la façade de pierre en esquissant un petit sourire condescendant.

— Arrête de faire ton coq. Non, je n'y suis pour rien. Si tu veux une explication, tu n'as qu'à la lui demander.

— Ah oui, c'est facile ! Elle s'arrange toujours pour ne pas être seule avec moi.

— Alors, sois plus malin !

— Qu'est-ce que tu suggères ?

— Rien. Je ne me mêle pas de vos histoires.

— Pourtant, tu la défends.

— C'est mon amie.

La petite lueur d'inquiétude qui passe dans son regard ne m'échappe pas. La pression redescend d'un cran. Je fourre les mains dans mes poches pour l'imiter et recule d'un pas.

— Tu trouves qu'elle va mieux depuis son retour, toi ? lui demandé-je avec calme.

Il hausse les épaules.

— Elle sourit, fait-il remarquer.

— Justement.

Valérien m'observe quelques secondes avant de baisser la tête et de gratter le sol du bout de sa chaussure. Il semble réfléchir.

— Ce soir, vingt et une heures, énonce-t-il finalement.

— Où ça ?

— Chez toi.

— Chez moi, mais…

— Tu veux avoir l'occasion de parler avec elle ?

Je hoche la tête.

— Alors, fais-moi confiance.

À vingt et une heures tapantes, je glisse dans les ombres, accroché aux bras de Valérien. Le paysage défile trop vite pour que j'aie le temps de me repérer, mais dix minutes plus tard, mon champ de vision se stabilise sur une étendue de sable. Dans mon dos, une haute falaise luit sous la lune. Le bruit des vagues est plus fort que la dernière fois. Car, oui, Valérien vient de me déposer à la crique. Celle où Camélia m'a emmené pour m'aider à relativiser. Après un clin d'œil, il disparaît, sans un bruit. Je m'étonne de ne ressentir ni vertige ni haut-le-cœur, mais tant mieux.

À quelques mètres, l'eau vient lécher les pieds nus de Camélia, assise face à l'océan. Elle ne nous a pas entendus arriver. Il n'y a pas à dire, Valérien est d'une discrétion hors pair. Je m'approche, le bruit de mes pas étouffé par le sable, tout en me demandant si je ne vais pas lui faire peur, à débarquer comme ça dans son dos.

— Qu'est-ce que tu fais ici ? me questionne-t-elle sans se retourner, alors que je suis encore à plus de cinq mètres.

OK, je n'ai plus le pied aussi léger qu'avant.

— Je peux m'asseoir ? l'interrogé-je en tentant de garder une voix neutre pour cacher mon appréhension.

Je ne devrais pas être aussi stressé. Je ne suis pas du genre à m'attacher à une femme. Depuis Meghan, les conquêtes passent dans ma vie, s'y attardent quelques jours, quelques semaines, puis repartent sans ternir le paysage. Mais, avec Camélia, c'est différent. Chaque tentative pour m'éloigner d'elle m'a fait comprendre qu'elle était précieuse. Même sa nature démoniaque n'a pas réussi à me faire changer d'avis. Oh, je suis lucide, je sais que sa simple présence m'attirera les pires ennuis et qu'elle n'est peut-être pas en mesure de s'attacher à quelqu'un. C'est une démone après tout. Je ne lui ai jamais demandé si elle pouvait ressentir de l'amour. J'en ai conclu que oui, parce que je n'avais pas envie d'être rejeté, mais en vérité, je n'en sais rien. Et ça m'angoisse. Plus que ça ne le devrait.

— C'est une plage publique, mon poisson.

Je me laisse tomber sur le sable humide, pas trop près d'elle pour ne pas envahir son espace.

— Comment tu es arrivé ici ? reprend-elle en continuant de fixer l'horizon.

Les vagues se fracassent sur le sable gris, apportant des tourbillons d'écume jusqu'à nous. Un vent frais me fouette le visage, comme pour m'indiquer que je ne suis pas le bienvenu.

— En marchant.

— Tu es venu à pied depuis Nyx ?

Ma réponse a au moins le mérite de lui faire tourner la tête et je la trouve fatiguée. Je regrette d'être venu la déranger.

— Non, depuis le bout de la plage.

— Valérien… j'aurais dû m'en douter, bougonne-t-elle.

— Je peux m'en aller si tu préfères.

— Et comment vas-tu rentrer ? On est à plus de cinquante kilomètres de la ville.

— Je prendrai un taxi.

Elle m'observe quelques secondes. Je peine à décrypter son expression sous la lueur de la lune alors je me contente de rester immobile.

— Pourquoi es-tu venu ?

— Je m'inquiète pour toi.

Elle sourit avant de retourner à sa contemplation des vagues.

— Je vais bien, ne t'inquiète pas.

— Si, je m'inquiète. J'aimerais savoir pourquoi tu me fuis. Qu'est-ce que j'ai fait ?

— Rien, m'assure-t-elle tout en haussant les épaules. Tu as été parfait.

— Je t'ai blessée ? insisté-je.

— Arrête de chercher une raison. Le problème ne vient pas de toi.

Cette fois, je me tourne franchement vers elle. Des excuses pareilles, j'en ai entendu assez souvent.

— Écoute, Camélia, peu importe ce qu'il pourrait y avoir entre nous. Je sais que tu ne vas pas bien et ça me fait mal au cœur de te voir comme ça. J'aimerais pouvoir t'aider.

— Tu ne peux pas. Tu ne dois pas. Je t'ai assez gâché la vie comme ça. Tu ne vois pas que ton existence part de travers depuis que je suis arrivée ?

Je réfléchis un moment.

— Disons qu'elle a été chamboulée. Mais est-ce que c'est mauvais pour autant ?

— Oui, assène-t-elle, catégorique. Si je reste près de toi, je vais te faire du mal.

Je médite là-dessus pendant plusieurs minutes. Je la sais incapable d'agir contre moi de plein gré. Mais elle m'a mis en danger rien qu'en me révélant son secret donc j'imagine qu'il y a moyen que ma vie devienne un enfer. En même temps, de quel type de vie on parle ? Je me berce encore parfois d'illusions en imaginant inviter les copains de fac à un barbecue, je repousse encore et encore, jusqu'à ce que l'hiver me donne le prétexte de reporter à l'année suivante, quand j'aurai un truc intéressant à leur raconter. À part mon frère et Nolan, je n'ai plus vraiment d'amis. Je passe le plus clair de mon temps au boulot ou enfermé chez moi, à dormir pendant quarante-huit heures après les gardes trop longues. Vu comme ça, même si elle met ma vie en pièces, ce n'est pas une grosse perte.

— Je suis un grand garçon, finis-je par dire. C'est à moi de décider si je veux prendre le risque, non ?

Je lui adresse un petit sourire réconfortant, mais un pli soucieux se dessine sur ses lèvres. Le masque est tombé. La vraie Camélia me fait face, oppressée par ses peurs et ses remords, bouillonnante d'émotions.

— Tu ne lâches pas l'affaire si facilement, bougonne-t-elle.

— Je suis tenace, j'avoue !

— Et si c'est moi qui ne veux pas ?

— Arrête de mordre, Camélia, ça ne te va pas au teint. Je sais très bien que tu te caches derrière tes grands airs de casse-bonbons ! Ça ne prend plus avec moi.

Elle me scrute avec une expression de douleur qui me retourne les tripes. Je suis allé trop loin. *Plop*. Elle disparaît.

Je la cherche du regard, mais la crique est déserte. Merde ! Pour une explication, c'est réussi ! J'ai gâché mes chances. Je l'ai encore laissée filer, et cette fois, je crois qu'elle ne reviendra pas. Je n'aurais pas dû la pousser dans ses retranchements. Bravo ! Quel con !

Je contemple le reflet de la lune qui danse sur les vagues, dépité. Je remercierai quand même Valérien pour son coup de main, même si j'ai foiré ma partie. Je sais qu'il ne me dira jamais ce que Camélia cache comme secret. C'est un bon ami.

La bise glaciale me transperce les os, me pique le visage, alors qu'un sable froid et humide s'engouffre dans mes chaussures. Frigorifié, je me frotte les bras puis dissimule mon cou dans le col de ma veste. En plus de ça, je ne sais même pas quel chemin emprunter pour remonter la falaise. Fait chier ! Quelle journée de merde ! Je me lève et commence à faire les cent pas pour m'aider à réfléchir. Je tape dans un petit galet qui rebondit sur le miroir du ressac. Je dois trouver une solution pour remonter si je ne veux pas mourir d'hypothermie.

Je me dirige vers le pied de la falaise lorsque l'ombre de Camélia se dessine à ma droite.

— Il n'y a aucune issue. La seule manière de sortir de cette crique, c'est en bateau ou en se téléportant, précise-t-elle d'une voix dénuée d'émotion.

Elle s'approche, pas assez pour me laisser déchiffrer son visage, me saisit le bras et nous transporte dans mon jardin. J'ai l'estomac tout retourné, encore une fois.

— Ton collègue est plus doué pour téléporter les gens, lui fais-je remarquer.

— C'est parce qu'il glisse dans les ombres, il ne dématérialise pas les corps comme moi, explique-t-elle.

Elle reste plantée devant moi comme si elle attendait quelque chose, j'ai peut-être encore une carte à jouer.

— Je te prépare un thé pour te réchauffer ? proposé-je.

— Je suis insensible au froid comme à la chaleur, mon chou, répond-elle avec un sourire.

Manqué.

— Mais je veux bien un thé.

Elle m'accompagne dans la cuisine et suit mes gestes en silence. Je me retourne de temps en temps pour vérifier qu'elle est encore là. Une fois les tasses remplies d'eau chaude, je les dépose sur la table basse. Camélia se laisse tomber dans le gros fauteuil en daim et saisit le thé à l'orange qu'elle garde dans ses mains un long moment.

— J'ai quatre cent soixante-dix-huit ans, dit-elle au bout d'un moment.

Je suis déjà au courant, mais elle le sait. Alors j'attends la suite en m'enfonçant dans le canapé, un bras par-dessus un coussin.

— Pour un demi-démon, ça représente presque la moitié de mon espérance de vie.

J'acquiesce du menton pour lui montrer que je l'écoute. Le bleu de ses yeux se voile un court moment puis elle sourit légèrement, un sourire plus triste que tous ceux que je lui connais.

— À chaque fois, ça commence comme ça, et cela se termine avec moi qui pleure au-dessus d'un cercueil, murmure-t-elle en baissant le regard sur sa tasse. Je ne veux plus revivre ça.

— Ça, quoi ? demandé-je doucement en posant ma tasse.

J'ai bien une petite idée de ce qu'elle sous-entend, mais j'ai besoin de l'entendre. Camélia ferme les yeux et prend une grande inspiration.

— Aimer et perdre ceux que j'aime.

J'ai la tête qui tourne, comme si je me réveillais après avoir pris un coup.

— Qu'est-ce que je viens faire là-dedans ? continué-je.

Elle redresse la tête et m'observe de longues secondes sans bouger. Bon sang, j'ai envie de la prendre dans mes bras, de lui dire qu'elle n'a pas à avoir peur de ses sentiments, sauf que c'est exactement cette peur qui se dresse entre nous. Qu'est-ce que je peux faire contre ça ? Lui mentir en lui annonçant que je suis immortel ?

— La dernière fois qu'on a couché ensemble, c'était plus que du sexe, pas vrai ? demande-t-elle.

J'acquiesce, incapable de le formuler de vive voix. Elle pose sa tasse sur la table basse et secoue la tête.

— Je ne peux pas, je suis désolée.

— Camélia…

— Non, je ferais mieux d'y aller.

Je bondis du canapé pour la rejoindre et prendre ses mains dans les miennes.

— Camélia ?

Elle continue de dodeliner du chef en m'adressant un regard rempli de détresse.

— Tu es vraiment casse-pied, tu sais ? lui fais-je remarquer. Si ça se trouve, on en fait tout un cinéma alors que dans un an, on ne sera même plus amoureux !

Elle cède à ma plaisanterie et esquisse un sourire plus joyeux.

— De toute façon, je suis un vrai con. Tu ne pourrais pas vivre longtemps avec moi et je ne supporterais pas ton putain de caractère.

— Hé, ne critique pas mon caractère ! Je suis drôle et toujours de bonne humeur.

Pour preuve, elle étire ses lèvres pendant que ses yeux papillotent. J'en oublierais presque l'ombre qui les marque.

— Tu passes ton temps à te moquer et à draguer tous les spécimens masculins de la ville, lui rappelé-je en haussant un sourcil narquois.

Je préfère la voir comme ça, même si je sais que l'humour ne résoudra pas son problème. *Notre* problème, puisque je n'ai pas envie de la lâcher de sitôt. OK, je m'attache très difficilement aux gens, aux femmes en particulier. Mais avec ses surnoms à la gomme et toutes les petites failles que je décèle sous la carapace, elle a réussi à attirer mon attention. Je ne peux pas parler d'amour. Disons que c'est une attirance très puissante et pas seulement sexuelle.

CHAPITRE 15
CAMÉLIA PASSE AUX CONFIDENCES

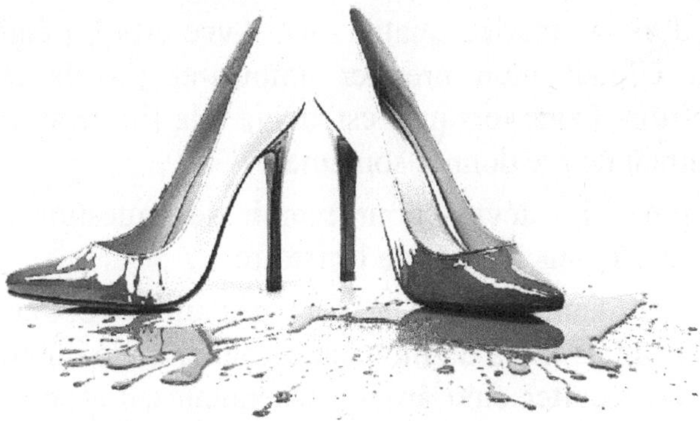

Alors là, il abuse ! Je ne drague pas tous les mâles de Nyx ! Disons que j'ai limité ma liste aux plus sexy et qu'il y en a une ribambelle. Quant aux autres, ce n'est qu'un petit jeu, histoire de le faire rager. De toute manière, ces temps-ci, j'ai l'impression que tout tourne autour de Marc. J'ai beau essayer de m'en détacher au maximum, quoi que je fasse, je guette sa réaction. On doit en finir. Comme je viens de l'annoncer, je ne veux pas revivre tout ça. Et même s'il est doué pour dédramatiser, moi, je ne suis pas prête à m'attacher.

Je me soustrais à son contact et m'enfonce dans le moelleux fauteuil.

— Tu ne sais pas tout à propos de moi, Marc. Je suis un monstre…

Il me scrute en fronçant les sourcils. Oui, ça peut marcher. Si j'entre assez dans les détails, il me détestera puis finira par m'oublier et faire sa vie avec quelqu'un d'autre. Moi… je m'en remettrai plus facilement en sachant qu'il a eu une belle vie.

— Raconte, m'encourage-t-il en posant ses avant-bras sur ses cuisses.

Toute trace de sarcasme ou de plaisanterie a quitté son visage.

— J'ai été mariée quatre fois. Avec Abel, j'étais encore jeune. C'était mon premier amour et j'avais encore de l'ambition. Donc lorsqu'il est arrivé à la fin de sa vie, je l'ai convaincu de me donner son âme.

Il pince les lèvres pour retenir ses questions, mais la réponse est dans la suite de l'histoire.

— Les demi-démons ne sont pas immortels comme les démons, mais il y a un moyen de gagner cette immortalité. Il suffit de récolter cinq âmes consentantes. La personne doit accepter de mourir pour qu'on la récolte. Ensuite, il y a un rituel complexe qui demande la présence d'au moins deux démons. À l'époque, ma mère avait convaincu son compagnon d'y participer. Elle était tellement fière que je désire rejoindre leurs rangs. Donc, quand Abel a vieilli, qu'on a commencé à le prendre pour mon grand-père, je lui ai parlé de cette cérémonie. J'étais convaincue que, comme ça, j'aurais toujours une part de lui avec moi et cela me donnait une première clé pour l'éternité.

Je croise les jambes, cale mon pied droit derrière ma cheville gauche pour canaliser la tension qui m'habite. Mon poisson ne bouge pas, c'est à peine si sa mâchoire frémit. Alors je décide de continuer.

— Pour absorber l'âme de quelqu'un, il faut entre autres lui planter un couteau dans le cœur et regarder la vie quitter ses prunelles. C'est une expérience… douloureuse.

Je serre les bras autour de moi à ce souvenir. La petite flamme qui s'éteint dans le regard marron pâle d'Abel revient parfois hanter mes rêves.

— Ensuite, il y a eu Everett, puis Graham. Même scénario. Même si Everett est mort très jeune d'une maladie, il a accepté de participer au rituel. Poignarder le cœur de quelqu'un qu'on aime, même si on le sait condamné, ça vous hante. Ma mère était complètement insensible à mon chagrin ; tout ce qui comptait, c'était que je devienne comme elle. D'après elle, j'arrêterais de souffrir en atteignant l'immortalité. Les démons sont sociopathes, ils ne vivent que pour leur propre bonheur et le plaisir de manipuler les plus faibles. Je l'ai compris à ce moment-là. Elle ne faisait pas ça pour moi, mais pour elle et sa prestigieuse lignée. Après Graham, j'ai renoncé à l'immortalité et elle m'a bannie de sa sphère. Mais ce que j'ai fait après est bien pire…

Je lève les yeux vers Marc et y décèle une douceur qui me donne envie de pleurer. Il devrait déjà me haïr, ressentir du dégoût pour ce que je suis capable de faire. Alors pourquoi ne bouge-t-il pas ?

— Je ne suis pas quelqu'un de bien, Marc. Je pensais que ma mère avait eu une mauvaise influence sur moi pendant plusieurs siècles. Mais lorsque j'ai rencontré Archibald, j'ai commis l'acte le plus égoïste et le plus atroce qui soit.

Il ne cille même pas, sans doute convaincu que j'en rajoute.

— Archibald était un lord, un puissant notable, bien vu de toute la communauté. Mais il était surtout d'une incroyable gentillesse. Il finançait les études de plusieurs orphelins et projetait de créer un centre d'accueil pour les jeunes femmes en détresse. Même si ce n'était pas dans les mœurs de l'époque, je savais qu'il était capable de porter ce projet jusqu'au bout. Mais mon amour pour lui a tout réduit à néant.

Une larme chaude roule sur ma joue et mon poisson ouvre la bouche, mais je le dissuade d'un regard. J'ai besoin d'aller au bout de cette histoire.

— Quand Archie m'a demandée en mariage, je me suis promis de chercher une solution pour prolonger sa vie. Je ne voulais pas le voir vieillir sans moi et l'enterrer. Nous nous sommes mariés, nous avons emménagé ensemble. Pendant dix ans, j'ai consacré la majeure partie de mon temps à lire des livres anciens dans l'espoir de découvrir une formule magique. Archie me laissait faire. Je ne sais pas s'il y croyait vraiment ou s'il pensait que j'avais besoin d'espoir, mais il ne m'a jamais demandé d'arrêter. On était un couple heureux, mis à part cette épée de Damoclès qui devenait de plus en plus lourde. Archie approchait la cinquantaine, et moi, j'avais toujours cette allure. On était obligés de vanter les propriétés d'un soi-disant élixir miracle qui faisait disparaître mes rides pour ne pas éveiller les soupçons des Ordinaires.

Je souris bêtement pour me donner contenance.

Tout au fond de moi, une lueur d'espoir fait battre mon cœur un peu plus vite. Mais je me dépêche de continuer pour l'étouffer. Je veux qu'il me déteste.

— J'ai fini par mettre la main sur un rituel qui me permettait de donner une de mes âmes à Archie. Ça ferait de lui un demi-démon. Tu commences à voir où je veux en venir ?

— Pas vraiment, rétorque mon poisson.

— C'est un rituel sacrificiel très ancien et très complexe qui fait appel au Chaos. Pour l'accomplir, il faut un maître du Chaos, une sorcière et un porteur d'âme. Mais surtout, il faut sacrifier l'enveloppe charnelle de la personne que l'on veut transformer quand elle est encore en bonne condition physique.

Je marque une pause, lui laissant le temps d'assimiler l'énormité de ce que je lui annonce.

— Archie t'a donné son âme, pour rester près de toi ? Et tu as procédé sacrifice ? souffle-t-il.

Je hoche la tête tout en retenant un sanglot.

— Il était en bonne santé, encore dans la fleur de l'âge. J'ai réussi à réunir tous les éléments nécessaires au rituel, mais… ça n'a pas marché. Je ne comprends toujours pas quelle erreur j'ai commise, pourtant, il ne s'est pas relevé. J'ai tué Archie. Il avait encore du temps devant lui, de belles choses à accomplir et, par pur égoïsme, je lui ai planté un couteau dans le cœur. Je…

Je cache mon visage entre mes mains pour étouffer mes larmes et le cri d'agonie qui remonte dans ma gorge.

— Je suis un monstre.

J'aurais dû mourir avec lui ce jour-là, demander à la sorcière de me sacrifier à Satan. Je ne mérite rien d'autre. Toutes ces années, je me suis enivrée du corps des hommes pour me prouver que je pouvais vivre sans leur amour, mais avec Marc, j'ai échoué. Il a fait renaître mes espoirs, réveillé ce qu'il y a de plus mauvais en moi, l'envie de vieillir avec quelqu'un à mes côtés. Je ne cherche même plus à refouler mon chagrin ni ma colère. Je mérite de souffrir, encore.

Les doigts de Marc se posent sur mes cheveux. J'avais presque oublié sa présence. Il dégage mon visage puis me caresse la joue. J'ouvre les yeux, perdue. Qu'est-ce qu'il fait encore là ? Il devrait me demander de partir. Ses lèvres articulent des mots, mais je n'entends rien. Oui, c'est ça, il me dit m'en aller. J'ai gagné, il me déteste. Alors, pourquoi ça fait aussi mal ? Pourquoi continue-t-il d'effleurer mon visage du bout des doigts comme si j'étais en porcelaine ?

Il appuie sa bouche contre mon front, repousse une mèche de cheveux collée par les larmes.

— J'ai de la viande rouge au frigo. Je te cuisine quelque chose ? demande-t-il.

J'ouvre de grands yeux. Ses paroles n'ont aucun sens. Il disparaît de mon champ de vision durant quelques secondes et revient avec un plaid dont il me recouvre.

— Tu as écouté ce que j'ai dit ? m'inquiété-je.

— Oui.

— Et tu as compris ? Ou tu es dans le déni ?

Il s'agenouille devant moi, m'observe avec douceur, une lueur plus sombre au fond des prunelles. De la pitié ? J'espère que non. De la tristesse ? Ça y ressemble. Mais pourquoi ?

— J'ai écouté attentivement.

— Alors pourquoi n'es-tu pas en colère ?

— Ce n'est pas à moi de te juger.

— Mais tu es flic et je viens de t'avouer que j'ai tué quatre personnes !

Je ne comprends pas. Je ne m'attendais pas à cette réaction.

— Camélia, je sais depuis le début que tu es un véritable boulet en matière d'amour, de relations humaines et même au bureau. Tu as décidé de me pourrir la vie depuis que tu as débarqué, ça m'a vraiment énervé les premiers jours. Seulement, j'ai deviné depuis un moment que tu dissimulais autre chose derrière cette carapace. J'étais loin d'imaginer pourquoi tu te détestais autant. Les rituels sacrificiels, ça ne fait pas partie de ce qu'on m'a enseigné à l'école… mais maintenant, je comprends. Je sais aussi que ces hommes étaient consentants et qu'ils ont fait ça par amour pour toi.

Il esquisse un petit sourire.

— Tu es une demi-démone, j'ai accepté que ça impliquait un lot de trucs occultes pas très nets et un lourd passé. Si tu avais vécu quatre cent soixante-dix-huit ans dans un bonheur absolu, je me serais posé des questions sur ta capacité à aimer.

— Et si je te disais que j'ai envisagé l'éventualité de tester une nouvelle fois le rituel de transformation ? soufflé-je.

Je joue la provocation pour cacher mon désarroi, mais c'est bien ce qui m'a conduite à vouloir m'éloigner de lui.

— Je ne suis pas prêt à me sacrifier, répond-il simplement en haussant les épaules. Et tant que je ne change pas d'avis, tu ne peux pas l'accomplir contre mon gré, pas vrai ?

Je hoche la tête.

— Alors le problème est réglé.

Si c'était aussi simple…

Marc prend ma main dans la sienne et contemple nos doigts enlacés avant de relever la tête.

— Camélia, si tu veux qu'on arrête tous les deux, je me plierai à ta volonté, même si je risque de rêver de toi pendant longtemps et de me réveiller frustré tous les matins. Mais on peut aussi vivre au jour le jour, sans se mettre la pression et voir où ça nous mène.

J'ai envie d'accepter sa proposition. Après tout, pour ce qui est de m'attacher, c'est déjà trop tard. De son côté aussi, j'ai l'impression. On verra si les choses se compliquent.

— D'accord, soufflé-je.

Son regard s'illumine.

— Alors, un bon steak tartare, ça te dit ? J'ai une faim de loup, moi !

Il tire sur ma main pour m'aider à me relever et je le suis jusqu'à la cuisine, toujours enroulée dans le plaid. Je ne comprends vraiment pas cet homme. Les sujets graves lui glissent dessus, en revanche, il est capable de piquer une crise pour un mauvais café.

Je l'observe sortir les ingrédients du frigo et me sourire au passage.

— C'est Valérien qui m'a trouvée avec le corps d'Archie quand le maître du Chaos et la sorcière se sont enfuis comme des lâches. Il m'a aidée à effacer mes traces et à faire passer la mort d'Archie pour une attaque à main armée.

— C'est pour ça qu'il a le droit de t'appeler Cam et pas les autres.

Je hoche la tête.

— Ce soir-là, j'ai décidé d'abandonner une partie de moi. Il est le seul à savoir laquelle. Enfin, maintenant, vous êtes deux à connaître l'histoire complète.

Il pose son couteau, s'essuie les mains puis s'approche pour m'enlacer. Je noue les bras autour de son cou et, malgré ma tristesse, lui souris. Un vrai sourire. Je me sens soulagée d'un poids. Comme si ce secret m'avait écrasée toutes ces années. Pour la première fois depuis cent ans, j'ai envie d'être moi, d'arrêter de sourire pour donner le change. Marc se penche pour m'embrasser et je m'agrippe à lui avec plus de force. Je ne veux plus qu'il me lâche, mais il s'écarte trop vite à mon goût.

— Au jour le jour, mon petit boulet, murmure-t-il en me caressant les cheveux.

Ses yeux pétillent d'une lueur malicieuse et douce à la fois. Un ourson guimauve. Tout sucré à l'intérieur.

— Tu m'aides à préparer le repas ? demande-t-il en me lâchant.

Même si je suis un peu déçue qu'il rompe le contact, je sens que j'ai besoin d'un peu de temps pour me ressaisir. Je prends une grande inspiration et efface mes larmes d'un revers de la main.

— Avec plaisir, mon poisson.

— Han, han, tu n'as toujours pas le droit de m'appeler comme ça, réplique-t-il.

— Poussin ? Poulet ? Canard ?

— Je ne sais pas voler !

Je m'approche pour lui décocher un coup de coude dans les côtes.

— Tu m'as appelée « boulet », j'ai le droit de t'appeler « poisson » !

Il soupire avant de me lancer un regard en coin.

— D'accord, je vais te surnommer « casse-bonbons » à la place.

— Et moi « ourson guimauve » !

— Non ! C'est ridicule !

Marc s'approche et me chatouille les côtes avant de m'asseoir sur le plan de travail puis de s'emparer de ma bouche. Il a le don d'éloigner les soucis de ma tête.

CHAPITRE 16
MARC A UNE THÉORIE

Le jeudi, un nouvel appel nous annonce l'enlèvement d'une jeune femme à l'entrée du métro. Nous nous rendons sur place, Camélia et moi, suivis de près par Valérien.

L'ambiance s'est un peu apaisée depuis notre discussion. J'ai pris sur moi pour ne pas la bombarder de questions sur son passé ou les rites sataniques. Je veux qu'elle puisse me parler librement de ce qui lui fait peur. Je sais à quel point ça lui a coûté d'être honnête avec moi et j'espère être à la hauteur de sa confiance. Je n'arrive toujours pas à qualifier le lien qui nous unit. Ce que je sais, c'est que j'aime lui faire l'amour, discuter dans le noir et me réveiller à ses côtés.

Au bureau, elle continue à se pavaner en souriant et à s'habiller comme une mannequin un soir de défilé. Je m'y habitue, me demande même comment je le vivrai une fois que l'enquête sera bouclée et qu'elle repartira bosser pour le Consul.

Bon, on n'est pas près de mettre les kidnappeurs sous les verrous. Pour le moment, tout ce qu'on a réussi à faire, c'est conclure qu'ils sont plusieurs et qu'au moins l'un des membres a le pouvoir d'effacer la mémoire. Même Valérien est perplexe devant les scènes de crime, trop propres à son goût. Chaque fois que mon téléphone sonne, mon estomac se comprime et j'ai peur qu'on m'annonce une nouvelle disparition. Combien de victimes devrons-nous déplorer avant d'arrêter les coupables ?

J'inspecte la bouche de métro d'un œil alerte pendant que Camélia interroge les deux seuls témoins de l'enlèvement. Moulée dans un tailleur pantalon rouge sombre, ses cheveux retombant en cascade dans son dos et perchée sur des talons gratte-ciel, elle impressionne les deux gars, mais ils ont l'air de coopérer. J'aperçois Valérien qui s'engage dans le tunnel. On n'est pas trop de trois, même si j'ai l'impression qu'on va encore rentrer bredouilles.

La station est propre, les carreaux blancs qui décorent la voûte brillent comme un sou neuf. Le sol peint en bleu ne présente aucun défaut.

— Elle a été rénovée récemment ? demandé-je à l'un des employés.

— Non, pas que je sache.

Avec le monde qui la fréquente chaque jour, elle devrait présenter des traces d'usure, sur le sol et les murs, mais rien. Même les marches sont propres, sans détritus. Soit les Nyxiens ont tous décidé d'arrêter de jeter leurs papiers par terre, soit quelqu'un a tout ramassé quelques secondes avant notre arrivée. Étrange.

Je libère les employés puis continue mon inspection. Valérien me fait signe d'approcher et me montre un dessin qu'il a pris en photo avec son téléphone. On dirait la tête d'un diable transpercée par une flèche.

— Tu as déjà vu ce symbole ? me demande-t-il.

Je me concentre sur les détails.

— Non, ça ne me dit rien. Je vais vérifier dans les rapports s'il y a des clichés.

— Les deux témoins se souviennent juste d'avoir entendu un cri. Ils ont dit que la victime s'était volatilisée comme dans un tour de magie, nous informe Camélia.

— Comme d'habitude…, soupiré-je.

Valérien lui montre le dessin, elle fronce les sourcils.

— C'est le symbole d'un ancien clan de demi-démons, explique-t-elle. Mais ils ont disparu il y a plus de cent ans.

— C'était quoi le but de ce clan ? demandé-je, même si je pressens la réponse.

— Dominer le monde, répond ma coéquipière en haussant les épaules. Les demi-démons n'ont pas trop d'imagination. Soit ils veulent l'immortalité, soit le pouvoir absolu, bien souvent les deux.

— Et comment ils s'appellent ? s'enquiert Valérien.

— Le Fou Sans Nom.

— Comme le Fou et l'Arcane Sans Nom du tarot ? demandé-je en visualisant le vieux jeu de cartes qu'utilisait ma mère. Pourquoi ils ont mis un Diable à la place du Pendu ?

— Parce qu'ils vouent un culte à Satan. On les a mis hors d'état de nuire et bannis de Nyx. Un puissant sortilège les tient à l'écart de la ville.

— C'est peut-être pour ça qu'ils envoient d'autres personnes faire le sale boulot, supposé-je.

— Ou il s'agit d'un groupe d'imitateurs, ajoute Valérien.

— Ça ne peut pas être une coïncidence de trouver ce graffiti près de la scène de crime, affirme Camélia. Mais, s'ils sont dans le coup, ça va être dur de trouver des preuves et encore plus de fournir une explication aux Ordinaires.

J'inspecte le quai, avise les caméras qui balayent la zone à un rythme régulier. Lorsque j'ai réclamé les enregistrements des dernières heures, les employés, dans un excès de zèle, m'ont aussi donné un accès sur la tablette numérique pour visionner ce que filme la vidéosurveillance en direct. J'ai une théorie à vérifier.

— Camélia, tu veux bien te rendre à l'endroit où Valérien a trouvé le symbole ? Je vais vous suivre sur les caméras.

Elle se téléporte aussitôt. En marchant, ça aurait été plus facile de tester ma théorie !

— Tu peux la rejoindre à pied ? Je voudrais contrôler si c'est dans le champ de vision des caméras, expliqué-je à Valérien avant de me poster en bas des escaliers.

De là, je peux voir Valérien progresser lentement jusqu'au bord du quai avant de s'engager dans le tunnel sombre. Encore quelques mètres et il disparaît. Pas de trace de Camélia sur la deuxième caméra non plus. J'imagine qu'en visionnant les vidéos des derniers jours, on ne remarquera aucun individu s'engager sur les rails, mais ça vaut le coup de vérifier. J'envoie un message aux analystes pour qu'ils s'en chargent puis rebrousse chemin vers le quai.

Avec précaution, je saute dans le tunnel et m'engage sur les rails en veillant à ne pas poser le pied dessus. Ça ferait mauvais genre de finir grillé comme un cochon pendant l'enquête. Et, tant qu'à faire, j'aimerais bien vivre un peu plus longtemps, même si je ne verrai jamais vieillir Camélia ou Valérien.

Une dizaine de mètres plus loin, je les aperçois qui discutent. Ils se taisent à mon arrivée et le Marchombre me lance un drôle de regard pendant que Camélia esquisse un sourire.

— Ne vous privez pas parce que je suis là, fais-je remarquer, un brin vexé.

— On ne parlait pas de toi, mon chou, m'assure Sexy-casse-bonbons.

Je l'ignore royalement, on règlera ça ce soir. Une fois parvenu à leur hauteur, je distingue nettement le petit tag peint en noir et rouge sur la paroi. Je m'approche pour l'effleurer et constate que la peinture est sèche. Le graffiti date de quelques jours à peine, sinon il aurait été recouvert par la suie. Pourquoi l'avoir tracé juste ici ? Je me tourne vers le quai dont j'aperçois l'extrémité. En me décalant au milieu de la voie, je peux le voir en entier alors que je reste dissimulé dans l'obscurité. Le point de vue parfait pour surveiller la scène de crime sans se faire repérer. Mais il faut que la personne soit sacrément rapide pour échapper aux métros qui déboulent dans les deux sens.

— Tous les Surnaturels peuvent se téléporter ? demandé-je en revenant à la hauteur de mes acolytes.

— Je glisse dans les ombres, me reprend Valérien.

— Non, c'est surtout réservé à certaines espèces puissantes. Les Éveillés n'ont pas ce pouvoir, explique Camélia.

— Votre chef, il se téléporte ? insisté-je en repensant à la façon dont il s'est volatilisé, le soir de notre rencontre.

— C'est un changeforme, ricane Valérien.

— Et donc ? Désolé, je n'ai pas encore eu le temps de compulser l'encyclopédie des créatures surnaturelles de Nyx.

Je ne sais pas s'il saisit le sarcasme, mais c'est Camélia qui répond :

— Il se transforme en animal, toutefois il ne peut pas disparaître.

— OK.

Il me semblait l'avoir vu disparaître, mais maintenant qu'elle le dit, c'est assez flou dans ma tête. Je devais encore être sous le choc de la révélation.

— C'est normal que tu ne te souviennes pas, me rassure-t-elle. Il fait cet effet-là pendant un moment. Il est protégé par un sortilège. Tu vas oublier cette conversation dès qu'elle sera terminée, mon poisson.

C'est un peu frustrant et je sens déjà les détails s'estomper, mais je demande quand même, curieux :

— En quoi il se transforme ?

— En papillon.

— Ah, OK.

J'imaginais un animal plus gros, vu la carrure du gars, mais soit. Il y a encore beaucoup de mystère autour de ce nouvel univers, plus rien ne m'étonne. C'est juste que j'ai besoin de comprendre à quoi on a affaire pour avancer dans l'enquête. Pour me mettre dans la peau du suspect et anticiper ses actions.

— À quoi penses-tu ?

La voix de Camélia me tire de mes pensées.

— C'est un bon poste d'observation pour quelqu'un qui a la capacité de s'éclipser. On devrait vérifier si le symbole est présent autour des autres lieux d'enlèvement.

— Bonne idée. On retourne au muséum alors ?

J'ai à peine le temps d'acquiescer que nous posons le pied sur les pavés bordant le majestueux bâtiment.

— Camélia, les gens ordinaires empruntent les escaliers pour sortir du métro. L'équipe scientifique va se demander où on est passés.

— Oh ? Et c'est si grave ? demande-t-elle avec un sourire triomphant.

— On veut éviter d'attirer les soupçons, non ?

— OK. La prochaine fois, on marche, soupire-t-elle avant de se diriger vers une ruelle.

Valérien se matérialise devant nous.

— Je viens de recevoir un appel d'Octavius, je dois rentrer plus tôt. Je peux vous laisser seuls pour la soirée ?

— On devrait se débrouiller sans chaperon, assure-t-elle en appuyant ses paroles d'un clin d'œil. Tu peux me transférer la photo ?

Quelques secondes plus tard, son téléphone annonce l'arrivée d'un texto.

— Merci, mon chou. Embrasse ton prince pour moi ! chantonne-t-elle avant que le Marchombre disparaisse.

Son prince ? J'ai dû louper une information.

— Qui est Octavius ? l'interrogé-je avec innocence pendant qu'elle m'entraîne dans une nouvelle impasse sombre.

— Son prince charmant.

Elle se retourne et saisit mon haussement de sourcils.

— Valérien est en couple avec un homme tout aussi insupportable, adorable et puissant. Peut-être qu'il te le présentera un jour.

Valérien est en couple avec un homme ? La grande nouvelle du jour ! Elle interprète mal mon silence et plisse les yeux, la mine soupçonneuse.

— Tu n'aimes pas les homos ?

— Oh, non, ça n'a rien à voir. Je pensais juste que vous aviez déjà couché ensemble tous les deux.

— Ça aurait pu arriver avant qu'il rencontre Tav.

La pointe d'humour dans sa voix me soulage d'un poids dont je n'avais pas conscience jusqu'à présent.

— Alors, Valérien est juste un ami ?

— Il paraît que j'ai une paire de seins en trop, si tu vois ce que je veux dire. Je rêve ou tu es jaloux de Val ?

— Quoi ? Non !

— Menteur !

— Cam, on peut en revenir à notre enquête ?

— Oui, mon loup ! réplique-t-elle en claquant un baiser au coin de mes lèvres.

Ce n'est pas comme ça que je vais réussir à me concentrer !

— Regarde, je vais te montrer un autre petit tour sympa, dit-elle en affichant la photo sur son téléphone.

Ses doigts dansent devant l'écran et des arabesques dorées se dessinent sur sa peau pour s'évanouir aussitôt.

— Il faut que tu prennes ma main pour voir la même chose que moi.

Je m'exécute avec curiosité et ressens comme une sorte de traction vers l'arrière. Camélia me sourit avec satisfaction.

— Quand on sera assez près, on le verra s'illuminer. Viens, c'est par là, me guide-t-elle en faisant demi-tour.

Nous longeons le bâtiment, tiraillés par cette force invisible. J'ai l'impression de jouer à « tu chauffes/tu refroidis ! », mais ça fonctionne. Après une dizaine de minutes à raser les murs, nous bifurquons dans une impasse mal éclairée, presque à l'opposé de la première. L'attraction devient plus puissante et je dois résister pour ne pas me mettre à courir.

— Doucement, mon chou, il n'y a pas le feu, me taquine-t-elle.

— C'est ton sortilège qui joue les aimants, lui fais-je remarquer.

— Ah oui ? Étrange… tu ne réagis décidément pas bien à la magie. Je devrais peut-être m'abstenir de pratiquer des sortilèges sur toi à l'avenir.

— Parce que tu l'as déjà fait ? m'offusqué-je.

— Juste pour t'effacer la mémoire, me rappelle-t-elle.

C'est vrai, j'avais presque oublié ce petit détail concernant le soir de notre rencontre. Est-ce que tout aurait été différent si je ne l'avais pas reconnue lorsqu'elle a déboulé au commissariat ce lundi-là ? J'ai l'impression que c'était il y a très longtemps, alors que ça remonte à quelques semaines. Avec du recul, même si elle avait effacé mes souvenirs, j'aurais été attiré par elle de la même manière et aurais aussi mal réagi à sa présence. Je n'aime pas qu'on me perturbe dans mon travail. Avec Nolan, les choses se passent bien, mais mener l'enquête avec une partenaire aussi sexy, ça me met les neurones en vrac.

— Regarde, m'enjoint-elle en me faisant pivoter.

À cinq mètres, une petite lumière dorée diffuse un halo sur le mur de brique. Nous nous approchons jusqu'à distinguer le contour du graffiti en tête de diable. Même forme, même couleur. Pourquoi personne ne l'avait remarqué avant ? Je me tourne de quelques degrés et aperçois l'une des issues secondaires du muséum. C'est probablement d'ici qu'est sortie la victime.

— Ça confirme ta théorie, bougonne Camélia en refermant son poing, ce qui met fin au sortilège d'attraction.

La sensation de tiraillement disparaît en même temps que le halo doré. J'en profite pour prendre une photo de notre indice et le géolocaliser.

— On dirait que ça t'ennuie, fais-je remarquer.

— Je n'ai pas particulièrement envie de revoir les membres de ce clan.

Elle n'épilogue pas et nous nous empressons de vérifier la présence du symbole sur les autres sites. Nous le trouvons sur quatre lieux différents, toujours un peu éloigné des endroits de passage. Une heure plus tard, nous devons nous rendre à l'évidence, nous détenons le premier indice qui relie toutes les scènes de crime.

— Tu préfères qu'on aille fêter ça en allant boire un verre chez Andrew ou qu'on rentre ?

Une étincelle traverse son regard et un sourire relève le coin de ses lèvres. Elle pose une main sur mon torse comme elle aime le faire quand on est seuls puis glisse les doigts sous le col de ma chemise. Mon pouls s'accélère. Je me maîtrise parce qu'on est en pleine rue et qu'elle peut nous téléporter n'importe où, mais c'est d'abord avec elle que je veux célébrer cette première victoire. Elle, nue sous mes caresses.

— On fait un saut chez toi et ensuite on va fêter ça avec Andrew ? propose-t-elle.

— Adjugé !

CHAPITRE 17
CAMÉLIA FAIT LES PRÉSENTATIONS

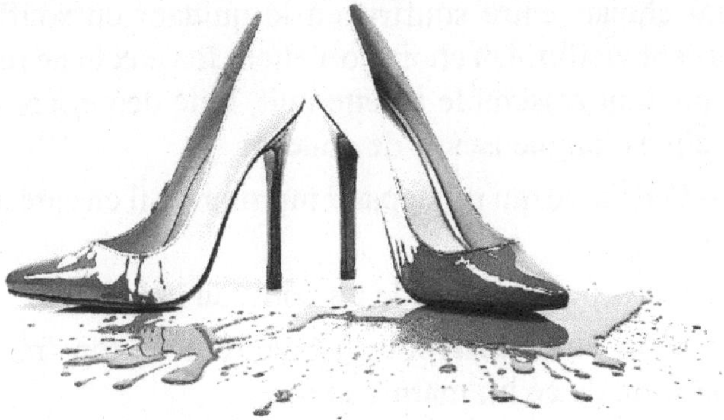

Marc passe un bras autour de ma taille et dépose un baiser sur ma nuque. Je me blottis contre lui pour profiter de sa chaleur après notre étreinte fougueuse. J'ai cru que mes révélations allaient changer nos rapports, qu'il se montrerait plus distant, sur ses gardes, mais je me suis trompée. Je pense même que nous sommes libérés d'un poids. Je contemple les vêtements éparpillés sur la chaise et la commode. Sa chemise n'a pas survécu, ce doit être la cinquième qui termine sans boutons cette semaine. J'espère qu'il en a un bon stock ! Vu le sort qu'il fait subir à mes culottes, on est sur un pied d'égalité !

Je me retourne pour l'embrasser et noue mes bras autour de sa nuque. Pourquoi est-ce si naturel de me montrer tendre avec lui ? Il arrive à apaiser mon côté démoniaque, à canaliser le feu en moi, même s'il le provoque intentionnellement à d'autres moments. Mais là, tout de suite, j'ai juste envie d'un câlin, de le sentir contre moi et d'oublier le reste.

L'avenir me fait toujours aussi peur. Plus les jours passent, plus je comprends que notre attirance n'est pas que sexuelle et qu'elle ne s'essoufflera pas de sitôt. Si je dois être honnête, même mon amour pour Archie me semble pâle à côté de ce que je ressens pour Marc. J'essaie d'étouffer mes sentiments, de profiter au jour le jour, mais viendra un moment où je devrai choisir entre souffrir en le quittant ou souffrir en le regardant vieillir. Un choix cornélien. Je veux juste rester avec lui, que tout ressemble à cette nuit, faite de petites victoires, d'étreintes fougueuses et de douceur.

— Qu'est-ce qui ne va pas ? murmure-t-il en caressant mon visage.

Je souris puis quémande un nouveau baiser.

— Si tu veux aller boire un verre avec ton frère, il faut qu'on sorte de ce lit, marmonné-je.

Marc se mord la lèvre avant de passer un doigt sur mon épaule. Cela suffit à réveiller mes sens. Tant pis pour Andrew ! Je tire sur le drap et saute sur mon poisson avant de lui mordre le cou. Sa réaction ne se fait pas attendre, il empoigne mes fesses et me plaque contre lui pour me faire profiter de son désir. Je caresse la fine toison blonde qui recouvre son torse pour le torturer un peu ; mais il nous fait rouler sur le côté afin de s'attaquer à ma poitrine puis mon ventre. Je perds le compte des minutes qui s'écoulent, engloutie par le plaisir.

Pendant que Marc somnole, je file prendre une douche. À mon retour, il est toujours assoupi en travers du lit, à moitié recouvert par le drap entortillé autour de sa cheville. Il ouvre un œil et esquisse un sourire coquin. Mon pouls s'accélère, j'ai bien envie de fondre sur lui pour une troisième partie ; mais je sais qu'il sera déçu si l'on ne va pas voir Andrew, alors j'ouvre la commode et lui jette un tee-shirt à la figure.

— Hey ! râle-t-il en se redressant.

— On devrait peut-être demander à Valérien de nous rejoindre ?

Il me fixe d'un air interloqué.

— Pour aller boire un verre, précisé-je. C'est grâce à lui que l'on a découvert l'indice.

Il soupire en se détendant et je m'approche pour lui décocher une pichenette sur le torse.

— Les plans à trois, ce n'est pas mon truc, mon loup.

— Moi non plus…

Il m'attire vers lui, mais je pose un doigt sur ses lèvres.

— Si je retourne dans ce lit, on n'en sort plus avant demain matin, le préviens-je.

L'ombre qui passe dans son regard ne laisse aucun doute sur ce qu'il a envie de faire, mais il se reprend et hoche la tête.

— OK, soupire-t-il. Invite Valérien. Tu as raison, ce ne serait pas sympa de fêter ça sans lui. Mais il n'avait pas dit qu'il était occupé pour la soirée ?

— Je crois surtout qu'il n'avait pas envie de s'éterniser à mener l'enquête avec nous. Ce n'est pas son rôle.

— Pourquoi ton ami est encore là, d'ailleurs ? On se débrouille bien tous les deux.

— Pour nous protéger, au cas où le Consul apprendrait ce que tu sais.

Marc se renfrogne.

— Il va nous servir de garde du corps pendant combien de temps, alors ? C'est pour lui que je demande ça. Ça doit être pénible.

Je soupire. Morgan fait de son mieux pour étouffer l'affaire, mais comme le soulève mon poisson, Valérien ne pourra pas servir de bouclier indéfiniment. Je devrai soit parler au Consul et tenter de l'amadouer, soit effacer la mémoire de Marc, chose qui me paraît de moins en moins concevable chaque jour qui passe.

— Jusqu'à la fin de l'enquête, avoué-je. Ensuite, on avisera.

J'envoie un message à Val lui demandant s'il veut nous rejoindre au bar d'Andrew. Sa réponse se fait un peu attendre, ce qui me laisse le temps de me rhabiller. Le texto arrive au moment où Marc sort de la douche.

Vers vingt et une heures trente, nous arrivons près de l'établissement. Je prends la main de Marc avant d'entrer et lui souris.

— Tu es sûre ?

— Pourquoi ? Tu as peur de la réaction de ton frère ? m'inquiété-je.

— Non, plutôt de celle de tes collègues.

— Ils sont trop perspicaces pour avoir raté l'info la première fois. Et, vu le temps que Valérien passe près de nous, la surprise n'est plus de mise.

Il sourit à son tour avant de presser ma main. Galvanisée par ce simple geste, je pousse la porte et repère le trio infernal assis à notre table habituelle, dans le fond. Morgan nous salue d'un geste, son regard coule vers nos doigts enlacés. Un léger froncement de sourcils m'indique qu'il est sur ses gardes, mais je souris pour le rassurer.

Andrew nous intercepte avant qu'on atteigne la table.

— Salut, frangin ! Plus ça va, plus ta bande s'agrandit, fait-il remarquer, le visage fermé.

— Ce sont mes collègues, lui expliqué-je.

— Ah oui ?

À son tour de nous détailler avec un petit sourire narquois avant d'adresser un clin d'œil à Marc. Ce dernier reste de marbre, mais je vois bien la conversation silencieuse qui se tient entre eux.

— Je suis content de te revoir, Camélia, dit-il finalement en reprenant son air jovial. Je vous apporte des bières ?

— Un verre de vin rouge pour moi, s'il te plaît, mon poussin.

Je lâche la main de Marc et nous nous asseyons autour de la table.

— Marc, je te présente Octavius, déclaré-je en désignant le superbe métis aux yeux bruns à droite de Val.

Tav l'observe un long moment en silence puis finit par hocher la tête. C'est lui tout craché, toujours aussi méfiant avec les nouveaux.

— Bonsoir, se contente de le saluer Marc avant de se tourner vers Valérien. On a repéré les mêmes symboles sur tous les lieux d'enlèvement. Merci du coup de main.

— Avec plaisir. Ça fait du bien de retourner sur le terrain de temps en temps.

— Val t'a expliqué notre théorie ? demandé-je à Morgan qui est resté silencieux.

— Oui. Et même si je suis content que ça avance, ça m'inquiète un peu.

Andrew nous apporte la commande et dépose les verres devant chacun en observant Valérien d'une drôle de manière. Mon ancien équipier provoque souvent un effet horripilant auprès des gens, mais là, j'ai l'impression qu'on est plus proche de la haine.

Les yeux de Tav virent au noir d'encre. Oh, oh ! Ça va mal tourner cette histoire.

— Un problème ? demande-t-il à Andrew.

Ce dernier blêmit et je perçois le léger tremblement de son plateau.

— Non, aucun, assure-t-il en faisant demi-tour pour se réfugier derrière son comptoir.

— Tav, mon chou ! Andrew est un Ordinaire. Si tu lui fais tes gros yeux, il va flipper, fais-je remarquer.

— Il est bizarre quand même, marmonne Valérien. Ce n'est pas la première fois qu'il me fixe comme ça. Tu crois qu'il sait qui nous sommes ?

Il observe la réaction de Marc.

— Non, je n'ai rien dit. Comment j'aurais pu ?

— Il était peut-être déjà au courant avant, relève Morgan, l'air songeur.

— Hé, c'est mon frère ! Il est tout ce qu'il y a de plus normal ! Enfin, je veux dire, il est aussi ignorant que moi, se reprend Marc.

Tav hausse un sourcil et m'interroge du regard.

— Ordinaire, hein ?

En observant Andrew avec plus d'attention, je constate que ses vibrations sont légèrement différentes, même si elles restent ténues. Pas de quoi m'alerter pour autant. Peut-être que ses pouvoirs sont très faibles.

— C'est possible que ça soit un Éveillé.

— Quoi ? s'étrangle Marc. Non, Andrew n'est pas… je le saurais quand même !

Tav se pince l'arête du nez et secoue la tête.

— Mon beau, explique-lui, toi...

Valérien soupire tandis que Morgan adresse un regard désolé à mon poisson. Je presse sa main pour le rassurer. Je ne pensais pas que la soirée tournerait comme ça. Je voulais juste qu'on se détende. Je fronce les sourcils et secoue imperceptiblement la tête. *Ce n'est pas le moment d'en rajouter, Val, vas-y mollo.*

— Les Éveillés sont tenus au secret autant que le reste de la communauté Autre, explique mon ami.

— Les Éveillés ? Les humains avec des pouvoirs, c'est ça ?

Val hoche la tête pour confirmer.

— Mais, c'est quoi son pouvoir alors ? demande Marc d'un air buté.

— Le seul moyen d'en être sûr, c'est de lui demander, précise Morgan.

— Désolée, je n'avais pas fait attention avant la remarque de Tav…, me justifié-je auprès de Marc.

Il soupire et avale une gorgée de sa bière.

— Au point où j'en suis… c'est peut-être mieux comme ça.

Tav l'observe encore un long moment.

— Intéressant. À l'occasion, je te présenterai mes collègues. Ou, comme les appelle Camélia, les Bisounours bibliophiles. Eux n'hésiteront pas une seconde à répondre à tes questions. Fais juste attention à la manière dont tu leur parles, vu que... certains ici ont tendance à se montrer très protecteurs à leur égard, ajoute-t-il avec un sourire en coin.

C'est une bonne idée, oui, sauf que mon loup n'est pas censé intégrer la communauté Autre.

— Marc doit rester au quartier Ordinaire, fais-je remarquer. S'il met un pied là-bas, le Consul va lui tomber dessus.

Morgan se penche en avant et appuie le menton sur le bout de ses doigts.

— Je vais demander à ma femme. Peut-être qu'un livre de la Bibliothèque pourrait nous aider.

Malgré moi, une petite lueur d'espoir s'insinue dans mon esprit. Marc le regarde sans comprendre.

— Une bibliothèque ? Pour quoi faire ?

Il se cale au fond de la banquette.

— Et pour mon frère ? Je ne peux pas lui poser de questions à cause de la malédiction de Cam.

Morgan et Octavius haussent un sourcil en reculant subtilement, s'attendant à ce que j'explose encore. Pour une fois, je ne ressens pas le picotement désagréable provoqué par l'emploi de mon diminutif. Peut-être que c'est la manière dont il le prononce, d'une voix chaude. C'est l'effet Marc, et plus il est paumé, plus j'ai l'impression qu'on était faits pour se rencontrer. Ça n'a aucun sens.

— Emeli, ma femme, gère une section spécifique de la Bibliothèque de Nyx. Elle a accès à des livres inaccessibles. Il arrive qu'on fasse appel aux bibliothécaires pour nous aider à résoudre des affaires délicates.

— Comme nos analystes ? demande Marc.

Morgan termine son verre avant de répondre :

— Ce serait un peu comme mettre un chat et un tigre dans la même case. Mais, en gros, oui, des analystes, avec des pouvoirs et un accès à des formes de magie encore inconnues.

Il regarde sa montre.

— Je ferais peut-être mieux de rentrer.

— OK, Papi. On te tient au courant.

— Et ne faites pas de bêtises, compris ? Je vais voir avec Em ce qu'on peut faire pour vous deux, mais en attendant, faites profil bas. OK ?

— Compris, marmonné-je.

Marc hoche la tête, perdu dans ses pensées. Il remarque à peine que Morgan règle la note avant de s'éclipser.

— J'ai parfois du mal à comprendre ce garçon, commente Tav avant de siroter son jus de cerises.

Valérien hausse les épaules.

— Je l'ai vu grandir et je le comprends à peine plus.

Je me tourne vers mon poisson qui affiche toujours une mine morose.

— Tu veux qu'on pose la question à Andrew maintenant ?

— Ça me permettra d'en parler avec lui après ? Même avec la malédiction ?

— Je pense, oui. Au moins, tu sauras.

— On devrait peut-être y aller, observe Valérien. Si on est trop nombreux, ça risque de le braquer.

— Je vais où tu vas, mon beau, déclare Tav en entourant les épaules de Val de son bras et en l'embrassant au coin des lèvres.

J'adore les voir tous les deux. Quand j'ai rencontré Valérien, il y a une centaine d'années, c'était un agent solitaire qui ne vivait que pour son boulot et la sécurité du Consul. Il était comme moi, préférait passer pour un con ou un abruti auprès des gens pour ne pas avoir à les repousser, ne pas risquer de s'attacher. Nos raisons étaient différentes. Lui, c'était pour son boulot, moi, parce que je ne supportais plus d'avoir le cœur brisé, mais au fond, ce qu'on voulait tous les deux, c'était éviter de faire du mal à ceux qui comptaient pour nous. C'est pour ça qu'on s'est tout de suite entendus. Nous avons vu clair dans le jeu de l'autre.

Pendant longtemps, Valérien a été ma seule famille, la seule personne avec qui j'ai gardé un lien au fil des années. Tous les autres n'étaient que des ombres de passage qui s'évaporaient au fil du temps. Je suis entrée au service du Consul grâce à lui et nous avons travaillé en binôme pendant longtemps, donnant un coup de main aux autres équipes occasionnellement. Et puis, il y a cinq ans, le Consul a formé une nouvelle équipe avec nous deux, Morgan, ses amis Teddy, Genn, ainsi que son demi-frère, Leo.

Tout le monde trouvait que c'était la pire idée du monde et il a fallu un certain temps pour que Valérien cède les rênes à Morgan, mais aujourd'hui, ils sont comme une famille pour nous. Une famille élargie, si l'on compte les bibliothécaires avec qui nous avons collaboré lors de cette première mission. Il faut dire que Morgan a épousé l'une d'entre eux. Son frère est sur le point de suivre le même chemin, quant à Valérien, il a rencontré Octavius. Même moi, qui suis sceptique concernant les coups de foudre, j'ai vu à quel point cet homme avait le don de réveiller le meilleur de Val d'un simple regard.

Au début, j'étais un peu jalouse de tout ce bonheur autour de moi et j'ai cherché à m'éclipser à ma manière, en jouant les arrogantes, en anticipant sur le fait qu'ils allaient m'oublier et s'isoler dans leur bulle. Mais ça n'a pas été le cas. Nous dînons souvent tous en « famille », agents et bibliothécaires. J'ai même convaincu Lyanne, la sorcière bibliothécaire, de passer la barrière pour devenir agent alors que Val négociait une préretraite. Préretraite qui court toujours. Jusqu'à quand ? Je ne sais pas, mais le Consul le laisse tranquille et Val choisit les missions sur lesquelles il souhaite intervenir à la demande de Morgan.

Bref, ces deux-là m'ont redonné espoir. Quand Morgan a compris l'utilité du cheveu magique offert par sa mère et réussi à lier sa vie à celle d'Emeli, j'ai eu le même élan de jalousie, avant de me dire qu'il y avait peut-être une solution pour moi aussi si je trouvais quelqu'un qui en vaille la peine. Il faut croire que ce quelqu'un devait débarquer dans ma vie sous l'apparence d'un flic ronchon et têtu. Je serre la main de mon poisson puis lui souris. Il est encore sous le choc de la révélation. Nous allons bientôt en savoir plus.

Valérien et Octavius nous souhaitent une bonne soirée avant de s'éclipser à leur tour.

— On dirait que Tav t'aime bien, noté-je une fois que nous sommes seuls.

— Pourquoi, il ne devrait pas ? s'étonne Marc.

— C'est juste qu'il se méfie beaucoup des inconnus.

— Je le comprends. On tombe parfois sur des gens louches par ici, souffle-t-il en effleurant mes lèvres des siennes.

— Tu ne crois pas si bien dire…

Andrew nous interrompt pour débarrasser la table. Nous le laissons faire et, comme il n'y a plus d'autres clients à cette heure tardive, il ferme la porte puis revient s'asseoir avec nous en apportant trois cafés.

— Alors ? Ça a été une bonne journée ? demande-t-il.

Marc hoche la tête et me lance un regard. OK, il veut ses réponses. Je me lance.

— On peut dire ça, oui. Mais, Andrew, on peut te poser une question ?

CHAPITRE 18
MARC ACCUSE LE COUP

Je me crispe sur ma chaise. J'ai peur d'entendre l'explication d'Andrew. Pas parce que ça me gêne qu'il soit un Éveillé, plutôt qu'il me l'ait caché toutes ces années. Je n'arrive pas à croire que mon frère, la personne de qui je suis le plus proche sur cette Terre, ne m'en ait pas parlé. J'ai peur d'être déçu. Ce qui est complètement irrationnel puisque Camélia, comme ses petits copains, m'a bien fait comprendre l'importance de garder ce secret.

Andrew regarde autour de nous comme pour vérifier que nous sommes bien seuls, avant d'acquiescer.

— Est-ce que le terme d'Éveillé te parle ? demande Camélia sans le quitter des yeux.

Un frisson le parcourt, il cligne des yeux avant de reprendre une gorgée de son café. J'ai ma réponse et elle ne me plaît pas.

— Tu es un Éveillé ? insisté-je en serrant les poings et les mâchoires.

Au moins, j'ai pu lui poser la question sans que ma langue se mette à piquer comme si on y avait versé de l'acide.

— Toi aussi ? Depuis quand ? m'interroge-t-il à son tour.

— C'est récent, répond Camélia à ma place.

Je ne suis même pas certain que le terme s'applique à moi vu que je n'ai aucun pouvoir. Je suis un Ordinaire qui a découvert le pot aux roses, c'est différent. Mais je comprends la méfiance de Cam. Tout à coup, mon frère m'apparaît comme un étranger. Et s'il cachait d'autres secrets ?

— C'est quoi ton pouvoir ? continué-je.

Il m'observe quelques instants avant de soupirer puis de pousser sa tasse devant moi. Je hausse un sourcil, sans comprendre où il veut en venir.

— Regarde, m'enjoint-il.

Andrew applique ses deux mains autour du récipient et le reste de café prend une couleur rouge sombre.

— Qu'est-ce que c'est ? demandé-je, méfiant.

— Du vin, me rassure Camélia. Un bon vin rouge millésimé, si j'en crois l'odeur fruitée.

— Je peux transformer n'importe quelle boisson en une autre, sauf l'eau pure, explique Andrew.

— Pratique.

Tout à coup, je vois le bar d'une autre manière et me pose une nouvelle question.

— C'est pour ça que tu as choisi ce métier ?

— J'avoue, un peu par fainéantise. C'était une des seules choses que je pouvais faire avec ce don et qui me rapporte de l'argent. Mais j'aime mon métier, tout comme le contact avec les gens. C'est un choix logique, mais assumé.

— Et depuis quand tu le sais ?

Cette fois, il m'adresse un sourire plus franc, presque moqueur.

— Tu te souviens de la fois ou papa m'a accusé d'avoir remplacé son thé par du whisky ?

Oh, oui, je me souviens très bien de ce moment ! Notre père, après avoir mélangé son thé avec du lait, y avait trempé les lèvres pour se rendre compte que ça avait un goût d'alcool. Il avait tout recraché sur la robe de la mère d'Andrew, quelques minutes avant de partir au mariage de tante Lucy. Sa toilette était fichue et puait l'alcool. Andrew s'est pris un sacré savon, il a dû rester assis à côté de papa pendant toute la cérémonie.

— Mais tu n'avais que treize ans !

Il hausse les épaules puis m'adresse un regard désolé.

— Un émissaire du consulat est venu me rendre visite à l'école après ça pour m'expliquer ce qui se passait et me communiquer les règles. La première de toutes, c'était le secret. Il a menacé de me tuer ainsi que tous ceux à qui j'en parlerais. Donc, comme n'importe quel gosse, j'ai fermé ma bouche. Plus tard, j'ai compris qu'ils effaçaient la mémoire des Ordinaires qui étaient témoins de manifestations surnaturelles et qu'ils m'avaient fait peur pour être sûrs que je ne parle pas. Mais j'avais appris à maîtriser mon pouvoir et je ne voulais pas vous mettre en danger, toi et les parents, pour rien. Alors j'ai gardé le silence.

J'ai comme du plomb dans l'estomac. Depuis qu'il est ado, il doit garder ce fardeau et je n'ai rien vu !

— Est-ce que ma mémoire a été effacée ?

— Pas la tienne, mais celle des parents, oui. Au début, j'avais du mal à me maîtriser et, plusieurs fois, mon bol de lait s'est transformé en milk-shake ou en café alors que je détestais ça. Maman a fini par se poser des questions.

— Je n'ai rien vu, soupiré-je en baissant les yeux sur mes mains.

— C'était mieux pour toi. Je faisais très attention à ne pas toucher les verres et les tasses remplis. Ça évitait pas mal de problèmes.

— Et comment tu as fait pour tenir tout ce temps sans en parler à personne ?

— J'ai intégré une classe spéciale pour les Éveillés. Tous les mardis soir, je me rendais à un cours afin d'apprendre à utiliser mon don. Officiellement, c'était un cours de latin. Dans les faits, je m'entraînais à maîtriser ce pouvoir et apprenais le fonctionnement de la communauté des Autres. J'y ai rencontré d'autres personnes comme moi. Ça m'a beaucoup aidé à progresser et garder le cap.

— Toutes ces années… j'aurais pu te soutenir, je ne sais pas…

— J'ai voulu t'en parler, frangin. Au moins mille fois ! À chaque progrès significatif. Quand j'ai réussi à transformer un verre de lait en cappuccino ou quand je suis parvenu à obtenir autre chose que de la piquette.

Il sourit avec une lueur d'espoir au fond des yeux et je ne peux m'empêcher d'en faire autant. C'est mon frère, après tout, et moi aussi je lui ai caché des choses ces dernières semaines.

— Et toi alors ? Tu me racontes ?

Je ne sais pas par quel bout commencer. Alors, par réflexe, je me tourne vers Camélia qui est restée étrangement silencieuse pendant nos échanges.

— J'ai voulu effacer la mémoire de Marc, mais ça n'a pas marché, dit-elle simplement.

Il nous regarde sans comprendre.

— Je n'ai pas de pouvoir. Je suis juste au courant pour la communauté Autre.

— Mais personne ne doit l'apprendre, le prévient Camélia. Sinon le Consul va lui tomber dessus. Et comme il est hermétique à l'effacement…

— OK, je comprends. Vous pouvez me faire confiance.

Il apporte la cafetière et nous ressert. Je me demande pourquoi il s'embête avec un percolateur alors qu'il lui suffirait de transformer un mauvais café en grand cru, mais il m'expliquera plus tard. J'ai beaucoup de questions à lui poser, seulement j'ai aussi besoin de digérer la nouvelle.

— Et Camélia, c'est quoi ton pouvoir ? demande-t-il sur le ton de la conversation.

— Je ne suis pas une Éveillée, je suis une demi-démone.

L'aplomb dans sa voix déstabilise mon frère qui tremble légèrement en terminant de remplir la tasse.

— La vache, je ne m'attendais pas à ça ! Remarque, avec le Marchombre, j'aurais dû me douter…

— Valérien ? m'étonné-je. Comment tu es au courant ?

Il garde le silence un moment, j'ai l'impression qu'il ne répondra pas, mais il finit par ouvrir la bouche.

— Je suis sorti avec une Marchombre pendant quelque temps. Je les reconnaîtrais entre mille avec leur air arrogant, leur sourire blasé et leur façon d'apparaître sans crier gare, comme si le monde entier leur appartenait. De sacrés connards qui n'hésiteraient pas à sacrifier un humain pour sauver leur peau ou se faire bien voir de leur supérieur !

Camélia hausse un sourcil puis étire ses lèvres en un sourire de chat.

— Bravo, mon lapin, tu as bien cerné les Marchombres. Mais ils ne sont pas tous comme ça, tu sais.

— Valérien est plutôt cool, renchéris-je. Quand on apprend à le connaître.

— Je vais me contenter de le tolérer pendant vos réunions si ça vous va. Et le gars avec lui ? Il est quoi ?

— Ça, c'est une bonne question, mon chou. Mais ce n'est pas à moi d'y répondre. Tu n'auras qu'à lui demander la prochaine fois que tu le verras.

— Il fait froid dans le dos, poursuit Andrew en frissonnant.

Lui aussi a eu son lot d'émotions pour la soirée.

— Désolé, frérot. Je ne pensais pas que les amener ici te créerait du souci.

— Non, au contraire. Au moins, je sais que tu sais. J'ai eu un doute la première fois que vous êtes venus. Même le grand blond…

— Morgan, précise Cam. C'est notre chef d'équipe.

— Avec vos airs de Men in Black, soit vous étiez des agents gouvernementaux, soit des agents du Consul. Et avec le Marchombre, j'en ai vite déduit que c'était la deuxième hypothèse. Je me suis demandé ce que tu foutais avec eux. J'ai mené ma petite enquête, mais je n'ai rien trouvé sur eux ni sur toi, ajoute-t-il à l'adresse de Camélia.

Cette dernière se tourne vers moi.

— Il a du flair, il ferait un bon flic !

— Ne l'embarque pas là-dedans, s'il te plaît.

— Dans quoi ? demande Andrew.

— Nous enquêtons sur une affaire un peu spéciale, mais Marc a raison, moins tu en sauras, mieux ça vaudra.

C'est tellement rare qu'elle m'appelle par mon prénom que je ne suis pas sûr d'avoir bien entendu.

— Je comprends. Mais au cas où, si vous avez besoin d'une oreille discrète, il y a pas mal d'Éveillés et quelques Surnaturels qui passent ici.

— C'est bon à savoir, acquiesce Cam. Tu as vu des demi-démons traîner par ici ?

— Camélia, je croyais qu'on était d'accord, grondé-je.

— Simple question de routine.

Je croise les bras sur ma poitrine pour montrer mon désaccord, mais ça ne suffit pas à les dissuader d'échanger des informations.

— À ma connaissance, tu es la seule qui vienne ici. Mais je ne connais pas assez votre espèce pour en être certain.

— Et un groupe de Surnaturels qui se réunit régulièrement ?

— Tu crois vraiment qu'ils viendraient boire un verre ici après leurs… méfaits ? la questionné-je, incrédule.

Andrew secoue la tête, confirmant mon pressentiment.

— Si vous me dites quel genre de Surnaturels vous cherchez, je tendrai l'oreille. Mais avec tout le monde qui passe ici, c'est une description un peu vague.

— Disons, le genre d'individus que tu n'as pas envie de fréquenter. Et je crois qu'au moins l'un d'entre eux est un sorcier.

— OK, si je relève un détail, je vous en informerai.

— D'accord, mais ne joue pas les cow-boys. Ils sont dangereux, l'avertis-je.

Ça m'embête de le mêler à tout ça. Andrew adore son métier et c'est un gentil gars. Je n'ai pas envie qu'il voie de trop près la face sombre de ce monde. En tant que flic, j'y suis trop souvent confronté et j'ai tendance à me méfier de tout le monde. Je ne veux pas qu'il lui arrive la même chose, même si j'ai bien conscience qu'il fréquentait ce monde avant moi.

— Ne t'inquiète pas, je vais me contenter d'écouter et d'interroger mes sources, répond-il avec un sourire en coin.

Il se lève pour débarrasser nos tasses, c'est le signal que la discussion est close. Nous le remercions puis il referme la porte derrière nous.

— Bien, ça ne s'est pas trop mal passé, souffle Camélia en m'adressant un regard rieur.

— J'ai l'impression que je ne suis pas au bout de mes surprises, bougonné-je en prenant la direction de la maison d'un bon pas.

— Tu lui en veux ?

— Non, bien sûr que non. Je me sens… paumé, c'est tout. C'est dur de remettre en question trente ans de repères.

Elle me presse l'épaule et se tourne vers moi.

— Tu n'as pas découvert que de mauvaises choses alors ?

Elle se mord la lèvre en un geste sensuel qui monopolise toute mon attention.

— Attention, ou je vais vraiment te faire l'amour dans cette rue.

Elle esquisse une moue pleine de défi et je fonds sur elle, la plaquant contre un mur pour l'embrasser pendant que ma main suit la courbe de sa cuisse. Elle relève la jambe pour me plaquer contre elle puis nous téléporte dans le jardin. Cette fois, j'atterris sans me préoccuper du malaise, trop accaparé par sa bouche. Je déverrouille la porte et la pousse dans la cuisine pour l'asseoir sur le plan de travail.

— Il y a quelques bonnes surprises dans ce que j'ai découvert, soufflé-je contre son cou.

— Ah oui ? Comme quoi ?

— Une certaine fille, très casse-bonbons, incroyablement sexy, avec un tempérament de feu…

Je ponctue chaque affirmation d'une petite morsure dans son décolleté, avant de reprendre ses lèvres. Son manteau s'étale sur la chaise, ses escarpins me rentrent dans les cuisses quand elle enroule ses longues jambes autour de ma taille.

Plus je m'enfonce dans ce nouvel univers, plus je trouve sa présence rassurante et indispensable. Je ne sais pas où ça va nous mener, je n'ai pas pour habitude de raisonner sur le long terme, mais je crois que je suis un tout petit peu accro à cette nana.

CHAPITRE 19

CAMÉLIA N'A PAS LES BONNES CHAUSSURES

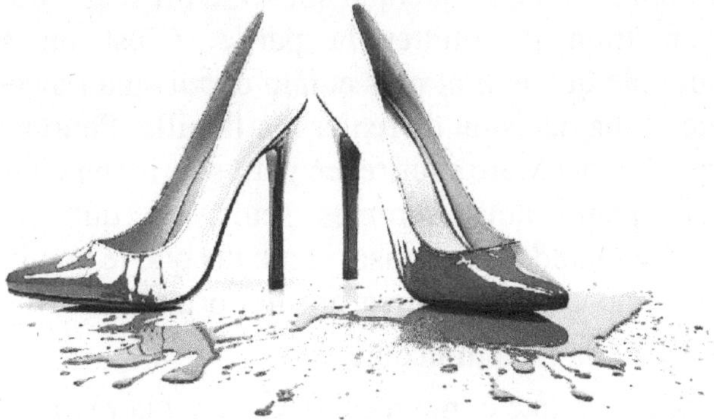

Depuis que Marc est au courant pour Andrew, il passe presque tous les jours au bar pour discuter et écouter ses anecdotes. Je les rejoins parfois pour ajouter mes petits commentaires. Andrew est un Éveillé charmant, pas compliqué. Bien plus facile à cerner que mon poisson, mais je pense que l'attirance entre nous vient de cette complexité. J'ai pour habitude de mener la danse, seulement, avec Marc, je suis obligée de me laisse porter, du moins tant que la situation ne dérape pas trop. La question est de savoir à partir de quand on considère que ça dérape. Quand on passe nos journées et nos nuits ensemble ? Quand je commence à m'afficher avec lui en présence de mes collègues ? Quand j'ai plus envie d'être avec lui qu'avec quiconque ? Quand j'arrête de chercher un nouvel encas pour le quatre-heures ? Oui, ça devrait me mettre la puce à l'oreille. Mais je ne suis pas encore prête à admettre qu'il sera le dernier à compléter mon tableau de chasse avant un long, très long moment. Je crois qu'il a même le pouvoir de le faire disparaître.

En tout cas, je me demande de plus en plus s'il n'existe pas un sort pour me donner l'espérance de vie d'un Ordinaire et me faire embaucher au commissariat. Même si j'adore bosser avec Morgan et Val, parfois, quand je les entends parler, avec les siècles de bonheur qui les attendent au côté de leur moitié, j'ai l'impression que quelque chose se brise en moi et que je suis en train de quitter la partie. C'est un sentiment désagréable que je n'ai plus connu depuis ma rencontre avec Archie et ma décision de renier ma famille. Pourtant, chaque fois que je vois Marc sourire, ce petit sourire en coin qu'il me réserve quand nous sommes seuls, ou que son regard s'illumine quand il me croise, je me dis que je voudrais n'être qu'une simple humaine pour profiter d'une belle vie avec lui.

— Camélia ? Tu m'écoutes ?

Je relève la tête et me reconnecte avec la réalité. Nouvelle semaine, nouvel enlèvement. Une bien triste routine. Même si les jours diffèrent, on dirait que nos criminels obéissent à un schéma. Un schéma que nous tentons de comprendre, de décortiquer pour anticiper le prochain coup. Malheureusement, si nous connaissons à présent leur motivation première, ça ne les rend que plus dangereux. Une bande de demi-démons qui court après l'immortalité est capable du pire. Je ne donne pas cher de la peau des personnes disparues.

— Oui, mon poisson, affirmé-je.

— Valérien a trouvé le même symbole. Tu as fini d'interroger les témoins ?

— Oui, ils ont juste entendu le jeune homme crier et se débattre avant de disparaître. Mais aucun ne peut identifier les agresseurs.

— Le contraire m'aurait étonné, marmonne Marc. Je propose qu'on retourne interroger les familles des autres disparus pour tenter d'établir le lien entre les victimes. Nous devons comprendre leur mode opératoire.

Plus les jours passent, plus je le sens impatient d'en découdre, comme toute l'équipe. La liste des victimes s'allonge et nous tournons en rond, impuissants.

— D'accord, ensuite on ira pister les Surnaturels avec Val.

Nous quittons le grand bâtiment de la faculté de sciences pour nous rendre quelques rues plus loin. Par souci de discrétion, j'évite de nous téléporter en plein jour. Mes stilettos sont capables d'avaler des kilomètres sans me refiler une ampoule.

Quatre heures plus tard, nous sortons de la dernière maison. Sept victimes, sept familles et aucun élément nous permettant de les relier entre elles. Elles ne fréquentent pas les mêmes cercles, n'ont pas le même âge, pas de caractéristiques physiques communes, mis à part qu'on peut les qualifier de personnes « normales ». Certaines ont une bonne situation professionnelle, d'autres sont encore étudiantes, comme la dernière, et deux élèvent leurs enfants à la maison. Une des victimes souffre d'un cancer généralisé, les autres sont en bonne santé, il y a même un sportif de haut niveau. Rien de concret de ce côté non plus.

Nous terminons cette journée avec l'impression d'avoir fait chou blanc et cela m'agace.

— Qu'est-ce qui te tracasse ? me demande Marc pendant que nous retournons à la faculté.

— Pour moi, il n'y a pas de doute sur l'identité des ravisseurs. Personne n'est assez tordu pour imiter Le Fou Sans Nom. Ce sont eux, Marc. Je ne sais pas comment ils ont fait, mais ils sont revenus. Il faut leur mettre la main dessus au plus vite, j'ai un mauvais pressentiment.

— Tu dis qu'ils ont été bannis. Est-ce qu'ils pourraient utiliser un portail magique ? Comme ceux qu'on voit dans les séries télévisées ?

— Non, il leur est impossible de revenir. Toute la ville a été scellée par un enchantement. S'ils tentaient de passer cette barrière, on en serait tout de suite avertis.

— Et personne ne peut supprimer cette barrière ?

— Juste celui qui l'a créée.

— Et tu sais qui c'est ?

— Non, mais le Consul doit savoir.

— Ça vaudrait peut-être le coup de suivre cette piste.

— Tu ne pourras pas enquêter avec moi dans le quartier Autre.

— Alors je vais continuer de traquer les Surnaturels côté Ordinaires. À nous deux, on trouvera bien où ils se cachent.

— C'est trop dangereux. Tu serais sans défense face à eux.

— Et Valérien ?

— Oui, il pourrait se charger du Consul.

Je lui envoie un SMS pendant que nous rejoignons le grand bâtiment de style roman où sont réunies les facultés de sciences et de médecine. Val est rentré chez lui après nous avoir assistés sur la scène de crime, je crois que son rôle de baby-sitter commence à l'ennuyer, même s'il aime bien Marc. Il préfère passer du temps avec son prince-araignée et je le comprends. S'il a pris sa retraite, c'est pour ne plus se retrouver sur des enquêtes comme celles-ci où les morts s'enchaînent pendant qu'on patauge. Car oui, j'ai la quasi-certitude qu'ils sont morts. Si les demi-démons veulent leurs cinq âmes, la seule manière de les obtenir, c'est de sacrifier les Ordinaires. Alors, peut-être qu'ils essaient d'obtenir leur consentement avant, mais connaissant la patience de mes pairs, je doute qu'ils leur laissent plus de quelques jours pour se rallier à leur cause. Mon poisson s'en doute aussi, même s'il ne l'a pas encore formulé à voix haute.

Il me conduit jusqu'au graffiti, sous un escalier de secours.

— C'est quoi cette porte ? demandé-je en avisant un autre escalier qui s'enfonce dans le sol.

— Allons voir.

Nous descendons pour trouver l'issue verrouillée. Une simple formule me permet de l'ouvrir.

— C'est bien pratique, fait remarquer Marc.

Je lui adresse un clin d'œil et nous nous engouffrons dans une pièce obscure. Il sort une lampe de poche qui diffuse un halo blanc sur le sol en béton.

— Attends, j'ai mieux.

Je pose une main sur son torse et murmure une malédiction de mon cru qui lui donne le pouvoir de vision nocturne.

— La vache, c'est bien pratique !

— L'effet est temporaire, lui signalé-je pendant qu'il éteint sa torche.

— Ça dure combien de temps ?

— Jusqu'à ce qu'on sorte d'ici.

Des étagères s'alignent le long du mur, croulant sous les cartons et les dossiers. C'est tellement grand qu'on se croirait dans une Bibliothèque. J'indique à Marc de m'attendre et me téléporte aux quatre coins de la pièce.

— Il y a deux autres portes, lui indiqué-je.

— S'ils sont passés par ici, ce n'est pas pour ressortir dans la partie publique. Il faut voir où elles mènent.

— À condition qu'ils soient vraiment passés par ici, rétorqué-je.

— À mon avis, ils n'ont pas choisi l'escalier par hasard. S'ils peuvent déverrouiller la porte, c'est un moyen discret de s'éclipser avec leur victime.

— Ça expliquerait pourquoi on perd leur trace.

— On laisse tomber le sous-sol alors ?

— Non, autant explorer jusqu'au bout. Si c'est un cul-de-sac, on en aura le cœur net.

Derrière la seconde porte toute rouillée nous attend une volée de marches qui s'enfoncent dans les ténèbres. Je sens que mon poisson va encore plus apprécier sa malédiction de vision nocturne.

Ça sent le moisi là-dedans. Les murs sont humides et les marches glissantes. Pour ne pas risquer de me tordre le cou en dérapant, je nous téléporte en bas. Bien plus bas que je ne le pensais en réalité. Nous débouchons sur un muret de béton gluant et puant où l'on ne tient pas à deux. De part et d'autre coule une eau saumâtre qui doit grouiller de rats et d'affreuses bestioles surnaturelles. J'essaie de ne pas y penser.

— Ce sont les égouts, tu crois ? demande Marc.

— Vu l'odeur, je dirais que oui.

Je prends une grande inspiration pour me donner du courage et le regrette aussitôt. J'ai la nausée maintenant. La puanteur nous offre un mélange d'animal mort, d'excréments et de champignons. Je ne crains rien pour ma santé, mais les poumons de mon poisson risquent d'en prendre un coup. Tant pis, maintenant qu'on est là, autant continuer. J'attrape sa main, autant pour me rassurer que pour être certaine qu'il me suive et m'engage sur le muret. Les talons aiguilles, ce n'était vraiment pas une bonne idée. Marc me stabilise plusieurs fois. Je déteste les endroits clos. Surtout sous terre. J'ai le cœur qui palpite alors je presse ses doigts plus fort.

Nous progressons en silence pendant plusieurs minutes, concentrés sur nos pieds. Enfin, le chemin s'élargit en un vaste trottoir qui longe la paroi arrondie. L'autre moitié du tunnel est toujours occupée par le ruisseau puant.

— Ça mène où, à ton avis ? murmure Marc.

— Je ne connais pas les égouts de Nyx par cœur, mon lapin, répliqué-je.

— Tu n'as pas un sixième sens d'orientation pour te téléporter ? me taquine-t-il.

— Si, on va vers le nord.

— Hum… vu la distance qu'on a parcourue, on doit être quelque part sous la cathédrale. Tu penses que des demi-démons iraient se planquer là ?

— Impossible, on est interdits de séjour dans les lieux de culte.

— On devrait continuer alors.

— Oui, sauf que, cinq cents mètres après la cathédrale, on pénètre dans le quartier Autre.

— Et tu as peur que le Consul détecte ma présence dans les égouts ?

Je me retourne pour lui faire face. Un petit sourire narquois lui relève le coin de la bouche. Il est un peu trop sûr de lui, là.

— Oui. Et ça devrait t'inquiéter aussi. On fait demi-tour. On n'a même pas prévenu Valérien de notre escapade.

Je le pousse dans l'autre sens, mais Marc ne bouge pas.

— Cam, on ne peut pas abandonner maintenant. Ce n'est pas un hasard si ce tunnel mène vers le quartier Autre. Tu ne crois pas ? Pour la première fois, j'ai l'impression qu'on tient une piste.

Je me mords la lèvre. Il a sûrement raison, mais je ne veux lui faire courir aucun risque.

— Je n'ai pas les bonnes chaussures pour crapahuter dans les égouts, répliqué-je.

Je le pousse à nouveau.

— Tu es chiante, grogne-t-il en cédant.

— Parce que je te sauve les miches ?

— Tout le monde sait qu'on ne mène pas une enquête en talons aiguilles.

— Je vais me changer et revenir plus tard pour suivre le tunnel jusqu'au bout. Ça te va ?

— Hors de question que tu viennes ici toute seule.

— Je demanderai à Valérien.

— C'est aussi mon enquête.

Il s'arrête et pivote pour me toiser avec détermination.

— Je suis responsable de toi, mon petit boulet, ajoute-t-il avec un sourire en coin.

— J'ai plutôt l'impression que c'est l'inverse.

— Sinon, tu ne peux pas nous téléporter à la surface, qu'on respire un peu d'air frais ?

— Qu'est-ce que je disais ? Sans moi, tu te perdrais sous Nyx. Accroche-toi, ça risque de secouer un peu.

Je l'attrape par le bras et nous transporte en haut de l'escalier. Mon pied ripe à l'atterrissage sur le sol glissant et irrégulier. Heureusement, mon poisson me plaque contre lui pour m'éviter de dévaler les dix mètres jusqu'aux égouts. La téléportation en milieu humide, c'est loin d'être une science exacte !

CHAPITRE 20
MARC EN DEMANDE TROP

Je relâche Camélia puis ouvre la porte qui donne sur les archives pour nous conduire à l'issue de secours. Enfin un peu d'air pur ! L'odeur continue d'imprégner nos fringues et nous nous sentons poisseux, alors direction la maison. Ma coéquipière sexy ne se fait pas prier. Même si elle n'a pas une mèche de cheveux de travers, j'ai bien senti qu'elle n'était pas à l'aise. Une fois arrivés chez moi, je déverrouille la porte de derrière. Les voisins vont finir par croire que je ne vis plus ici, je ne passe presque plus par la porte d'entrée. Mais peu importe, j'ai besoin d'une douche.

Camélia suit le cheminement de mes pensées et fait glisser mon manteau avant de s'attaquer aux boutons de ma chemise. Nous parvenons jusqu'à la douche, presque nus. Je termine de lui ôter sa robe pendant que l'eau chauffe et que le miroir se couvre de vapeur.

— T'en as pas marre de prendre des douches avec moi ? lui demandé-je en l'attirant sous le jet chaud.

Elle se mord la lèvre tout en me balayant d'un regard appréciateur. J'ai l'impression qu'elle me déshabille une deuxième fois. J'ai chaud et ce n'est pas seulement dû à la douche. Pour toute réponse, elle se colle contre moi avant de m'embrasser. Bon sang, ce que j'aime quand elle fait ça ! J'oublie les égouts, les demi-démons et l'enquête pour me perdre dans ses bras. La douceur de sa peau qui se presse contre moi est un puissant aphrodisiaque.

Une heure plus tard, je m'extirpe des draps pendant qu'elle somnole puis descends nous préparer à manger. Je me suis habitué à sa présence. Peut-être un peu trop, je ne sais pas. Ça ne me dérangerait pas qu'elle laisse des affaires chez moi, voilà où j'en suis. En un mois, elle a pris une belle place dans ma vie et j'espère continuer à l'apprivoiser. Je ne peux pas lui promettre de devenir immortel ni de l'aimer jusqu'à la fin de mes jours, je ne suis qu'un Ordinaire sans une once de romantisme, mais je peux au moins faire en sorte qu'elle passe de très bons moments avec moi et qu'elle se sente en confiance. J'aime la voir lâcher prise, se livrer, que ce soit son corps ou ses pensées ; je suis avide de découvrir chacun de ses secrets.

Je sors deux steaks et découpe des légumes que je fais revenir avec un peu de l'huile d'olive. Attirée par la bonne odeur de cuisine, Camélia ne tarde pas à pointer son nez – ou ses jolies fesses. Je me concentre sur ma tâche, ajoute quelques épices puis dépose la viande dans la poêle bien chaude avant de me tourner vers elle. Appuyée contre le chambranle, elle m'observe avec un petit sourire qui n'a rien de moqueur. Mon regard dérive alors vers sa poitrine et ses jambes, largement dévoilées par la chemise qu'elle a enfilée et dont elle n'a fermé que quelques boutons. *Ma* chemise. Je déglutis avant de retourner les steaks avec application.

— Tu n'as pas froid comme ça ? demandé-je avec innocence.

— Pourquoi ? Ma tenue ne te plaît pas, mon poisson ?

— Je me disais juste que si tu avais besoin que quelqu'un te réchauffe, je suis volontaire.

Un petit rire cristallin lui échappe et son visage s'illumine. Elle se rapproche, s'assied sur un tabouret près du plan de travail. Je vérifie la cuisson de mes aliments avant de parcourir la distance qui nous sépare pour l'enlacer. Mes lèvres rencontrent les siennes et je la sens sourire contre ma bouche. Mes mains sur ses hanches, je savoure son contact.

— Tu as faim ? lui demandé-je.

— Une faim de loup !

Elle plante un baiser sur mes lèvres puis quitte le tabouret pour inspecter la cuisson des steaks.

— Saignant, j'ai bien retenu, lui précisé-je.

Je retourne les aliments, dresse la table avant de servir. Nous mangeons les premiers morceaux en silence.

— C'est super bon ! me complimente-t-elle après avoir dévoré la moitié de son assiette.

Les cheveux dénoués, la chemise ouverte sur sa poitrine et cette petite lueur de contentement dans son regard font battre mon cœur un peu plus vite.

— Je pourrais m'habituer à tout ça, tu sais…

Les mots sont sortis tout seuls et je regrette déjà de les avoir prononcés quand le visage de Camélia se ferme. Je repose ma fourchette en retenant un soupir.

— Écoute, Cam…

Elle braque ses grands yeux bleus sur moi et je m'interromps, attendant qu'elle me sorte une réplique cinglante qui ne vient pas. À la place, son visage se fend de ce sourire trop beau pour être vrai que je déteste. Merde ! J'aurais dû la fermer. Mais chaque fois qu'elle fait un pas vers moi, je ne peux pas m'empêcher de croire que nous deux, ça roule, et d'oublier les soucis. Enfin, si on peut appeler le gouffre qui sépare nos vies un souci. Je dirais plutôt une fatalité.

— Mon lapin, tu cuisines vraiment bien, dit-elle en enfournant une nouvelle bouchée.

— Et je peux cuisiner tous les jours si tu veux.

Merde, merde, merde ! Elle m'a lancé une malédiction qui a fait sauter le filtre entre ma bouche et mon cerveau ou quoi ? Pourquoi est-ce que j'énonce mes pensées à voix haute ?

— Je suis un électron libre, Marc. Je ne peux pas te promettre que je serai encore là demain.

Je fais un effort pour ne pas me dérober face à la détresse qui danse au fond de ses prunelles. Je devrais lâcher l'affaire pour ce soir.

— Mais est-ce que ça te plairait ? m'entends-je insister.

Elle prend le temps de mâcher le dernier morceau de steak, me mettant à la torture. Si je pouvais ravaler ces mots, on passerait une soirée tranquille, dans les bras l'un de l'autre ou, plutôt, l'un sur l'autre ou l'un dans l'autre. Depuis quand ça ne me suffit plus ?

— Quoi ? demande-t-elle après s'être essuyé la bouche.

— De rester ici, avec moi.

Elle baisse la tête et tapote du bout des doigts la table.

— Cam, ce n'est pas dans mes habitudes de demander ça, mais… j'aimerais avoir une chance.

— Je ne peux rien promettre, désolée.

Cette fois, je me renfrogne, plus à cause de ma stupidité que de sa réaction. Elle m'a répété assez souvent qu'elle ne voulait pas souffrir et je lui ai promis que ça resterait léger et sans conséquence entre nous. Sauf que… j'ai envie de plus. Il n'y a que les cons qui ne changent pas d'avis, non ? Eh bien, voilà, je change d'avis ! J'aurais dû m'en douter dès le premier soir. Elle m'attire trop, elle m'intrigue trop. Et derrière sa façade toujours souriante, je décèle une solitude que j'ai envie de combler. Je n'y peux rien ! Enfin, si, je peux me taire et lui laisser du temps. Sauf que, du temps, j'en ai beaucoup moins qu'elle. Et c'est là le nœud du problème.

Camélia se lève puis, d'une démarche élégante, fait le tour de la petite table pour poser les mains sur mes épaules. Le contact frais de ses doigts à la base de mon cou m'électrise. Encore plus quand elle les presse doucement.

— Mon loup, tu savais dans quoi tu t'engageais, souffle-t-elle.

— Hum…

— Et je ne peux pas te rendre immortel.

— Je sais.

Je bascule la tête en arrière pour l'appuyer contre sa poitrine et ferme les yeux. Peut-être que ça sera toujours comme ça entre nous, avec cette impression de marcher sur une corde raide. D'un côté, je veux passer du temps avec elle, la rendre heureuse, apprendre à la connaître. D'un autre côté, je suis frustré et je crains le moment où elle va décider que c'est terminé.

— Mais je veux bien que tu continues à cuisiner.

J'ouvre les yeux pour découvrir le sourire qui flotte sur son visage.

— Tu restes ici un moment alors ?

— Disons, jusqu'à la fin de l'enquête. Après, on avisera, mon canard.

Elle se penche pour déposer un baiser à l'envers sur ma bouche. Je goûte le sel et les épices sur sa langue, tire sur une mèche de ses cheveux pour l'attirer plus près puis souffle :

— C'est un deal honnête.

Elle contourne ma silhouette pour s'asseoir sur mes genoux et s'agrippe à mon tee-shirt.

— Tu sais qu'on est censés la résoudre rapidement, cette enquête ?

— À moi de te convaincre de rester un peu plus après alors ?

Sexy-casse-bonbons se mordille la lèvre, me faisant oublier les restes de mon dîner. Je l'enlace, approche mon visage pour venir lécher le contour de sa bouche pulpeuse. Je dois me faire à l'idée, quoi qu'elle demande, je suis prêt à tout accepter. *Ça sent le roussi, mon poisson ! Je crois qu'elle m'a bien ferré, là !*

Le lendemain, Camélia décide de faire un saut à son appartement avant d'aller au commissariat. Comme je ne peux pas l'accompagner de ce côté de Nyx, j'arrive au bureau avec un peu d'avance et surprends Nolan en train de… flirter avec sa nouvelle coéquipière. Ou alors, il lui caresse la joue pour enlever une trace de sang ? Je passe dans le couloir en retenant un haussement d'épaules. J'ai comme l'impression que je ne vais pas récupérer mon partenaire tout de suite. Sacré Nolan !

Il me rejoint quelques minutes plus tard devant la machine à café, contre laquelle je m'acharne pour qu'elle me délivre un gobelet.

— Houla ! Mon grand, il faut la traiter en douceur, me prévient-il en riant.

Il colle son badge sur le cercle magnétique et sélectionne un café allongé noir. Dix secondes plus tard, la machine se met enfin en marche. Je m'empare du récipient puis trempe les lèvres dans le liquide bouillant. L'odeur comme le goût sont toujours infects, mais je ne sais pas démarrer ma journée sans ça.

— Alors, ton enquête ? s'enquiert Nolan.

— Ça avance. On a un début de piste.

— J'ai entendu ça, oui, c'est top. Tu dois être soulagé.

Il se fait couler un café au lait et le déguste, appuyé contre le mur dans une posture nonchalante qui lui ressemble bien. Il faut se méfier des apparences. Sous ses airs de jeune dandy à la tête creuse, Nolan est un flic redoutable. Il est très doué pour mener des interrogatoires et mettre les suspects en confiance. Son flair lui fait rarement défaut.

— Disons qu'on est pressés de boucler ce groupuscule, nuancé-je.

— Ils agissent à plusieurs alors ?

— On le suppose, oui. Pour le compte d'un commanditaire.

— Eh bien, je suis presque jaloux d'avoir été écarté de l'affaire !

— Ah oui ? demandé-je avec un petit sourire en coin. Tu n'avais pas l'air si déçu que ça de passer du temps avec Alexandra tout à l'heure.

Il plisse les yeux, vérifie qu'il n'y a personne autour de nous avant de sourire.

— Elle est géniale ! murmure-t-il.

— J'ai cru comprendre. Mais vous devriez être plus discrets. Jo n'apprécie pas les rapprochements entre collègues.

— Je sais… mais j'aime vraiment bosser avec elle.

— Hé ! C'est moi qui suis jaloux, là ! Tu vas me faire des infidélités pour une rouquine ? Nous deux, c'est terminé alors ?

Il sait que je le taquine. Il est un peu comme un petit frère pour moi. Peu importe qu'on bosse en binôme ou non, je serai toujours là pour lui.

— Tout dépend si tu prends la poudre d'escampette avec l'agent Anderson. Elle a l'air de te plaire, elle aussi.

Il termine son café et balance son gobelet dans la poubelle d'un geste précis.

— Elle est pleine de surprises, dis-je en imitant son lancer.

Panier ! Je n'ai pas perdu la main !

— Je rêve ou un compliment vient de sortir de ta bouche ?

Je hausse les épaules, Nolan part d'un grand éclat de rire avant de retrouver son sérieux.

— Elle a l'air d'une fille bien, alors ne fais pas tout foirer, OK ? murmure-t-il en me donnant une petite tape sur l'épaule.

— C'est ton nez de flic qui parle ou tu es contaminé par le romantisme d'Alexandra ?

Un nouveau rire lui échappe, ses yeux verts pétillent d'amusement.

— Alexandra, romantique ? Dans une dimension parallèle, peut-être !

D'autres collègues débarquent, attirés par nos éclats de voix, ce qui nous contraint à trouver un nouveau sujet de discussion. Je les observe un moment, me demandant s'il y a des Autres parmi eux ou si je suis le seul à être au courant de l'existence des démons.

Mon téléphone bipe, interrompant le cours de mes pensées. Un nouvel enlèvement a eu lieu près du zoo. L'heure ne correspond pas vraiment au mode opératoire du Fou Sans

Nom, mais ça vaut le coup d'aller vérifier. J'envoie un message à Camélia pour la prévenir que je la retrouve sur place et quitte le commissariat.

Dix minutes plus tard, j'arrive sur les lieux. Les hautes grilles en fer forgé qui délimitent le parc scintillent sous les assauts des gyrophares en furie. Le parking est vide, à l'exception des voitures de police qui encerclent la zone. Près de l'entrée, j'aperçois Camélia qui discute avec un agent de sécurité. Une petite foule s'est rassemblée derrière le ruban de signalisation et les premiers journalistes harcèlent déjà les agents de questions. Je ne leur prête pas attention, sors mon badge puis pénètre dans le périmètre de sécurité pour rejoindre Cam.

À mesure que j'approche, un détail me titille. Elle n'est pas comme d'habitude… Ses cheveux ondulés sont attachés en une queue-de-cheval soignée, mais je l'ai déjà vue coiffée comme ça. Non, c'est plus… sa tenue !

Elle se tourne vers moi et me fait signe d'approcher.

— Tu as troqué ta robe de bal contre une tenue d'équitation ? la taquiné-je en détaillant son jean serré dans des bottes en cuir et son perfecto parfaitement cintré.

— Je voulais retourner dans les égouts, m'explique-t-elle.

J'esquisse une moue dubitative. Ce n'est pas exactement la tenue que j'aurais choisie pour une escapade souterraine, mais venant de Cam, rien ne m'étonne.

— Tu es jolie aussi comme ça.

— Marc, concentre-toi. Les deux témoins disent avoir entendu des cris et s'être tournés vers la victime juste avant qu'elle ne disparaisse dans un genre de vortex violet.

— Un vortex ?

— Un portail à mon avis. Certains sorciers savent en créer à leur guise, mais ils sont interdits dans les quartiers Ordinaires. C'est trop voyant.

— Donc il y a bien un sorcier dans le lot. C'est une bonne nouvelle ?

— Oui et non. Ça réduit la liste des suspects, mais ça va dans le sens de ma théorie sur le rituel.

Je me passe une main sur le visage.

— Quelles sont nos chances de retrouver nos victimes vivantes ? demandé-je, même si je devine la réponse.

— C'est une question d'heures avant qu'ils ne sacrifient la dernière.

— OK. Alors on trouve la marque et on suit la piste de l'éclaireur.

— Mais peut-être que le sorcier lui a ouvert un portail un peu plus loin, fait-elle remarquer.

— Ça ne coûte rien d'essayer, tu ne penses pas ?

— Allons-y, alors. Valérien n'est pas là aujourd'hui. Il aide Teddy et Genn sur une autre enquête.

— Encore des agents que je dois rencontrer ?

— Si tu viens à nos soirées du jeudi, oui, décrète-t-elle avec un grand sourire et un clin d'œil. Ils sont presque normaux, je suis sûre qu'ils te plairont.

Je hausse un sourcil puis la suis en direction d'une ruelle adjacente qui semble offrir un bon point de vue sur l'entrée du zoo.

Une soirée entre agents, c'est sûrement le meilleur moyen d'en apprendre un peu plus sur Camélia. Ça me plaît !

CHAPITRE 21
CAMÉLIA PERD SES MOYENS

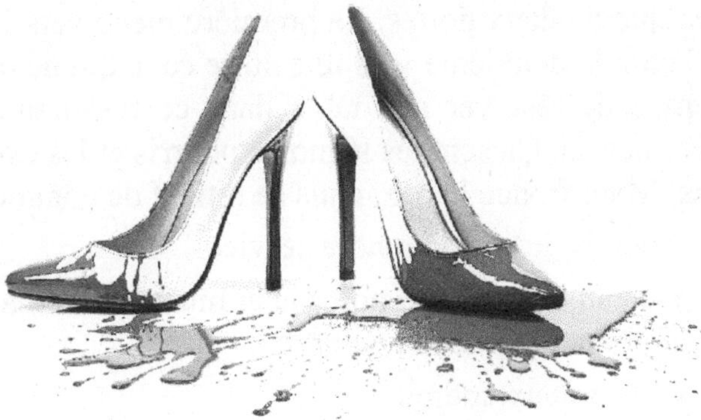

Elle est là, la marque du Fou Sans Nom, à une dizaine de mètres de l'entrée de la ruelle, dissimulée par un tas de palettes. À gauche, une porte en métal rouillée, fermée par un cadenas qui arrêterait à peine les Ordinaires ; à droite, des poubelles de restaurant assez hautes pour dissimuler un homme. La planque parfaite. D'ici, on voit le guichet du zoo et le parvis qui mène au parking. Je déverrouille la porte derrière laquelle une volée de marches s'enfoncent dans l'obscurité.

— Prêt à patauger, mon petit poisson ? demandé-je à Marc.

— Après toi, ma belle.

Avec un sourire en coin et un geste de la main, il m'invite à pénétrer en enfer avant lui. Je ne m'en offusque pas, au contraire. Il a enfin compris que je suis plus forte que lui et qu'il n'a pas à me protéger, même si je doute qu'il m'ait jamais prise pour une princesse en détresse.

Je descends les quelques marches et actionne l'interrupteur qui diffuse une lumière blafarde sur le local exigu. Les murs disparaissent derrière de grandes étagères remplies de plats en inox cabossés, de vaisselle encore emballée et de nappes blanches pliées au carré. On dirait la cave d'un restaurant.

Je vérifie les différentes issues. La pièce aveugle n'est percée que de deux portes. La première mène vers les étages supérieurs, la deuxième vers une autre cave qui ne me donne pas envie de réserver une table dans ce restaurant. Pas de lumière par ici. Ça sent les légumes pourris et les excréments de rats. Marc fronce le nez, mais se retient de commenter.

— Attends, je vais te rendre service.

Je pose un doigt sur sa poitrine et murmure la malédiction pour lui donner la vision nocturne.

— C'est mieux, merci.

Il balaye l'espace d'un regard plus sûr avant de lever un sourcil.

— Tu as fait disparaître la puanteur aussi ?

— Non, je t'ai juste enlevé l'odorat en contrepartie.

À sa manière de plisser les yeux, une petite explication s'impose.

— Je lance des malédictions, mon chou. Tu n'avais rien remarqué, mais chaque sortilège nécessite une contrepartie que je peux choisir. Il faut juste qu'elle soit équivalente à la propriété accordée.

Il se frotte le menton avant de hocher la tête.

— Et donc, pour la malédiction censée me protéger de votre Consul, c'est quoi la contrepartie ?

Je me mords la lèvre. Je n'avais pas prévu de lui révéler ce petit détail, mais je me doutais bien qu'il mettrait le doigt dessus.

— La formule exacte, c'est que tu ne peux pas évoquer les Autres en dehors de notre cercle au bar. En échange… j'ai rendu ta peau plus sensible aux caresses.

Ses yeux s'arrondissent comme deux billes et il secoue la tête.

— T'es une grande malade !

— C'est la seule idée qui me soit venue. Il ne fallait pas que ça influe trop sur ton mode de vie et…

— Tu t'es dit que ça nous profiterait à tous les deux ?

— Exactement, mon poisson !

Il s'approche puis me frôle le menton du bout des doigts, déclenchant un frisson dans mon cou. C'est peut-être à moi que j'ai jeté cette malédiction finalement.

— J'adore ton imagination, souffle-t-il.

Il m'embrasse du bout des lèvres, juste assez pour me frustrer. Sa petite vengeance personnelle ? C'est vrai que j'ai bien profité de ce petit effet que j'ai sur lui, mais même avant ça, il réagissait très bien à mon toucher. Je le lui ferai remarquer, à l'occasion.

Sans me laisser le temps de l'attraper, il me passe devant pour inspecter chaque recoin de la cave. Dans un angle, dissimulée par deux étagères branlantes, nous découvrons une trappe en bois fermée par un autre cadenas, tout aussi facile à déverrouiller.

La trappe retombe sur le sol dans un bruit mat et un escalier en bois moisi se dessine dans l'obscurité. Pas très engageant, mais je ne vais pas me dégonfler maintenant. Hors de question ! Marc me précède sur les marches qui grincent dangereusement. En bas, l'odeur est encore plus écœurante et les petits cris stridents de rats me dégoûtent. Un nouveau frisson me parcourt l'échine, je serre les poings.

L'escalier débouche sur un chemin de brique aussi gluant que les parois voûtées qui nous surplombent. Marc avance d'un pas lent pour ne pas déraper, je le suis de près. Nous marchons une bonne minute en silence avant d'atteindre une bifurcation. À gauche, l'air plus moite et le bruit d'eau indiquent un accès direct aux égouts. À droite, le tunnel est masqué par un virage. Nous empruntons cette deuxième direction en nous consultant d'un simple hochement de tête.

Je me force à respirer par la bouche pour ne pas vomir, enviant Marc qui a reçu la malédiction.

— Tu ne peux pas te jeter un sortilège ? demande-t-il au bout d'un moment.

— J'ai essayé une ou deux fois, ça a ricoché sur le voisin. Apparemment, je suis hermétique à mes propres malédictions.

Le tunnel s'étire sur une centaine de mètres, toujours aussi glissant et nauséabond. J'ai bien envie de nous téléporter vers l'issue la plus proche pour retrouver l'air libre. Mais nous risquons de louper un indice. Je prends mon mal en patience, suis Marc lorsqu'il bifurque à droite, puis à gauche dans un silence presque religieux.

Soudain, des bruits de pas attirent notre attention. Nous nous figeons dans un même mouvement pour écouter. On dirait que plusieurs personnes se poursuivent dans les tunnels, mais je ne perçois pas la direction, tout résonne. Le bruit se rapproche, entrecoupé de rires enfantins. Des fantômes ? Quelle bande de gamins s'amuserait dans les égouts ? Par réflexe, je m'aplatis contre le mur voûté avant de me rappeler qu'il est couvert de champignons. *Beurk, ma veste est bonne pour la poubelle !*

Marc m'attire dans un petit renfoncement et nous patientions ; mais les rires et les pas semblent se jouer de nous, s'approchant puis s'éloignant invariablement. Après quelques minutes, nous quittons notre cachette, bien décidés à découvrir la provenance de ces bruits. Nous parcourons une centaine de mètres sans réussir à les localiser. Perplexe, mon poisson s'arrête à un croisement et prête l'oreille. Une ombre se dessine alors sur les briques à notre gauche. Le mouvement furtif est accompagné des mêmes rires. Après un temps d'hésitation, nous nous lançons à sa poursuite. Je ne perçois pas les vibrations de l'être qui s'amuse à nos dépens, ça ne me dit rien qui vaille. J'attrape Marc par la main pour le faire ralentir et l'avertir, mais il me traîne derrière lui, nous fait bifurquer à gauche avant de débouler dans un couloir plus étroit. Plus loin, la forme continue de danser sur les murs.

— Et si c'était un piège ? soufflé-je quand il ralentit enfin.

— C'est une possibilité. Mais si on fait demi-tour, on ne saura jamais à qui nous avons affaire.

Il n'a pas tort. De plus, en cas de problème, je pourrai nous téléporter près de la sortie.

— OK, mais ne me lâche pas, alors.

Il se tourne vers moi et me gratifie d'un sourire moqueur.

— Tu as peur dans le noir ?

— Mais non, idiot ! C'est juste que je ne pourrai pas te téléporter avec moi si tu t'éloignes !

Il hausse un sourcil, mais n'insiste pas. J'ai un mauvais pressentiment. Marc presse ma main un peu plus fort puis avance en longeant le mur. Les rires tourbillonnent autour de nous et disparaissent, comme la manifestation acoustique d'un feu follet.

Au hasard des bifurcations, nous nous enfonçons un peu plus dans ce labyrinthe glauque et puant. Quand les ombres se rapprochent, mon poisson sort l'arme de son holster et laisse son doigt sur la sécurité. Mon sens de l'orientation a été mis à mal par tous ces virages, mais je ne pense pas qu'on soit arrivés dans le quartier Autre. En tout cas, je croise les doigts. Il ne manquerait plus qu'une alerte se déclenche chez le Consul et que ses foudres s'abattent sur nous !

— Marc, on devrait faire demi-tour. Ce truc nous balade depuis tout à l'heure.

Il s'arrête puis soupire.

— Je crois que tu as raison. Mais ça m'énerve de devoir renoncer maintenant. Pour une fois qu'on tient une piste.

— OK, on fait une dernière tentative alors, et après, on rentre.

Une main dans la mienne, l'autre pressée sur la crosse de son arme, il reprend la marche. Un léger goutte-à-goutte indique que nous approchons d'une zone plus humide. L'air est de moins en moins respirable, plus chargé. J'ai peur que les poumons de Marc en prennent un coup.

— Ça suffit, on y va, dis-je en tirant sur son poignet.

Il se retourne, les sourcils froncés. Au même moment, les rires s'intensifient puis une lumière aveuglante nous fonce dessus. Par réflexe, je recule dans un recoin pour nous protéger et l'obscurité nous avale. Un bruit sourd de porte qu'on claque résonne dans le tunnel. Je m'assure de bien tenir Marc avant de nous téléporter à l'extérieur, mais rien ne se passe.

— Qu'est-ce que…

Nous sommes enfermés dans une pièce sans fenêtre. Je me précipite vers la porte, secoue la poignée, tente de la déverrouiller grâce à un sortilège, mais ça n'a aucun effet. Le souffle court, je fais volte-face pour demander de l'aide à mon poisson. C'est alors que des dessins sur les murs attirent mon attention.

— Des runes de pouvoir…

— Qu'est-ce que c'est ? demande mon coéquipier.

— Elles servent à inhiber la magie.

Je secoue à nouveau le battant, avec plus de vigueur, mais il ne bouge pas d'un pouce.

— Laisse-moi faire, intervient Marc.

Je m'écarte, il se campe devant le montant avant d'y donner un grand coup avec le plat de son pied. L'obstacle vibre à peine. Il tente un coup d'épaule en prenant de l'élan, sans plus de résultat. Mon pouls s'accélère. Je tourne sur moi-même pour observer chaque recoin. Les murs sont couverts de runes plus puissantes les unes que les autres, m'empêchant d'utiliser mes pouvoirs.

Marc a au moins le réflexe de sortir son téléphone pour constater que nous sommes hors réseau.

— Il faut qu'on sorte de là, bredouillé-je.

— J'y travaille, bougonne-t-il en s'approchant de la serrure pour la forcer.

Pendant qu'il s'escrime dessus, je m'oblige à inspirer et expirer pour oublier qu'on est enfermés entre quatre murs, sans fenêtre, sans autre issue que cette porte scellée par un sort. C'est la seule explication. Le bois vermoulu ne résisterait pas au coup de pied d'un enfant, elle aurait dû voler en éclats avec notre force. La poitrine comprimée par l'angoisse, je me focalise sur ses gestes assurés, son expression concentrée. Il peut y arriver, il peut y arriver…

— Fait chier ! grommelle-t-il en mettant un nouveau coup d'épaule contre le montant.

OK, on est coincés. On va mourir ici ! On va mourir étouffés, et personne ne nous retrouvera !

À cette idée, la panique s'empare de moi. Je n'arrive plus à contenir les tremblements de mes mains. Une goutte de sueur perle sur mon front.

— Cam, ça va ? demande Marc en me fixant avec inquiétude.

— Je… oui…

Je baisse les yeux sur mes doigts et les fourre dans mes poches. Il s'approche de moi, pose ses paumes chaudes sur mes bras.

— On va sortir de là, OK ?

— OK…

Je hoquette, en proie à une sourde angoisse. Je ne supporte pas les espaces clos. Ce sont les seuls dont je ne peux m'échapper en me téléportant.

Marc m'attire doucement contre lui pour que je niche ma tête contre son épaule et me caresse les cheveux.

— Je suis claustrophobe, bredouillé-je en m'agrippant à sa veste.

— Je sais. Imagine qu'on est face à l'océan, je vais trouver une issue pendant ce temps-là, d'accord ?

Ses paroles ne suffisent pas à me rassurer, mes tremblements s'intensifient. Mes jambes se dérobent et il me rattrape de justesse avant que je ne m'écroule. Agenouillés sur le béton humide, nous nous observons quelques secondes. J'essaie de puiser du réconfort dans le calme de ses yeux, en vain.

Marc me caresse la joue, place une mèche de cheveux derrière mon oreille avant d'effleurer ma nuque.

— Mon… petit boulet, ça va aller, murmure-t-il.

Il pose ses lèvres contre les miennes, tout doucement, et les taquine avec sa langue. Mon corps réagit à ce contact, mes mains s'enroulent autour de son cou et je m'agrippe à lui comme à une bouée de sauvetage. Je déteste qu'on me voie vulnérable, mais là, je suis au bord de la crise de panique. J'ai besoin de lui, je ne veux pas qu'il me lâche. Je lui rends son baiser, presse ma bouche contre la sienne pour réclamer plus. Des larmes roulent sur mes joues sans que je parvienne à les retenir. C'est absurde, je n'ai aucune raison de pleurer. On est juste enfermés. Mon cœur tambourine contre ma poitrine. Seul un sortilège nous sépare du reste du monde, pas de quoi dramatiser, pour le moment.

Je me concentre sur ses mains et sa bouche pendant que mon cerveau carbure en arrière-plan. Ses gestes sont doux et patients, presque tendres. Le Fou Sans Nom nous a attirés dans un piège. C'était prémédité. Les membres savaient qu'on les suivrait dans les égouts. Donc ils nous pistent depuis un moment. Ils savent qui on est, qui je suis, sinon ils n'auraient pas pris toutes ces précautions. Pourquoi est-ce qu'ils nous ont attirés ici ?

La bouche de Marc dérive vers ma mâchoire et mon visage se niche dans son cou pour renifler son odeur réconfortante de citron et de menthe. Ses doigts me caressent le dos en un geste apaisant. Je perçois son cœur qui cogne contre ses côtes. Est-ce qu'il a peur, lui aussi ? Ou s'inquiète-t-il pour moi ?

Je ne sais pas combien de minutes s'écoulent sans que l'on esquisse d'autre mouvement. Je n'ai toujours pas trouvé de solution, mais la vague de panique reflue petit à petit. Je me laisse aller contre lui, pas complètement rassurée, pourtant je décide de lui faire confiance. Puisque je ne peux pas utiliser la magie, nous allons devoir compter sur ses astuces de flic Ordinaire.

Sauf si nos kidnappeurs ont un autre projet pour nous…

Un pentacle rouge s'illumine au sol avant de se mettre à flamboyer. Je tente de me détacher de Marc, convaincue que c'est moi qu'ils veulent attirer avec ce symbole, pas lui, mais il ne me lâche pas. J'en viens à regretter mon souhait. Je l'ai encore mis en danger.

— Lâche-moi. Tu vas mourir si tu viens avec moi ! crié-je en le repoussant.

Mais il s'agrippe à ma veste et rive son regard au mien.

— Je reste avec toi, assure-t-il d'une voix posée.

Le pentacle luit avec plus de force puis commence à nous aspirer vers un nouveau lieu. Un lieu où l'on risque fort de trouver la mort. J'ai envie de dire à Marc que je l'aime, mais la situation ne s'y prête pas. Et si, par miracle, on survit, je ne veux pas qu'il assimile ces mots à un tel moment, alors je me tais et me contente de serrer sa main de toutes mes forces jusqu'à ce que le tourbillon infernal nous absorbe.

CHAPITRE 22
MARC SE SENT IMPUISSANT

Mes oreilles bourdonnent, mes tempes sont douloureuses, comme pressées dans un étau. Je prends une grande respiration, la nausée me terrasse. J'ouvre alors les yeux et réalise que nous sommes dans une sorte de grande salle souterraine, sombre et moite. Il y fait plus chaud que dans les égouts, probablement à cause des nombreux braseros qui diffusent une lumière dansante sur les murs de pierre noire.

Quelque chose remue dans ma main, je me rends compte que j'emprisonne toujours celle de Cam. Cam ! Comment elle va ?

Elle lève les yeux vers moi en grimaçant et tente de se dégager de ma prise, mais il est hors de question que je la lâche.

Nous sommes toujours à genoux, au centre d'un pentacle identique à celui qui nous a attirés dans ce lieu étrange. Je commence à m'habituer aux bizarreries du monde surnaturel, mais là, ça dépasse toute logique. Et surtout, cette petite escapade ne me dit rien qui vaille pour la suite.

— Tu n'as rien ? lancé-je en me redressant.

Elle suit mon mouvement puis époussette ses vêtements de sa main libre. Sa queue-de-cheval s'est défaite et son maquillage a coulé autour de ses yeux. Elle est méconnaissable.

— Cam ?

— Ça va, me rassure-t-elle avec un pauvre sourire.

Son expression redevient plus neutre et elle balaye l'endroit des yeux.

— Il faut sortir d'ici.

Elle esquisse un mouvement pour sortir du pentacle, mais s'arrête à la limite du cercle rouge.

— Qu'est-ce qu'il y a ? m'inquiété-je.

— Je suis bloquée.

Je m'approche, lève le pied pour le poser à l'extérieur du rond, mais une force invisible m'en empêche.

— Merde, bougonné-je.

Ça ne va jamais s'arrêter ! Je n'aurais pas dû insister pour pister les gosses dans les tunnels. Je doute qu'il s'agissait vraiment d'enfants, mais ma curiosité l'a emporté. Et maintenant, nous voilà emprisonnés par une étoile à cinq branches à l'intérieur d'un cercle. *Bravo, Marc ! Pour un enquêteur qualifié, tu t'es fait avoir comme un bleu !*

Je lâche Camélia et tente de passer une main à travers la barrière invisible, sans plus de succès.

— Bon, c'est toujours mieux que les égouts, tenté-je de plaisanter.

La détresse de Camélia, il y a quelques minutes, m'a complètement chamboulé. Je savais qu'elle n'aimait pas trop les espaces clos et préférait laisser les fenêtres ouvertes, mais je ne m'attendais pas à une réaction aussi violente.

— Je n'en suis pas si sûre, mon poisson, murmure-t-elle, les sourcils froncés.

Ma partenaire fait le tour de notre minuscule prison puis revient à mes côtés.

— Je n'aurais pas dû t'entraîner là-dedans, marmonne-t-elle.

— Hé, ce n'est pas ta faute ! Je serais venu, quoi que tu fasses, dis-je en la prenant par les épaules. Tu sais à quel point je peux être buté.

— J'aurais dû t'enfermer dans un bureau au commissariat ou dans ta salle de bains, réplique-t-elle avec un sourire incertain.

J'y réponds avec plus de spontanéité. Je préfère la voir comme ça.

— Tu pourras m'enfermer dans la salle de bains ce soir, si tu veux. À condition que tu prennes une douche avec moi.

Son sourire s'élargit. OK, ce n'est pas vraiment le moment de plaisanter, mais ça ne sert à rien de dramatiser non plus. On est toujours en vie, c'est l'essentiel. Et, dans l'immédiat, je ne vois aucune menace à l'horizon. La salle est déserte, seuls les braseros nous indiquent qu'elle n'est pas abandonnée. Surtout, je ne veux pas lui montrer à quel point ce silence me met mal à l'aise. C'est la première fois que je me retrouve dans une telle situation. Le téléphone est toujours hors service, on ne peut appeler aucun renfort, aucun collègue ne sait où on est, et encore moins qu'on a été kidnappés. Bravo ! Quel boulet !

Pendant plusieurs minutes, nous tournons en rond dans notre minuscule cage. Je fais même la courte échelle à Camélia pour vérifier qu'on ne peut pas escalader la barrière invisible.

— C’est un pentacle, mon chou. Peu importe jusqu’où tu monteras, tu ne trouveras pas d’issue, explique-t-elle.

— Et ta magie ? Elle ne peut pas le faire disparaître ?

— Ça serait trop facile, soupire-t-elle en faisant les cent pas.

— Tu ne peux pas creuser un trou dans le béton ?

— Même problème que pour l’escalade. Et puis, le pentacle inhibe ma magie aussi efficacement que les runes.

— Merde. Tu crois que Valérien pensera à nous chercher ici ?

— Je ne vois pas comment il pourrait nous retrouver. Je ne sais même pas où nous sommes exactement.

— On est toujours à Nyx, tu crois ?

— Difficile à dire.

Je me laisse tomber sur les fesses puis croise les bras sur mes genoux. J’espère que nos ravisseurs n’ont pas prévu de nous laisser mourir de faim. J’aurais dû avaler un petit déjeuner plus consistant que deux tartines à la confiture.

— Tu me donnes le tournis, Cam, grogné-je au bout d’un moment.

Dans un soupir, elle s’installe en tailleur face à moi.

— Tu ne vas pas mourir ici, dit-elle.

Son regard trahit une farouche détermination. Mes mains se posent sur les siennes, je les presse avec douceur et fermeté.

— Toi non plus. On va sortir d’ici, tous les deux.

— Je ne vois pas comment. C’est moi qu’ils veulent.

— Comment tu peux en être certaine ? demandé-je avec lassitude.

— À une époque, les membres du Fou sans Nom ont tenté de me recruter. J'ai refusé. C'était peu après la mort de Graham, mais j'avais déjà renoncé à l'immortalité.

— Tu as bien fait.

— Quand on a mis la main sur le clan tout entier et qu'on les a bannis de Nyx, ils ont juré de se venger de cet affront.

— Hum… je vois. Donc tu crois que c'est personnel ? Pourquoi tu n'en as pas parlé avant ?

— Je n'en voyais pas l'utilité. C'est uniquement quand on a découvert le graffiti dans le tunnel du métro que j'ai fait le lien.

— Pourquoi tu n'as rien dit à ce moment-là alors ? À moi ou Valérien, ou ton chef ?

Elle se mord la lèvre et hésite avant de répondre :

— Valérien et Morgan sont déjà au courant de cette histoire. Le Consul a insisté pour que je reste sur l'enquête.

— Génial. Donc tu ne comptais pas me mettre au parfum ?

— Tu ne peux pas m'aider. Je suis la seule à être en mesure de les identifier et de démanteler leur réseau une nouvelle fois.

Je ravale une réplique acerbe. Mon ego en prend un sacré coup. Mais ce n'est pas en se disputant qu'on va trouver une issue. Quoi qu'elle en pense, elle n'a pas à gérer ça toute seule.

— Tu crois que ça vaut le coup de risquer ta vie ? demandé-je tout de même.

— Ils tuent des gens, Marc. Ils les capturent et les saignent comme des poulets dans l'espoir de récolter leur âme.

Je me contente de hocher la tête. Le peu d'indices qu'on a récolté jusqu'ici et toutes ces victimes qu'on n'a pas retrouvées n'invalident pas cette hypothèse.

— Mais peut-être qu'ils veulent autre chose, dis-je pour nous rassurer.

— Quoi ? À part se venger et obtenir l'immortalité ? Ce sont des demi-démons.

Je caresse le creux de sa main du pouce.

— Je ne les laisserai pas te faire de mal, OK ? soufflé-je.

Elle esquisse une petite moue dubitative.

— Je suis peut-être un Ordinaire, mais je ne suis pas sans défense, argué-je.

Son regard plonge dans le mien, plein de désarroi, et elle soupire.

— Tu es un humain, mon poisson. Tu ne fais pas le poids face à un demi-démon. Je pourrais te terrasser d'un claquement de doigts.

Je me renfrogne. Je me sens petit et pitoyable tout à coup. *Merci, Cam, pour les discours motivants !*

— Peut-être que mon charme suffira ? ajouté-je avec une pointe d'espièglerie.

— T'es vraiment un idiot !

Elle me donne une tape sur la main, comme un gosse qu'on réprimande, et fronce les sourcils pour se donner un air sévère plutôt comique. Au fond, je sais qu'à moins d'un miracle, on a peu de chances de s'en sortir indemnes, mais je n'ai pas pour habitude de m'apitoyer ou de baisser les bras.

Un « plop » nous fait tourner la tête de concert. À quelques mètres de nous se tient une silhouette élancée aux longs cheveux noirs et aux yeux rouges. Nous nous redressons instantanément, Camélia se campe devant moi, face à l'inconnu, les poings sur les hanches, dans une attitude défensive.

— Mon petit caramel, susurre la voix masculine de l'inconnu, cela fait une éternité.

La téléportation et le petit surnom ne laissent pas grand doute sur la nature de l'individu. Sa manière d'insister sur le dernier mot m'agace sans que je comprenne pourquoi. Camélia se raidit et redresse la tête.

— Percy, le salue-t-elle d'une voix empreinte de mépris.

— Ne me présentes-tu pas ton nouveau joujou humain ? demande l'autre en me désignant d'un doigt.

Je carre les épaules et fronce les sourcils. S'il croit m'intimider avec ses airs de Dracula, il se fourre le majeur où je pense.

— Marc, je te présente Percival, mon abruti de demi-frère.

— Grand frère, corrige ce dernier avec un petit sourire malfaisant.

Un éclat de fierté traverse ses iris écarlates. Il s'approche, les mains dans le dos de son costume trois-pièces sombre. Un foulard soyeux en tissu jacquard est élégamment noué autour du cou.

— C'est donc Marc, cette fois ? Il a l'air appétissant.

J'ai envie de lui foncer dessus pour lui montrer à quel point je suis « appétissant » et de l'étrangler avec son étoffe de luxe. Camélia me retient d'une main sur le torse en continuant de faire face à son demi-frère.

— Pourquoi nous as-tu amenés ici, Percy ?

Il esquisse une petite moue déçue.

— N'es-tu pas contente de me voir, mon caramel ? Vlad et Milly sont impatients de faire la connaissance de ta nouvelle Chose.

— Vlad et Milly sont dans le coup, eux aussi ? Vous avez perdu la tête ! Qu'est-ce qu'on fait ici, Percy ?

Je me sens comme un intrus au milieu d'une querelle familiale, n'osant pas demander qui sont Vlad et Milly. Ses autres demi-frères et sœurs ? Elle en a combien, au juste ? Elle ne m'en a jamais parlé. Je me rends compte que je ne sais pas grand-chose de Camélia. Elle s'est contentée du minimum sur son passé, mais n'est jamais entrée dans les détails.

Son frangin hausse les épaules et regarde vers le plafond qui disparaît dans l'obscurité dansante des flammes. Il semble beaucoup s'amuser de la situation.

— Tu ne croyais tout de même pas être la seule à chercher l'immortalité, petite sœur.

— Je croyais que ça n'intéressait pas Milly.

— C'était avant que Mère ne menace de la bannir du clan, comme toi.

Les doigts de Cam se crispent sur ma poitrine, mais je ne peux pas intervenir. J'ignore quel lourd passé elle partage avec sa famille.

— Qu'est-ce que Mère vient faire là-dedans ? gronde-t-elle en se détachant de moi.

Elle a oublié ma présence. Je me tasse sur moi-même et me contente d'assister à cet échange, en notant chaque détail.

— Hum, voyons… elle aide ses enfants à atteindre le même prestigieux statut qu'elle.

— Je m'en doutais. Elle ne peut pas s'empêcher de pervertir tout le monde. Percy, tu es plus intelligent que ça. Tu sais très bien où va vous conduire cette quête !

— Oh, mon caramel. Comme c'est gentil de te soucier de mon sort à présent !

— Il est encore temps d'arrêter tout ça, Percy.

— J'aurais aimé. Mais le Consul ne se contentera sûrement pas d'une petite tape sur la joue. Il faudrait être fou pour tout stopper si près du but, n'est-ce pas ?

— Combien avez-vous fait de victimes ? demande Camélia en serrant les poings.

Percival fait mine de réfléchir avant de répondre :

— Cela n'a pas d'importance. Mais, figure-toi qu'en dépit de tous nos efforts, nous n'avons acquis aucune âme. Je me demande donc quel est ton secret. C'est ce que tu fais avec ta Chose, n'est-ce pas ?

Camélia recule d'un pas et se cogne contre moi.

— Laisse Marc en dehors de ça.

— Comment cela se passe-t-il ? Tu le séduis, tu passes un peu de bon temps avec lui et tu manipules son esprit pour qu'il t'offre son âme ? Quel sortilège utilises-tu ?

Percy aussi s'est approché, son visage à quelques centimètres de celui de Camélia qu'il domine d'une demi-tête. J'ai beau être bien bâti, il m'apparaît comme un géant dans toute sa noirceur.

— Relâche-nous et je te le dirai, tente Camélia.

Je glisse la main dans la sienne pour lui assurer mon soutien silencieux, convaincu que si j'ouvre la bouche, je vais nous mettre en difficulté. Mon cœur tambourine contre ma poitrine. Si elle perd le contrôle de la situation, nous allons y passer tous les deux, moi en premier. Je déteste la pression qui repose sur ses épaules.

— Ça ne fonctionne pas comme ça, Caramel. Je veux savoir comment tu le manipules. Comment le persuades-tu que tu es éprise de lui ?

— Ce n'est pas un jeu, réplique-t-elle en pressant mes doigts.

— Veux-tu me faire croire que tu es amoureuse ?

Il part d'un grand rire qui sonne faux.

— Oh, mon caramel ! Lui as-tu dit que les démons étaient incapables de sentiments ?

— C'est faux ! grondé-je.

— Oh… la petite chose s'agite enfin. Elle croit à cette mascarade, à ce qu'il semblerait. Tu es une merveilleuse comédienne, petite sœur.

— Tu as raison, Percy.

Mon cœur rate un battement, mais je rejette l'idée qu'elle parle sincèrement. C'est pour rentrer dans son jeu. Pourtant, elle se dégage de mon emprise et tend la main vers le visage de son demi-frère.

— Je le manipule depuis le début. Mais je ne te dirai pas comment tant que tu nous retiens prisonniers.

Un peu de confiance, Marc ! Je cherche une réponse dans son attitude, mais elle me tourne toujours le dos en m'ignorant. Se pourrait-il que ce soit vrai ? Qu'elle me manipule dans l'unique but d'obtenir mon âme ? Je revois son visage ravagé par le chagrin et les larmes lorsqu'elle m'a raconté son histoire avec Archie, les fêlures dans sa carapace, les moments de doute qui l'ont mise en fuite. Non. Elle ne fait qu'entrer dans le jeu de Percy, j'en suis certain. Presque.

CHAPITRE 23
CAMÉLIA RESSASSE LE PASSÉ

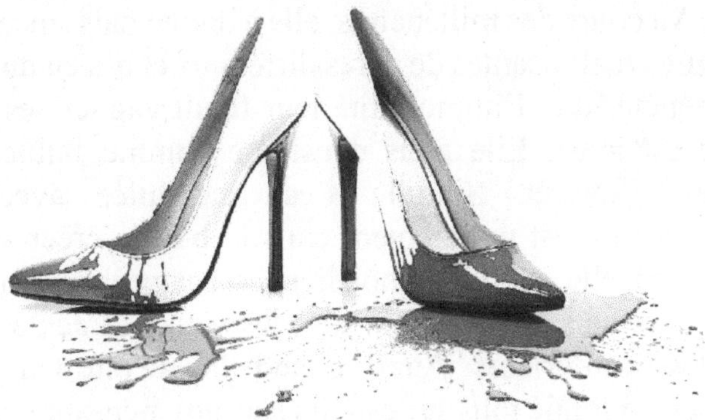

Mon regard cherche celui de Percy, mes doigts frôlent la barrière invisible comme pour lui caresser le visage. Ça me fait bizarre de le revoir après toutes ces années, plus d'un siècle. Il n'a pas pris une ride, bien entendu ; ses cheveux sont toujours aussi lisses et noirs, retombant sur ses épaules. Ses iris ont cette même teinte rouge intense qu'il ne prend pas la peine de dissimuler aux Autres. Il se mélange peu à la population, comme le reste de ma fratrie. Les demi-démons demeurent entre eux et forment un clan soudé par les liens du sang. Un clan auquel j'ai appartenu longtemps, mais que je ne regrette pas d'avoir quitté.

N'en déplaise à Mère, c'était ma décision. Même si elle m'a officiellement bannie, je n'aurais de toute manière pas continué à fréquenter leur cercle. Percy était mon demi-frère préféré. Peut-être parce qu'il est plus âgé de quelques siècles et qu'il m'a montré comment me fondre dans Nyx. Je crois qu'il le regrette, d'ailleurs. Ce goût de liberté m'a permis de faire la connaissance des Ordinaires et de la communauté Autre. Deux communautés bien plus riches que le cercle très fermé des démons, qui nous considèrent comme des sous-fifres, et des demi-démons qui n'avancent que dans une seule direction, aveuglés par l'adoration de leur créateur.

Althéa Anderson est l'une des plus anciennes démones de Nyx. Au cours des millénaires, elle a donné naissance à quatre créatures malfaisantes de pères différents et n'a eu de cesse de leur répéter que l'immortalité leur ferait gagner ses faveurs. Mère est ainsi. Elle nous considère comme faibles et peu dignes d'intérêt. Si elle s'est accouplée avec quatre Ordinaires, c'est uniquement dans le but de créer sa propre lignée. Si elle avait pu choisir un surnaturel ou, mieux, un démon, jamais elle n'aurait posé les yeux sur des êtres aussi fragiles et inférieurs. Aussi, quand j'ai récolté ma première âme, elle a fondé tous ses espoirs sur moi, pensant que j'allais la rejoindre au panthéon des démons, gagner l'immortalité, sanctifier le nom des Anderson. Percy, Vladimir et Milly me voyaient comme un exemple, un espoir, une meneuse. Ils ont considéré ma renonciation comme une trahison et ont cherché les réponses ailleurs. Réponses qu'ils n'ont pas trouvées.

En plus de sept cents ans, Percival n'a toujours pas compris que l'amour n'était pas une faiblesse humaine, mais un véritable sentiment à l'origine de bien des miracles. Comment pourrais-je le lui faire comprendre en quelques minutes ? Il n'est pas prêt. Il ne le sera probablement jamais. Grand bien nous fasse, d'ailleurs, car je ne suis pas certaine qu'il soit capable d'éprouver de l'amour pour une autre personne que lui. De l'affection, peut-être, et encore. Quant à Vlad et Millicent, je suis encore plus sceptique à leur égard. Notre demi-sœur cadette a tué son père le jour de ses dix-huit ans pour revendiquer son indépendance et renier son humanité. Elle se considère comme une démone à part entière. C'est d'ailleurs pour ça que je m'étonne qu'elle suive le nouveau plan foireux de Vlad pour gagner l'immortalité.

Vladimir, plus jeune que moi d'à peine cent ans, a toujours cherché les faveurs de Mère. C'est le bon élève de la fratrie, le plus ennuyeux aussi. Il ne vit que pour satisfaire Mère. Pas étonnant qu'il ait rejoint le Fou sans Nom. C'est peut-être même lui qui a reforgé le clan. Sombre idiot. S'il cherche à mourir, c'est un bon plan. Je me ferai un plaisir de l'égorger s'il fait le moindre geste contre Marc ou mon équipe. Car ma plus grande peur depuis tout à l'heure, c'est qu'ils aient organisé ce kidnapping pour m'écarter et capturer Morgan ou Val, ou n'importe lequel de mes proches, juste pour se venger.

Sur ce coup, je rejoins mes frères, les sentiments peuvent être notre point faible. L'amour que j'éprouve pour Marc et l'affection qui me lie à mes amis leur donnent du pouvoir sur moi. Mais s'ils torturent un seul des membres de ma famille, je les tue tous, sans exception. Même Percy.

Ce dernier soupire et recule d'un pas.

— Je suis déçu, Caramel. Je m'attendais à plus de résistance de ta part. Finalement, peut-être t'es-tu attendrie avec le temps ?

Un sourire de chat étire ses lèvres fines et son regard dérive vers Marc.

— Ou… me manipulerais-tu ?

Je lui rends son sourire puis croise les bras sur ma poitrine.

— Tu n'en auras le cœur net que si tu me libères, mon sucre d'orge.

Il fronce les sourcils avant de lever les yeux au ciel dans un soupir à fendre l'âme.

— N'as-tu pas plus viril comme surnom ?

— Princesse ? le nargué-je.

J'entends Marc qui étouffe un rire dans mon dos. L'expression de Percy se fait plus sombre, mais je ne l'ai pas assez vexé pour risquer des représailles.

— Poison, rétorque-t-il.

— Il a dit « Poisson » ? s'étonne Marc.

— Non…

— Poison, répète Percy en articulant. Ta *chose* est sourde, dirait-on. Et tu devrais lui apprendre à se taire.

Oui, bon, entre Poisson, Princesse et Poison, je comprends que mon lapin en perde son latin. Percy a toujours eu un goût prononcé pour les petits surnoms affectueux. Caramel et Poison étaient ses préférés pour me désigner. Moi, j'ai toujours aimé l'appeler Sucre d'orge ou Princesse, pour son côté « *drama queen* ». C'était notre petit jeu et je compte là-dessus pour faire baisser la tension d'un cran.

— Ce n'est pas une chose, et il est capable de s'exprimer. Tu peux t'adresser à lui, tu sais. Il ne mord pas.

— Hum… je préfère que tu le tiennes en laisse.

— Percy, ça suffit, sifflé-je.

On a dépassé le stade de la plaisanterie, là, et je ne supporte pas qu'il insulte Marc de la sorte. Le plus débile des deux, c'est bien mon demi-frère, même si je ne m'abaisserais pas à le qualifier de « chose ».

— Aurais-je touché une corde sensible ? Tu as de magnifiques yeux rouges, mon caramel, comme au bon vieux temps !

J'ai l'impression de sentir mes canines pousser. Pour un peu, je me transformerais en vampire pour déchiqueter cet imbécile, mais je me force à respirer pour retrouver un semblant de calme. *Pas touche à Marc !* Mais plus je lui montre à quel point j'y suis attachée, plus il prendra du plaisir à le faire souffrir.

— Laisse tomber. Si on en revenait à notre sujet principal ? Tu nous libères et je t'explique comment je fais.

Percy croise les bras puis plisse les yeux en battant la mesure du bout de sa chaussure en cuir parfaitement cirée. Il finit par secouer la tête.

— Je ne sais pas. Il me semble que tu es prête à tout pour le sauver, même à me mentir.

— Tu me connais mieux que personne, mon sucre d'orge. Tu détectes mes mensonges à des kilomètres, lui fais-je remarquer.

— Il fut un temps, oui. Quand j'étais encore ton demi-frère favori. Mais tu as changé, note-t-il avec une pointe de regret.

— Tu te trompes, je suis toujours la même. Je n'ai jamais pu rentrer dans une case, encore moins quand c'était la volonté de Mère.

J'appuie ma paume contre la barrière invisible.

— Percy, tu as ma parole. Si tu nous libères, je t'explique comment je fais.

Il soupire, se mord la lèvre, lève les yeux au ciel et râle un coup.

— Soit. De toute manière, je saurai où te trouver si tu t'enfuis.

D'un claquement de doigts, la barrière tombe. Je presse les doigts de Marc entre les miens avant de le lâcher pour approcher de mon frère en souriant.

— Tu ne me fais pas un câlin, Princesse ?

Il sourit franchement et m'enlace avant de poser son menton contre mon épaule, trop confiant en ses capacités pour douter de mes intentions. J'ai gagné cette partie. Ne reste plus qu'à lui livrer mon secret de Polichinelle et à mettre Marc en sûreté. Je viendrai régler le reste après. Percy relève la tête et je sais qu'il observe mon poisson avec attention.

— Marc, enchanté, tente ce dernier en lui tendant une main amicale.

J'ignore s'il tente de l'amadouer ou s'il est vraiment rassuré par notre comportement, mais mon frère esquisse un mouvement de recul.

— Je ne mords pas, précise mon poisson.

J'étouffe un petit rire. Percy regarde sa main avec un mélange de dégoût et de méfiance.

— Je confirme qu'il ne mord pas… tout le monde, ricané-je.

Marc m'adresse un petit sourire en coin plus confiant et mon demi-frère finit par tourner les talons avant de claquer à nouveau des doigts.

La pièce sombre se transforme alors en un magnifique loft moderne au milieu duquel trône un immense canapé de cuir sur un épais tapis noir.

— Percy a le sens du spectacle, précisé-je à l'intention de Marc qui écarquille les yeux.

— Je vois ça…

Il détaille la pièce en laissant échapper un petit sifflement admiratif. Tout est décoré dans les tons noir et or. C'est pompeux et étouffant, mais ça ressemble bien à mon frère. Celui-ci revient vers nous, deux verres de vin à la main, et m'en tend un avant de s'installer dans un gros fauteuil puis de nous faire signe de prendre place dans le canapé.

Marc s'assied à mes côtés, il étale un bras autour de mes épaules, dans une posture nonchalante qui contredit la tension de ses muscles. Je fais tourner le verre entre mes mains, hésitant à y tremper les lèvres. Percy n'est pas assez idiot pour m'empoisonner, pas tant qu'il ne connaîtra pas mon secret, mais il est assez malin pour me droguer.

Il lève son verre pour trinquer et en boit une bonne rasade.

— Au bon vieux temps, petit poison.

Je souris puis fais mine d'en boire une gorgée avant de reposer le verre sur la table.

— Alors, qu'est-ce que tu veux savoir ? demandé-je en croisant les jambes.

Il fixe le liquide rouge quelques instants avant de relever la tête.

— Toutes nos tentatives pour les convaincre, le charme, les sortilèges, les malédictions, ont échoué. Même quand ils se disent consentants, ça ne fonctionne pas. Alors que toi, tu as déjà récolté trois âmes. Comment fais-tu ?

— Vous avez kidnappé tous ces gens, alors ? gronde Marc en agrippant mon épaule.

— Kidnappé n'est pas le terme adéquat, répond Percy en balayant ses mots d'un geste de la main. Disons plutôt… sacrifié pour le bien de la dynastie démoniaque.

— Mais vous êtes des grands malades !

Mon poisson se redresse, prêt à sauter à la gorge de mon frère. Je le retiens d'un bras en travers du torse. Il est capable de lui démolir la figure, certes, si Percy se laisse faire par amusement, mais je doute qu'il supporte le retour de bâton.

— Persévérants, dirais-je, réplique Percy avec un sourire énigmatique.

— Marc a raison. Le Consul ne laissera pas passer un carnage de cette ampleur.

— Ce ne sont que des choses, mon caramel. Et Mère se charge du Consul.

— C'est ce qu'elle vous a dit ? Parce que c'est moi qui suis chargée de vous traquer, petit malin ! Et tu crois que je vais faire quoi ? Vous laisser continuer sans intervenir ?

— Tu ne nous dénonceras pas, mon caramel.

La certitude dans sa voix m'ébranle. Il mijote quelque chose. Toute cette prévenance, ce n'est pas son genre.

— Où sont les autres ? demandé-je en cachant mon trouble.

Il fait un geste évasif de la main.

— Ici ou là. Ils sont occupés.

— Occupés à quoi ?

— Rien qui te concerne directement.

Il se penche en avant et plisse les yeux.

— J'ai rempli ma part du marché, j'attends des explications, susurre-t-il.

Bon, la priorité, c'est de sortir d'ici. Donc je lui donne ce qu'il veut et on se carapate. Le plan paraît simple. Trop simple. J'observe le loft, à la recherche d'un indice sur les intentions de Percy, seulement je ne note rien de suspect.

— OK, soupiré-je. Mais j'aimerais que tu gardes ça pour toi. Que tu n'en parles pas à Milly et Vlad.

Il hausse un sourcil.

— Nous travaillons ensemble, nous partageons les informations, réplique-t-il.

— Vous n'êtes que tous les trois ?

Il acquiesce puis se verse un nouveau verre de vin.

— Et la sorcière qui vous assiste ? C'est qui ?

— Lethée, qui d'autre ? Comme au bon vieux temps, mon caramel...

— Qui est Lethée ? demande Marc.

— La sorcière qui m'a assistée pendant le rituel avec Archie, lui expliqué-je.

La poitrine oppressée par une bouffée de colère, je lutte pour ne pas sauter à la gorge de Percy et lui faire ravaler son air affable.

— Surprise ? continue Percy. Elle m'a raconté le moment poignant que vous avez partagé il y a quelques années.

— Je vais la réduire en cendres, grondé-je.

— Cam, tu devrais lui donner ce qu'il demande, m'encourage Marc en posant une main apaisante sur mon avant-bras.

Je me tourne vers lui et croise son regard bleu vibrant de détermination. Il a raison.

— D'accord.

— Ta chose aurait-elle un peu plus de cervelle qu'un moineau, finalement ? Et donc ?

Je redresse le menton, me cale contre l'épaule de Marc puis prends sa main entre les miennes avant de répondre à mon frère avec la plus grande franchise.

— Pour qu'un humain te donne son âme, il faut qu'il tombe amoureux de toi, Percy. Vraiment amoureux. La manipulation de l'esprit ne fonctionne pas sur les âmes.

Il nous fixe pendant de longues secondes avant d'éclater de rire.

— Mon poison, tu ne cesseras jamais de m'étonner !

Son expression redevient sérieuse.

— Arrête de gagner du temps, Camélia. Sinon ta chose sera la prochaine victime de l'expérience. Comment fais-tu ?

Je me lève, parcours les quelques mètres qui nous séparent d'une démarche souple et me plante devant lui.

— Si tu t'avises de t'en prendre à Marc, je m'occuperai personnellement de ton cas. Et, crois-moi, grand frère, je ne me contenterai pas d'un aller simple pour les enfers.

Percy ricane doucement avant de reposer le verre sur la table. Le fait qu'il ne réplique pas prouve qu'il prend ma menace au sérieux. Je me penche vers lui pour envahir son espace.

— Tu veux connaître le secret ? murmuré-je près de son oreille.

— Je suis tout ouïe, petite sœur.

— Tu dois aussi tomber amoureux de cette personne pour que ça fonctionne. Et tu sais ce qui est le plus drôle dans l'histoire ?

Je le sens frissonner de colère.

— Tu es incapable d'éprouver le moindre sentiment, mon sucre d'orge. Alors comment comptes-tu acquérir ces âmes ?

CHAPITRE 24
MARC EN COLÈRE

Les épaules du demi-démon frémissent. Même à cette distance, je distingue l'éclair de rage qui traverse ses yeux rouges.

— Si les demi-démons sont incapables d'aimer, alors comment fais-tu ? demande-t-il d'une voix suspicieuse.

— Je parlais de toi ! Tu n'es qu'un petit con égocentrique. Pour tomber amoureux d'un humain, il faut déjà le considérer comme son égal. Tu en es parfaitement incapable, martèle-t-elle.

Percival se lève d'un bond et pointe un doigt menaçant vers Cam.

— Ce n'est pas un jeu, Camélia. Nous ferons tout pour atteindre notre but. Si tu continues à te moquer de moi, tu vas le regretter !

— Ah oui ? Et qu'est-ce que tu comptes faire ? Même si tu me tortures, tu n'obtiendras pas plus de réponses, réplique-t-elle avec aplomb.

Elle soupire. J'ignore à quel point elle feint d'être triste.

— C'est la vérité, Percy. Pour que ça fonctionne, les deux doivent être amoureux et se livrer librement. On ne peut pas forcer quelqu'un à offrir son âme.

Il rit, mais recule d'un pas vers le bar où il se sert un troisième verre.

— Et crois-tu que ta chose se sacrifiera pour toi ?

— Non. Il ne le fera pas. Je le lui interdirai, affirme-t-elle en se tournant vers moi.

La tempête intérieure qu'elle combat me frappe de plein fouet. Je ne suis pas prêt à lui offrir mon âme. Mon cœur, mon amour, mon existence, si courte soit-elle à ses yeux, mais pas mon âme. À quoi ça lui servirait ? À souffrir encore et encore jusqu'à la fin des temps ? Jusqu'à ce que le monde implose et qu'elle soit enfin délivrée de cette tristesse ? Ce ne serait pas un cadeau.

— Tu es trop naïve, mon caramel. Au fond, tu sais que nous sommes destinés à l'immortalité. Tu réclameras son âme, j'en suis certain. La question n'est pas « si », mais « quand ».

Son frère marque une pause et darde sur moi un regard calculateur, jaugeant ma résistance et la profondeur de notre lien.

— J'aime Camélia, dis-je en me levant à mon tour. Mais je ne lui offrirai pas une éternité de solitude et de souffrance.

— Oh, mais c'est qu'il en a dans la cervelle, ce moineau ! Il tient plus à toi qu'il n'y paraît. Rah ! Je suis presque jaloux. Comment as-tu fait pour l'amadouer ainsi ? Pour le persuader qu'il est amoureux alors que tu ne fais que jouer avec lui en attendant sa date de péremption ?

— Encore une fois, Percy, ce n'est pas un jeu. Mais tu as raison sur un point.

Camélia s'absorbe soudain dans la contemplation du tapis noir.

— Je ne l'aime pas comme j'aimais Archie.

C'est un choc. J'ai l'impression de recevoir un coup de poignard en plein de cœur. Elle a mis tellement de conviction dans ces paroles que je serais idiot de la contredire. Elle joue donc avec moi. Depuis le début. Mais pourquoi ? Mon pouls s'accélère, mes doigts se crispent. J'ai envie de frapper dans quelque chose. Percy fait une cible parfaite. Oui, je vais me défouler sur lui et lui démolir sa gueule de démon prétentieux !

Je me rends compte que j'ai fait plusieurs pas vers lui quand la main de Camélia agrippe ma chemise.

— Qu'est-ce que tu fais ? me demande-t-elle, les sourcils froncés.

Je contemple mes poings serrés et serre les mâchoires.

— J'en ai plus qu'assez de ce petit jeu, craché-je.

Tout au fond de moi, une lueur d'espoir brille encore. Peut-être qu'elle rentre consciemment dans le jeu de son frère. Mais pourquoi ? Je cherche les réponses dans ses prunelles assombries par la contrariété, en vain. Même lorsqu'elle ne se cache pas derrière ses sourires, son expression reste indéchiffrable. Est-ce qu'elle me mène en bateau depuis des semaines ? Non ! Impossible. Et pourtant, j'ai la preuve qu'elle est capable de bluffer sans se trahir, même les personnes qu'elle connaît bien, même ceux de son espèce. Alors, moi, un simple humain, c'est encore plus facile de me faire croire que je suis important à ses yeux.

— Percy, tu as tes réponses. Maintenant, nous allons partir, dit-elle sans me quitter des yeux.

— Mon petit poison. Tu es bien naïve si tu penses que je vais vous libérer.

— On a conclu un marché, Percy.

— Je n'ai pas promis de tenir parole.

Cette fois, j'en ai assez. Toute la frustration accumulée au cours de cette enquête et des découvertes sur le passé de Camélia se concentre dans mes veines pour me transformer en volcan. *Il va voir de quel bois je me chauffe, ce con !* Je m'arrache à la pression de Camélia puis décoche une droite à cette espèce d'abruti.

— Marc, non ! s'écrie Cam dans mon dos.

Trop tard. Mon poing ricoche sur le menton de Percy. Sa peau frémit à peine sous le choc, pourtant mes phalanges se brisent. En hurlant, je recule et protège ma main. C'est compter sans le réflexe de notre geôlier qui m'attrape par le col et me soulève de plusieurs centimètres, m'étranglant à moitié.

— Percy, lâche-le ! l'implore Camélia.

— N'en as-tu pas rien à faire ? la nargue-t-il avec un sourire démoniaque.

— Laisse-le partir !

Je m'agite et tente de le repousser de ma main valide, comme si j'avais la moindre chance. Je me sens comme un insecte prisonnier d'une toile d'araignée. *Parfois, c'est mieux de réfléchir avant, Marc ! Merde !* Je me tortille comme une chenille, lui flanque un coup de genou entre les jambes, mais ne réussis qu'à l'agacer un peu plus. Le demi-démon part d'un grand éclat de rire.

— Crois-tu pouvoir me faire mal, moucheron ?

— Percy, lâche-le, tout de suite, gronde Camélia dans mon dos.

— Oh, oh, mais que vois-je ? Tu cherches encore à le protéger, petite sœur. Seulement, tu ne pourras pas tous les sauver, le sais-tu ? À l'heure où l'on parle, Milly et Vlad sont partis chercher le reste de tes petits copains. On va bien s'amuser !

— Tu ne leur feras rien, continue-t-elle d'une voix froide.

— Pourquoi ? Parce que ce sont des Autres ? Crois-tu qu'un changeforme et un Marchombre nous font peur ?

— C'est de moi que tu devrais te méfier. Si tu touches un seul de leurs cheveux, je jure que je te réduis en cendres, liens du sang ou pas !

Sa voix sourde trahit sa colère. Je devine que ses yeux ont pris une teinte rouge flamboyant semblable à celle de son demi-frère. Ce dernier fait mine de réfléchir et desserre un peu sa poigne sur moi.

— Hum… je pense que les deux maîtres du Chaos représentent de bien meilleurs atouts ; ils sont plus puissants. Un petit tour à la Bibliothèque s'impose…

— Laisse Emeli et Octavius en dehors de ça !

— Vois-tu, c'est ça ton problème, mon poison. Tu t'es un peu trop entichée de ces mortels. Tu oublies qu'ils sont fragiles, qu'ils ne sont que des boulets que tu traînes à tes pieds.

Alors que je cherche toujours un moyen d'échapper à l'emprise de Percy, Camélia se jette sur lui puis tente de l'étrangler d'une clé de bras. Il me lâche, je recule de quelques pas pendant qu'ils se battent. Camélia s'est transformée en furie. Elle enchaîne les coups de pied et de poing contre son frère qui esquive avec souplesse avant de lui rendre la pareille. Je ne peux rien faire pour les arrêter sans risquer ma vie. Les meubles volent en éclats, les murs s'effritent sous les chocs répétés. Camélia saigne à l'arcade sourcilière, ses poings se couvrent de contusions, mais elle continue de se jeter sur lui avec la même hargne.

C'est finalement la sonnerie disco d'un téléphone qui détourne l'attention de Percy. Il empoigne Camélia par le cou avant de décrocher puis d'écouter son interlocuteur pendant qu'elle se débat, cramoisie. Je me précipite vers elle et la soulève pour lui permettre de respirer un peu mieux, mais il serre fort. Elle ne va pas tenir longtemps.

— Parfait, j'ai les deux autres. Retrouvons-nous à l'Étoile ce soir.

Il raccroche et range le téléphone dans la poche extérieure de sa veste, un sourire satisfait en travers du visage. J'ai bien envie de le lui faire ravaler, mais y laisser une deuxième main n'aidera pas Camélia. Je dois me montrer plus malin.

Son frère la repose au sol puis desserre légèrement sa prise pour lui permettre de respirer, avant de m'attraper par le col, de sa main libre, pour nous traîner derrière lui, au rythme de ses grandes enjambées, comme de vulgaires paquets. Le téléphone dépasse de sa poche.

— Désolé, mes petits oiseaux, mais j'ai encore quelques détails à préparer pour la cérémonie de ce soir. Vous allez rester bien sagement ici en attendant.

Il ouvre une porte, nous balance à l'intérieur d'une pièce sombre et verrouille derrière lui, nous laissant seuls.

— Il nous a eus. On aurait dû filer quand on en avait encore l'occasion, souffle Camélia entre deux quintes de toux.

— Tu vas bien ? demandé-je en inspectant sa gorge et son arcade.

— Je vais m'en remettre. Et toi ?

Elle inspecte mon poing gonflé qui bleuit. Je tente d'oublier les vagues de douleur qui irradient dans mon avant-bras. On ne peut rien y faire dans l'immédiat.

— Ça va aller, mais on doit se dépêcher avant qu'il se rende compte que j'ai pris ça, dis-je en sortant le téléphone de Percy de ma poche.

Le visage de Cam s'éclaire.

— Marc, tu es un génie.

— J'avoue que c'est plus flatteur qu'objet.

— Mon frère considère tous les Ordinaires comme des objets. Je suis désolée, mon poisson. Je ne voulais pas que tu croies que…

— Ce n'est rien, ma fierté va s'en remettre.

Elle pianote sur le téléphone sécurisé pour composer le numéro de Valérien, il décroche au bout de la troisième sonnerie. Elle lui résume la situation en quelques mots et lui demande de localiser le téléphone puis de venir nous récupérer.

— Tu ne fais pas intervenir une équipe pour capturer Percy ? demandé-je lorsqu'elle raccroche.

— Non, nous allons le filer jusqu'à leur point de rendez-vous. On doit les arrêter.

Je reste silencieux quelques secondes. J'espère que Valérien arrivera avant que Percival ne constate la disparition de son téléphone.

— Je n'ai pas dit toute la vérité à Percy, murmure-t-elle au bout d'un moment.

— À quel propos ?

Mon pouls s'accélère et le même élan d'espoir me pousse à chercher le regard de Camélia.

— Sur mes sentiments pour toi. Ils sont différents de ceux que j'éprouvais pour Archie. Plus… intenses.

Elle baisse les yeux et saisit ma main valide avant d'enlacer mes doigts.

— Je t'aime, Marc. Je ne comptais pas te le dire dans de telles circonstances, mais je ne veux pas que tu penses que je te manipule.

J'approche mon visage et écrase mes lèvres sur les siennes. Mon cœur cogne comme un forcené contre ma poitrine.

— Je suis désolé d'avoir douté de toi. Je t'aime aussi, Camélia.

Elle s'empare de ma bouche pour un baiser plus passionné, plus désespéré.

— On va s'en sortir, OK ? Et je t'emmènerai au bord de l'océan, d'accord ?

Elle hoche la tête. Un raclement de gorge nous avertit de la présence de Valérien. Depuis quand est-il ici ?

— Je ne voudrais pas vous presser, les amoureux, mais c'est une extraction express. Si vous voulez bien vous donner la peine de prendre ma main.

Il nous adresse un petit sourire moqueur avant de nous emporter dans les ténèbres. Le trajet est plus long que la fois précédente. Des formes et des variations de lumière défilent de manière aléatoire, comme si nous empruntions les placards et les pièces aveugles du voisinage. Je me sens comme un voyeur. Est-ce que Valérien peut rester longtemps ainsi, dissimulé dans le noir, sans qu'on perçoive sa présence ? Les quelques silhouettes floues que nous frôlons ne semblent pas affectées par notre passage. J'ai l'impression de sillonner les ombres pendant d'interminables minutes avant d'atterrir dans un salon à l'atmosphère chaleureuse.

— On est en sécurité ici, pour le moment, indique Valérien en nous lâchant.

— Mais… je croyais que la magie ne fonctionnait pas là-bas. Alors, comment on est sortis ?

— Glisser n'a rien d'un acte magique, m'explique le Marchombre en détachant chaque mot comme s'il s'adressait à un enfant de cinq ans. C'est aussi naturel pour moi que de marcher.

Je me laisse tomber dans le canapé en grimaçant.

— Montre, je vais te soigner, dit Camélia en inspectant ma main brisée.

Elle murmure quelques paroles et la douleur disparaît instantanément.

— C'est quoi l'effet secondaire ? demandé-je par curiosité.

— Une grosse fatigue.

Valérien rapporte des bandages, Cam commence à nettoyer les plaies avant de les couvrir. Je me sens flotter sur un petit nuage, comme sur le point de m'endormir.

— On va aller débusquer les démons, alors ? la questionné-je en m'allongeant sur les coussins moelleux.

— Je vais y aller, oui.

— Je l'accompagne avec Morgan, précise Valérien.

— Mais je peux être utile, protesté-je, de plus en plus absorbé par le brouillard douillet.

— Tu vas rester avec Octavius. Tu ne crains rien ici, murmure Camélia en effleurant ma joue.

Je lutte contre le sommeil. Je ne veux pas qu'elle y aille sans moi. Je dois l'aider !

— Andrew, soufflé-je en repensant à la menace de Percy.

Il est peut-être en danger, lui aussi.

— Je dois le protéger…

— Lyanne va s'en charger.

J'ignore qui est Lyanne, mais j'ai confiance en Camélia. Apaisé par cette certitude, je sens le sommeil m'emporter.

Tout devient flou et tiède, lumineux. Je soupire d'aise. J'adore les malédictions de Sexy-casse-bonbons.

CHAPITRE 25
CAMÉLIA VEUT CASSER DU DÉMON

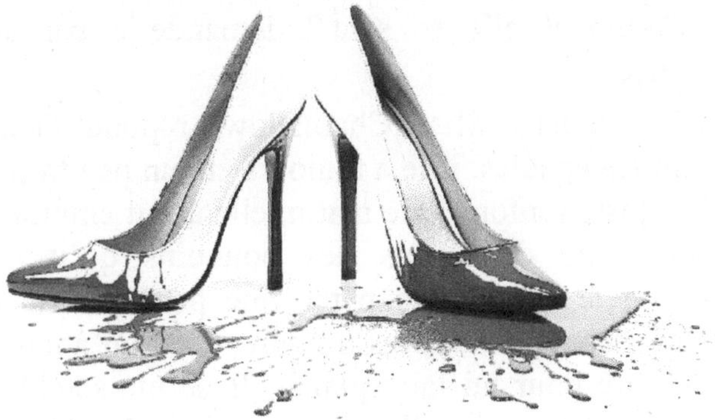

Marc s'est à peine assoupi qu'Octavius fait irruption dans la maison. Il prend le temps d'embrasser Val et de le serrer contre lui avant de se tourner vers moi.

— Valérien a dit que c'était grave. Raconte-moi tout. Delphi n'attend pas mon retour aujourd'hui, donc je suis à ta disposition.

Je soupire presque de soulagement. Je n'ai confiance qu'en une poignée de personnes pour protéger Marc et je ne veux pas mettre Emeli en danger, elle doit déjà veiller sur sa Charlotte. Morgan va devenir fou en apprenant ça.

— Em a aussi dit que, si vous avez besoin d'elle, il n'y a qu'à demander, mais avec le bébé, je doute que ce soit une bonne idée, ajoute-t-il.

Il me faut un quart de seconde pour que l'information atteigne mon cerveau. Charlotte n'est plus un bébé, même si elle le restera éternellement pour ses parents et la plupart d'entre nous. Mon chef préféré et sa femme vont donc avoir un deuxième bébé. Si la situation n'était pas aussi urgente, je filerais féliciter Emychou et Morgan.

Je me mords la lèvre pour cacher mon amusement devant la mine attendrie d'Octavius.

— Comment elle se sent ? demandé-je par acquit de conscience.

— Tu connais Miss Chamallow, répond Octavius en haussant les épaules. Elle a toujours été un peu trop sensible. Ça s'est juste renforcé. Ce matin, elle a fait emprunter à une demi-douzaine de clients des bouquins qu'ils n'avaient aucune envie de prendre parce que personne ne les avait consultés depuis des lustres. Le pire, c'est qu'à mon avis, ils vont les lire pour lui faire plaisir. Il ne me semble pas que c'était à ce point quand elle attendait Bébé Charlotte, pourtant.

Il nous interroge du regard.

— Tu as probablement raison, acquiescé-je.

— À l'époque, elle a quand même insisté pour qu'on passe plus de temps dans la salle des archives parce que les registres s'ennuyaient, fait remarquer Val avec un sourire en coin.

J'ai bien envie de rire, mais mon regard accroche la silhouette endormie de Marc sur le canapé et mon estomac se tord.

— Oui, c'est drôle, et je me réjouis pour eux, mais… Octavius, on a un problème.

— Ça, je me doute bien que tu ne m'as pas fait venir pour discuter d'Emeli. Qu'est-ce que je peux faire pour t'aider ?

— Pour faire court, mes demi-frères en ont après vous et Marc.

Je me mets à faire les cent pas dans le salon pour cacher mon anxiété et lui raconte les derniers rebondissements de l'enquête.

— Ils veulent mettre la main sur vous pour… Bref, Val, Morgan et moi, on va aller leur régler leur compte une bonne fois pour toutes, mais j'ai besoin que quelqu'un veille sur Marc pendant ce temps. Il a déjà été bien amoché et j'ai peur que Percy n'en fasse qu'une bouchée s'il croise à nouveau son chemin.

Octavius prend le temps d'interroger Valérien du regard, avant de se tourner vers moi. La gravité qui fige les traits de mon ami suffit à le faire réagir.

— Tu veux que je le ramène à la Bibliothèque ? Il y sera plus en sécurité que n'importe où ailleurs.

Une boule d'angoisse se forme dans ma gorge, mais au point où l'on en est… J'expliquerai la situation au Consul à notre retour. Marc est menacé par des Surnaturels, c'est une bonne raison de le cacher chez nous, non ?

— D'accord. J'ai besoin de savoir qu'il ne risque rien, et Emeli non plus.

— Mon beau, tu veux bien nous emmener ? demande Tav à Valérien.

— On y va, acquiesce ce dernier, la mine toujours aussi sombre.

Je m'en veux de les impliquer là-dedans. J'ai beau plaisanter à longueur de temps et râler chaque fois qu'ils me montrent trop d'affection, je les aime vraiment. Un jour, il faudra que je pense à le leur dire.

Sur une impulsion, je serre Octavius dans mes bras.

— Merci, murmuré-je contre son cou. Tu es un amour.

Octavius m'enlace tout en sortant deux bras supplémentaires pour soulever Marc, comme s'il ne pesait rien. Je me réfugie dans le cocon protecteur de son étreinte tout en pressant la main de mon poisson. Percy a tort, ils ont fait de moi une personne plus forte. Je me battrai pour eux, jusqu'au bout.

— Tu sais que je ferais n'importe quoi pour ma famille, petite diablotine, rétorque-t-il avec un clin d'œil avant de me relâcher. On y va.

Il est le seul à m'appeler comme ça. Je réprime un sourire. J'ai confiance en Tav, il les protégera. Valérien m'adresse à son tour un petit clin d'œil et disparaît avec eux. J'arpente le salon en attendant son retour, me sers un café, me lave les mains et le visage pour enlever les traces de sang. Mes poings me font souffrir. Percy a la peau dure, mais il n'est pas invincible. Son plus gros point faible réside dans sa confiance en lui. Si on le déstabilise assez, on en viendra à bout. Quant aux autres, c'est une autre paire de manches. Milly et Vlad n'ont aucun état d'âme, ils n'hésiteront pas à utiliser la manière létale. Je ne donne pas cher de ma peau. Retour de karma pour tous ces siècles d'insouciance ? Sûrement.

Valérien réapparaît avec Morgan.

On va devoir composer à trois pour venir à bout de… ma fratrie. Pourvu que Mère ne se pointe pas à la fête ! Qu'est-ce qu'on attend ?

— Lyanne est déjà au bar du frère de Marc pour le surveiller, m'indique Morgan. Tu me résumes la situation ?

Je m'exécute une nouvelle fois, sans omettre de détails importants.

— Il a parlé de changeformes et des maîtres du Chaos. J'ai peur qu'il s'en prenne à Emeli aussi, conclus-je.

Les mâchoires de Morgan se serrent. Un instant, j'ai peur qu'il me saute à la gorge pour avoir mis en danger sa femme et sa fille, mais il se reprend vite. Il passe une main dans ses cheveux, arpente le tapis du salon en réfléchissant pendant que je retiens mon souffle.

— Ils sont combien ? demande-t-il.

— Trois demi-démons et au moins une sorcière et un maître du Chaos.

— Tu les connais tous ?

— J'ignore l'identité du maître du Chaos, mais j'ai déjà tenté un rituel avec la sorcière… Lethée, précisé-je.

Il reste silencieux, son regard braqué sur moi.

— Je suis désolée, Morgan, je ne pensais pas que…

— Ce n'est pas ta faute. L'important, c'est que les autres soient en sécurité à la Bibliothèque.

— OK. On va casser du demi-démon, alors ? dis-je en me plantant devant lui avec un grand sourire.

Je ne ressens pas l'assurance que je mets dans ma voix, mais je sais que ma désinvolture le rassure alors j'en rajoute une couche.

— J'ai hâte de casser la figure de Percy, gloussé-je.

— On ne va pas s'attaquer de front à autant de démons, Camélia. Il faut d'abord vérifier s'il reste des Ordinaires en vie et affaiblir leur clan.

— Le rituel est si complexe qu'il leur faut un grimoire pour l'accomplir. Si on le subtilise, ça les retardera.

— Tu sais où il est ? me demande Val.

— Percy a parlé d'un rendez-vous à l'Étoile. Ça vous dit quelque chose ?

— Non.

Morgan secoue la tête.

— On trouvera peut-être des indices à l'appartement de Percy, dis-je, incapable de rester là plus longtemps.

— Avec un peu de chance, il s'y trouve encore.

— Je vais aller vérifier. Il ne m'a pas senti, tout à l'heure, indique Valérien.

— Oui, mais maintenant, il doit avoir remarqué qu'on s'est fait la malle, il va être plus attentif.

— Je pourrai m'échapper, dans tous les cas, ce ne sont pas des runes qui vont me retenir.

— Je viens avec toi, déclare Morgan. Il ne se méfiera pas d'un papillon.

— Moi aussi.

Ils sont bien conscients que, si Val ne m'embarque pas, je vais aller sonner directement à la porte de mon demi-frère.

— Restez là, je vérifie qu'il est parti avant, déclare le Marchombre.

Il s'évapore sans attendre notre approbation, nous laissant seuls dans son salon.

— Je suis désolée, répété-je à mon chef.

— Tu n'y es pour rien. On savait dès le début que cette histoire ne sentait pas bon.

— Oui, mais j'ignorais que ça impliquait ma… famille et qu'ils chercheraient à s'en prendre à vous tous.

Il pose ses deux mains sur mes épaules et me regarde droit dans les yeux.

— Camélia, on va les mettre hors d'état de nuire, tu peux me croire.

— Tav a emmené Marc à la Bibliothèque, dis-je pour changer de sujet.

— Je sais, il a bien fait.

C'est une discussion stérile, on ne fait que répéter ce qu'on sait déjà. Mais lui comme moi avons besoin de nous rassurer. La menace qui pèse sur mon poisson grandit à chaque minute qu'il passe dans le quartier des Autres. Si le Consul s'aperçoit de sa présence pendant que je combats Percy et son clan…

— J'irai m'expliquer avec ton père après, continué-je. J'espère qu'il comprendra.

Ses doigts se crispent légèrement sur mes épaules.

— Tu le connais, il faut qu'il y trouve un intérêt.

— Flanquer une raclée à un clan qui cherche à prendre le contrôle de sa ville, ça devrait le motiver, non ?

Il laisse échapper un petit rire.

— On dirait que tu tiens un peu à cet Ordinaire, finalement, fait remarquer Morgan en me relâchant.

— Un peu, oui.

Valérien se matérialise au milieu du salon, la mine renfrognée.

— Il est parti, nous indique-t-il.

— OK, on y va alors.

Il se pince les lèvres.

— Il a emporté l'appartement avec lui.

Je soupire d'agacement. Percy et ses grandes idées ! Il ne pouvait pas habiter un loft ordinaire avec une adresse postale ? Non, il a dû dégoter un artefact capable de matérialiser son appartement à deux ou trois endroits. Comment fait-il pour se faire livrer ses repas ?

— On y va quand même, c'est notre seul indice.

Valérien interroge du regard Morgan, qui acquiesce. Tout plutôt que de rester ici à aligner des hypothèses inutiles. Un peu d'action, bon sang !

CHAPITRE 26
MARC DANS LA DIMENSION PARALLÈLE

Un grondement lointain transforme mon rêve en cauchemar. Un loup noir me fonce dessus, les crocs saillants et la gueule écumante de rage. Je recule dans la neige fraîche, mais mon dos bute contre un obstacle. Mes doigts rencontrent l'écorce d'un arbre. Le grondement se fait de plus en plus sourd, de plus en plus proche, pourtant le loup est encore à bonne distance. Un filet de bave me dégouline sur l'épaule, je lève la tête, le cœur battant à tout rompre, et croise deux immenses yeux électriques.

Je fais un bond puis me redresse dans le lit. Ce n'était qu'un mauvais rêve. Enfin, je crois.

Un nouveau grondement résonne contre ma poitrine. Je baisse les yeux et y découvre les mêmes prunelles qui transpercent la semi-obscurité, deux rangées de crocs desquelles dégouline un truc gluant et crépitant comme une pluie d'étincelles. Plusieurs queues qui ressemblent à des fouets battent l'air tout autour.

— Putain, c'est quoi ça ?

Je m'éjecte précipitamment des draps pour m'éloigner du monstre et cherche un objet pour me défendre. Je suis dans une pièce inconnue flanquée de deux lits, d'une rangée de casiers et d'une table. Je me relève, prêt à foncer vers les casiers, mais une porte s'ouvre à ma droite.

— Missy, tu as fait peur au monsieur ! gronde gentiment une voix féminine.

Je me tourne vers elle et croise le sourire affectueux d'une jeune femme toute menue avec de longs cheveux châtains. Vêtue d'une robe verte, elle observe le monstre avec une lueur d'amusement. C'est quoi, ce bordel ? J'ai atterri dans une dimension parallèle, ou quoi ?

La créature gronde et un nouveau filet de bave crépite sur le sol. Sans la moindre trace de peur, la jeune personne s'approche pour la prendre dans ses bras. Les espèces de fouets s'enroulent autour d'elle comme des lianes. Je n'y comprends plus rien. Je me détache de ce spectacle surréaliste et évalue mes chances de passer la porte sans me faire bouffer par le monstre.

— Bonjour... Marc, c'est bien ça ? demande-t-elle d'une voix douce. Je suis Emeli. Je vous serrerais bien la main, mais Missy m'a un peu saucissonnée. Vous voulez un café ou un chocolat chaud ?

Emeli… j'essaie d'assembler les pièces du puzzle dans ma tête. Percy, le loft, Valérien qui nous ramène chez lui, Camélia qui me jette une malédiction. Une somnolence, hein ? Je la retiens pour la prochaine fois ! Emeli…

— Vous êtes la femme de Morgan ?

— Tout à fait. Vous voulez boire quelque chose, alors ? répète-t-elle.

Je les observe, elle et sa créature, me demandant encore dans quel monde j'ai atterri.

— Je veux bien un café, merci.

Un nouveau sourire illumine son visage.

— Venez dans la salle de repos. Delphi en profitera pour vous soigner. On n'a pas osé le faire quand vous dormiez, de peur de vous réveiller.

Je la suis tout en inspectant le bandage. La douleur est beaucoup moins vive, j'arrive même à bouger le bout de mes doigts.

— Je crois que Cam a fait le nécessaire pour ma main, c'est gentil.

Nous traversons une immense salle ronde, haute de plafond, garnie d'étagères supportant des livres bien alignés. La Bibliothèque, si j'en crois mon instinct, celle dont parlaient les équipiers de Camélia, est impressionnante.

— Ne lui répétez surtout pas que je vous l'ai dit, mais elle cache un cœur d'or, notre Camélia. Et j'espère que vous en êtes conscient.

Un sourire étire mes lèvres. Emeli transpire la gentillesse.

— Je commence à le comprendre, oui. Et, à la manière dont elle parle de vous, je sais qu'elle vous aime beaucoup.

Je doute que Cam le lui dise un jour en face, alors, autant me montrer altruiste.

Elle s'arrête net, me fixe de ses grands yeux avant de me serrer dans ses bras. Bon, j'aurais peut-être dû m'abstenir, je ne sais plus comment réagir maintenant. La créature enroule trois queues autour de mon avant-bras et je me fige, ne sachant si elle imite sa maîtresse ou si c'est une menace. Le câlin cesse presque aussitôt puis Emeli essuie ses yeux embués.

— Je suis désolée. Je blâmerais bien ma grossesse, mais j'ai toujours été un peu émotive, vous savez.

— Hum, me contenté-je de répondre, peu à l'aise avec les marques d'affection. Cette créature, c'est quoi ? l'interrogé-je en désignant le monstre qui ressemble plus ou moins à un loup de cauchemar d'enfant.

— Oh. Pour tout vous dire, ça faisait longtemps que je n'avais plus vu de nouvelle tête, alors j'ai oublié... Pardon. Marc, je vous présente Missy. Missy, je te présente Marc. Missy est mon familier, explique-t-elle. C'est le plus récent membre de ma meute.

Familier, comme les créatures des sorciers ? La créature gronde tout en enroulant une nouvelle queue autour de mon bras. Des centaines de questions se bousculent dans ma tête, mais je me retiens de les poser pour l'instant. J'ai vraiment besoin de ce café. La pression des appendices de l'animal sur mon bras me laisse une sensation étrange, mais il a l'air inoffensif, du moins en présence de sa maîtresse.

— Enchanté, Missy, réponds-je machinalement. Vous avez des nouvelles de Cam et des autres ?

Emeli se mord la lèvre inférieure.

— J'allais justement vous questionner sur ce qu'il s'est passé. Tav vous a amené ici en m'expliquant que vous étiez blessé et que Cam lui avait demandé de veiller sur vous pendant qu'elle partait en expédition avec les autres. Il n'a pas voulu entrer dans les détails. Peut-être pourriez-vous éclairer ma lanterne sur ce qui se passe ?

OK… j'ignore ce que je peux lui révéler ou non de notre affaire. Je sais qu'elle est en danger au même titre que moi ou… Octavius, mais ça ne sert à rien de la faire paniquer.

— Ça vous dérange si je bois un café avant ? J'ai encore le cerveau embrumé par la malédiction de Cam.

Emeli sourit et hoche la tête.

— Bien sûr. Si vous avez faim, Delphi a fait des muffins. Vous pourrez vous ravitailler en nous expliquant la situation.

Elle m'entraîne vers une pièce qui ressemble un peu à la salle de pause du commissariat, mais en plus chaleureuse, avec des banquettes et des fauteuils, une petite cuisine tout équipée et un énorme percolateur. Une femme au sourire jovial se tourne vers moi pour me détailler. Je rêve ou il y a une note d'amusement dans son regard ? Trois autres créatures beaucoup plus massives, mais avec moins de queues, sont assises par terre. Les parents du mini-monstre qui me colle depuis mon réveil, je suppose.

— Marc, je vous présente Delphi, la Bibliothécaire en chef.

Je hoche la tête pour la saluer.

L'une des créatures vient s'asseoir à côté d'Emeli puis enroule une queue autour de sa cheville tout en me fixant de biais et en grondant très fort.

— Marc, je vous présente aussi Magdalene, Clive et Klaus, ajoute-t-elle en caressant tour à tour les créatures.

— Enchanté, tout le monde, dis-je en balayant les humains et les créatures du regard.

Je reste planté près de la porte, ne sachant si je dois m'asseoir, me servir une tasse ou serrer la main de la jeune femme.

— Entrez donc, Marc, me propose Delphi en me souriant.

— Je m'occupe du café, déclare Emeli, qui pose la petite créature par terre avant de se diriger vers le comptoir, la grande sur les talons.

La plus petite reste assise et me fixe en grondant d'un air menaçant.

— Elle veut des caresses, m'explique Emeli. Asseyez-vous, je vous en prie.

Je m'exécute et tends une main vers la bête pour vérifier qu'elle ne va pas me bouffer. Elle se rapproche et frotte son museau contre mes doigts, je me risque à lui caresser le sommet du crâne.

— Salut, mini-monstre, murmuré-je, à la fois émerveillé et paumé.

Cette journée est décidément pleine de surprises.

— Marc allait nous expliquer ce qui lui est arrivé, insiste Emeli d'une voix sereine.

Je retiens un soupir. Elle ne va pas lâcher l'affaire.

— Octavius n'est pas ici ? demandé-je dans une dernière tentative de diversion.

D'ordinaire, c'est moi qui mène les interrogatoires, pas l'inverse.

— Il est occupé avec une cliente, m'explique Emeli tout en posant une tasse fumante devant moi avant de s'asseoir sur la chaise d'à côté.

J'avale une gorgée du liquide bien chaud, le laisse descendre le long de ma gorge. Ça fait un bien fou. OK, je capitule.

— D'accord, je vais vous résumer la situation, mais ce n'est pas à moi de vous raconter tous les détails.

— On a l'habitude des histoires compliquées, m'assure Delphi.

Par quel bout je commence ? Je reprends une gorgée de café et me lance en pesant chaque mot. Je résume dans les très grandes lignes les disparitions, ma coopération avec Cam, notre enlèvement par Percy et comment nous avons atterri chez Valérien.

— Est-ce que vous êtes en train de me dire que ces trois idiots sont partis seuls contre des demi-démons ? me lance Emeli d'une voix blanche.

Les créatures, y compris celle que je caresse, se tournent vers moi en grondant. *Hé, ce n'est pas moi, le méchant de l'histoire !*

— Je ne pense pas qu'ils soient assez stupides pour les attaquer de front. Si c'était moi, je chercherais d'abord à localiser leur repaire et établir une stratégie. Camélia ne se jetterait pas tête baissée dans la bagarre.

Enfin, elle a quand même failli me faire tuer une fois en les pourchassant dans une ruelle…

— Camélia a de multiples qualités, mais elle adore l'adrénaline. Et si on menace quelqu'un qu'elle aime, je ne suis pas certaine que Val ou mon Papi-Lion aient pu la raisonner, me contredit Emeli.

J'ai l'impression qu'elle a dit « papi lion », mais c'était sûrement papillon. C'est Morgan, le papillon ? Je ne peux pas lui donner tort sur le dernier point. Si je n'étais pas certain qu'un agent veille sur Andrew plus efficacement que moi, j'aurais déjà rappliqué au bar. Et je dois me faire violence pour ne pas partir à la recherche de Cam, même si je sais que je ne fais pas le poids face aux demi-démons.

— Mes amours, murmure-t-elle en regardant tour à tour les trois gros familiers, allez rejoindre Morgan. Il aura sûrement besoin de vous. Mais restez discrets, d'accord ?

Tour à tour, chacune des créatures vient l'enserrer de ses queues, avant de disparaître dans un livre ouvert sur la table.

— Delphi, on peut peut-être faire quelques recherches concernant ce rituel ? ajoute Emeli en interrogeant la bibliothécaire en chef du regard.

— Bien sûr, rétorque celle-ci, avant de se tourner vers moi. On est dans une bibliothèque spécialisée en magie. Tout ce que vous pourrez nous dire nous aidera à orienter nos recherches. Avec un peu de chance, on trouvera de quoi les aider.

Ce n'est pas bête, et puis, j'aurai moins la sensation d'être un boulet qui a besoin d'une équipe de baby-sitters si je me concentre sur les recherches. La question est de savoir ce qui peut les aider. Une manière de détruire les demi-démons ? D'annuler le rituel d'immortalité ? De localiser leur repaire ? Percy a parlé d'une étoile, non ? Ça me semble une bonne piste. Allez, détective Marc reprend du service, comme au bon vieux temps.

CHAPITRE 27
CAMÉLIA TRAVAILLE EN ÉQUIPE

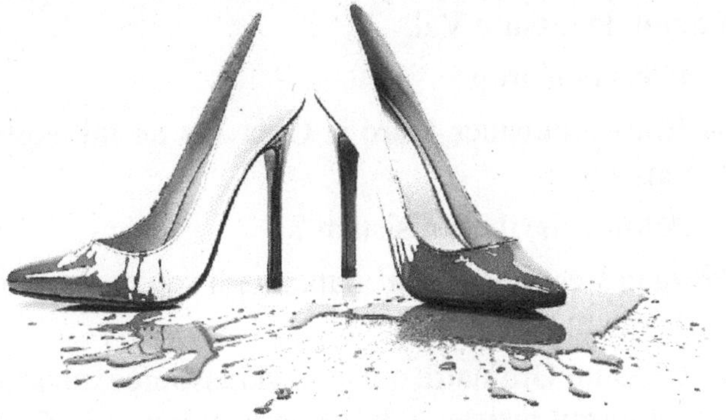

Deux heures ! On tourne en rond depuis deux heures ! Percy a disparu avec son appartement et le seul indice qu'on ait, c'est cette étoile censée être le point de rendez-vous.

On a étudié les plans de la ville, ceux des souterrains, les vieilles cartes, les noms des restaurants et même ceux des hôtels, sans résultat. On a passé au peigne fin les anciens lieux de rendez-vous du Fou sans Nom, sans plus de succès. Retour à la case départ !

Morgan hésite à demander de l'aide aux Bibliothécaires. Au point où on en est, ça semble être une bonne idée. Sauf qu'il faudrait les mettre au courant de la menace qui plane sur nos têtes, et Morgan ne veut pas inquiéter Emeli.

— Arrête de faire les cent pas, Papi, tu vas user tes semelles ! râlé-je en croisant les bras avec une nonchalance provocante.

Il lève vers moi un regard sombre. Il sait que la frustration me rend piquante, mais si j'insiste, je crois qu'il me bouffe. Heureusement, Valérien s'interpose entre nous :

— J'ai envoyé un message à Tav. S'il a une piste, il nous préviendra.

— Il ne dit rien à Em pour l'instant, assène Morgan.

— T'inquiète, il sait qu'il ne doit révéler que le strict minimum, le rassure Val.

— C'est déjà trop.

— Elle va cuisiner Marc si Octavius ne lui explique pas, interviens-je.

— À ton avis, il est résistant ?

Morgan s'est figé tout à coup, un pli soucieux en travers du front. Je me mords la lèvre.

— C'est un Ordinaire qui a de la ressource, mais je ne vois pas qui pourrait résister aux Bibliothécaires s'ils s'y mettent à plusieurs…

— C'est sûr qu'avec la détermination d'Emeli et le tempérament de feu de Delphi… je lui souhaite bon courage, ricane Val.

Morgan achève de blanchir alors que les trois gros familiers de sa femme surgissent devant nous en grondant.

— J'ai l'impression que quelqu'un a vendu la mèche, souffle Val en grattant le sol du bout de sa chaussure.

— Tu ne peux pas le reprocher à Marc, rétorqué-je en gratifiant Val d'un froncement de sourcils. Sinon, il ne fallait pas l'amener là-bas. Comment voulais-tu qu'il garde un tel secret ? Et puis, il ne lui a peut-être pas tout dévoilé.

Je retiens un soupir de soulagement en notant que si les familiers sont ici, c'est que Marc est réveillé et assez en forme pour avoir exposé la situation. Je lui envoie un texto afin d'avoir des nouvelles. Sa réponse ne tarde pas.

— Il les a mis au courant pour le rituel démoniaque et les Ordinaires, expliqué-je tout en lisant le message.

— Et pour Em ? demande Morgan.

— Il ne précise pas donc je suppose que non.

Il a réussi à tenir sa langue, pour le moment.

Les épaules de Morgan se détendent légèrement, puis il caresse la tête des trois familiers qui grondent de contentement.

— C'est gentil de nous prêter main-forte, leur dit-il. Magda, tu veux bien retourner veiller sur Em et les autres ?

Il ouvre le petit roman policier qu'il garde toujours dans sa poche intérieure et, dans un dernier grondement, Magdalène saute dans les pages.

— Bon, qu'est-ce qu'on fait alors ? On retourne à la Bibliothèque ou on continue de fouiller ici ? lancé-je, impatiente de bouger.

Je déteste l'inaction, encore plus quand elle laisse le temps à des individus de préparer un piège. Chaque minute que nous perdons à décider, ils la passent à peaufiner leur plan. Et je n'ai aucune envie qu'Andrew, les Bibliothécaires ou Marc soient enlevés.

— Tu es certaine qu'on a visité tous les lieux où se réunissait le Fou sans Nom ?

— Peut-être qu'un détail m'a échappé, marmonné-je en contemplant l'entrepôt vide qui nous abrite. On devrait vérifier dans les archives.

Valérien nous transporte au consulat, où Morgan demande qu'on nous apporte le dossier. Je l'ai relu plusieurs fois depuis que nous soupçonnons le Fou sans Nom d'être au centre de l'affaire ; mais peut-être qu'avec les nouveaux éléments, un indice nous sautera aux yeux.

Nous nous répartissons les piles de feuilles pendant que Marilou, notre secrétaire attitrée, nous apporte des cafés et des biscuits.

— Merci, tu es un amour, lui dit Morgan avant de replonger le nez dans les papiers.

Elle nous adresse son beau sourire bienveillant tout en nous indiquant qu'elle se tient à notre disposition, comme d'habitude.

— Vous cherchez une info particulière ? demande-t-elle au bout d'un moment.

Marilou ne s'immisce pas beaucoup dans les enquêtes, en général. Elle se contente de nous fournir les renseignements dont nous avons besoin pour préparer les missions et de taper les rapports. Mais, en plus du troisième bras dans son dos, elle a aussi une mémoire extraordinaire. Même si elle ne travaillait pas au consulat à l'époque, si elle a lu le dossier récemment, elle se souviendra de chaque ligne. C'est une aide précieuse, ce qui fait d'elle un bon agent de liaison quand nous sommes tous sur le terrain.

— Un lieu de rendez-vous qui s'appelle l'Étoile, lui expliqué-je en passant en revue les paragraphes du bout des doigts.

Elle s'approche, étale les feuilles d'une pochette cartonnée devant nous puis en retourne plusieurs, la mine concentrée. Nous replongeons chacun dans l'exploration de nos documents pendant plusieurs minutes quand soudain, elle s'exclame :

— Trouvé !

Je n'en reviens pas. Je me lève à moitié de ma chaise pour regarder la feuille qu'elle tient, imitée par Morgan et Val.

— La cérémonie d'appartenance au Fou Sans Nom se déroulait dans la crypte de l'église Saint-Jean.

Je fronce les sourcils. Je croyais que les démons étaient bannis des lieux de culte.

— Pour atteindre la crypte, il faut actionner un loquet secret caché au centre de l'étoile dessinée sur le sol de l'église, explique-t-elle.

— L'étoile de l'église Saint-Jean, murmuré-je.

Je me souviens de ce lieu de rituel. Nous l'avons découvert peu avant de mettre la main sur les membres du clan. Ils ne le fréquentaient pas beaucoup, mais je sais parfaitement où est cette église. Un chemin de croix inversé permet aux démons d'y entrer par un passage latéral. À ma connaissance, c'est la seule qui présente cette particularité. Pourquoi n'y ai-je pas pensé ?

— Merci, Marilou, la félicite Val avec une petite tape sur l'épaule.

Le regard un peu fripé de la secrétaire s'illumine de fierté.

— Vous avez ce qu'il faut pour les arrêter ?

— Grâce à toi, oui.

Elle sourit encore puis s'éclipse, consciente que nous avons maintenant besoin de coordonner notre action.

— Val, tu fais un tour de reconnaissance là-bas. Si les demi-démons n'y sont pas, tu reviens nous chercher.

Une fois que je lui ai indiqué l'emplacement de l'église, il se contente de hocher la tête et de s'éclipser. Je continue de compulser les documents pendant que Morgan réfléchit à différentes stratégies. Je le connais par cœur, quand il a ce regard déterminé, la bouche pincée et qu'il fixe un point dans le vide, ses yeux réduits à deux fentes, je peux presque voir les rouages de son cerveau s'engrener pour analyser la situation avec logique et lister les actions pertinentes à mettre en place.

Je le laisse à ses pensées. Sa main frotte distraitement le crâne d'un familier. Si ça ne tenait qu'à moi, on foncerait à la crypte pour cogner sur les demi-démons. Mais, heureusement pour la survie de notre équipe, Morgan est plus stratège et moins impulsif.

Je me garde de prévenir Marc que nous avons résolu l'énigme de l'Étoile. Je ne voudrais pas qu'il lui vienne à l'idée de nous retrouver là-bas.

Quelques minutes plus tard, Val revient.

— Ils sont bien là. J'ai compté trois demi-démons, comme prévu.

— Et les victimes ? demande Morgan.

— Il y a deux Ordinaires. L'un d'eux est encore en vie, l'autre ne tiendra pas longtemps.

— Tu peux les ramener ?

Val hoche la tête.

— À la seconde où tu vas disparaître avec les victimes, ils vont comprendre que nous sommes à leurs trousses.

— Où est-ce que je les emmène ?

Morgan ne réfléchit pas une seconde avant de répondre, il a déjà tout anticipé, comme à son habitude.

— Tu les amènes à Lyanne. Tu préviens Andrew si besoin, qu'il lui donne accès à un local discret. J'envoie un médecin en renfort.

— Et nous, on fait quoi ? trépigné-je.

— On attend ici.

Ah, ça, non !

— Ils doivent s'aider d'un grimoire, lui expliqué-je. Il nous le faut pour les ralentir. Sans ça, ils ne pourront pas accomplir le rituel.

— OK, je dépose les victimes chez Andrew et je rapporte le livre, propose Val.

— Tu n'y arriveras pas seul. Quand ils vont comprendre qu'on les a trouvés, ils ne vont plus lâcher le grimoire. Le mieux, c'est que je m'en empare pendant que tu sauves les autres.

Je plante mon regard dans celui de Morgan. Hors de question que je reste ici les bras croisés. Si Val y va tout seul, ils auront le temps de se préparer. Nous devons faire vite ! Mon chef me toise avec un petit sourire satisfait.

— Tu nous déposes au passage ? demande-t-il à Val avant de se transformer en papillon.

Il volette jusqu'à mon bras et s'accroche au col de ma veste. À peine dix secondes plus tard, nous atteignons la crypte. Les murs de pierre polis et noircis par le temps, ses hautes voûtes ainsi que les énormes bougeoirs disposés tout autour de l'autel lui confèrent une atmosphère lugubre à souhait. Elle est plutôt grande, on peut y tenir une assemblée sans se sentir confiné, mais l'odeur de moisissure ne manque pas de nous prendre à la gorge. Valérien n'apparaît qu'un quart de seconde avant de se volatiliser avec les deux corps blessés, sans se faire repérer. Mes demi-frères et ma demi-sœur se tournent vers moi, leurs bouches s'étirent dans un rictus satisfait. Ne cherchez pas de ressemblance physique, ils ont plutôt hérité des traits de leurs pères respectifs.

— Camélia, susurre Vladimir en replaçant ses cheveux bouclés sur le sommet de son crâne. Eh bien, on dirait que la famille est au complet, mes chéris.

Percy fronce les sourcils, le visage de Milly se fait sévère. Le dégoût que je lis dans l'expression de Vlad ne me fait ni chaud ni froid.

Ce dernier s'approche et reprend en écartant les bras :

— Tu veux te joindre à la partie ?

— Vlad ! le coupe ma demi-sœur.

— Ça fait un bail ! J'étais déçu quand Percy m'a dit que tu ne viendrais pas…

— Vlad ! Les humains ont disparu !

Il retrousse les lèvres et feule comme un chat en colère.

— Tu es plus maligne que tu n'en as l'air. Mais tu es toute seule à présent !

Je croise les bras et lui adresse un sourire éclatant. Pourvu que les faibles vibrations émises par Morgan, sous sa forme de papillon, lui suffisent à passer inaperçu.

— Tu crois vraiment que c'est ça qui va m'arrêter ?

Vlad approche encore, je peux sentir son souffle tiède et ferreux sur ma joue. Ils ont bu du sang humain, ces idiots.

— La crypte est fermée, constate Percy qui se matérialise juste à côté de Vlad.

— Tu crois qu'une simple porte suffit à vous protéger ? gloussé-je.

À quelques mètres au-dessus de nous, le papillon noir et bleu de Morgan se fait aussi discret que possible. Il tente de se poser sur le gros livre relié de cuir installé sur l'autel de pierre.

Si je n'étais pas obligée de me concentrer sur ma fratrie, je prendrais le temps d'admirer la voûte ouvragée de la crypte, en calcaire ciselé, et les fresques colorées qui recouvrent les murs. Mais je ne fais que balayer du regard l'immense salle souterraine. Les trois demi-démons montent toujours la garde près de l'autel. Je dois faire diversion.

— Où sont Léthé et votre maître du Chaos ? demandé-je avec intérêt.

Milly approche à son tour.

— On devrait l'enfermer avant qu'elle vole le livre.

Ses boucles blondes ondulent autour de son visage de poupée tandis qu'elle esquisse une moue supérieure pour me faire sentir qu'elle contrôle la situation.

— Contente de te revoir, petite sœur, dis-je en étirant le coin de ma bouche.

— Plaisir non partagé, rétorque-t-elle.

— Et toi, Vlad, tu ne viens même pas saluer ta grande sœur ?

S'il pouvait, Vladimir me transpercerait avec les poignards qui lui servent d'yeux.

— Va te faire occire !

— Ce n'est pas très gentil, ça.

Je me tourne vers Percy avec une moue déçue et croise les bras sur ma poitrine.

— Je croyais qu'ils voulaient que je me joigne à vous ?

Percy soupire.

— Mon caramel, tu as tenté de me tuer.

— Et tu le leur as dit ? Mais enfin, c'est notre manière de communiquer depuis toujours, Princesse !

Mon expression bienveillante perturbe mon frère. Il tourne un regard hésitant vers les autres.

— Elle te mène en bateau, Percy ! gronde Vlad.

Le rabat-joie de service. Je crois que je vais commencer par lui ! Du coin de l'œil, j'aperçois le papillon qui se pose sur un chandelier proche du pupitre. Pas encore assez proche. Je dois écarter Milly et Vlad du grimoire, mais ils restent collés à l'autel comme des chiens de garde.

— Vous me faites visiter ? De toute manière, vous l'avez dit, la crypte est fermée. Je ne peux pas m'échapper.

— Comment es-tu entrée ? Et où sont les deux humains ? s'énerve Vlad.

— Mon chou, j'ai encore quelques malédictions dans mon sac.

— Aucune malédiction n'ouvre les portes !

— Non, j'ai des mains pour ça, comme tu peux le voir.

Je lève les paumes puis agite les doigts pour le lui prouver.

— Mais faites-la taire ! s'emporte Milly en se téléportant pour m'empoigner par la gorge.

Sa peau blanche s'empourpre, ses yeux étincellent de rage. Je commence sérieusement à étouffer. Elle va le faire. Elle va aller au bout. *Bon sang !* Des étoiles dansent devant mes yeux. Je suffoque. J'agrippe ses bras, lui griffe les mains pour la faire céder, mais elle résiste. Si longtemps que je crois mon heure venue. Val ou Morgan va devoir me venir en aide.

Elle me relâche enfin, remettant sans doute à plus tard l'idée de m'enterrer. Je me téléporte un bon mètre plus loin, les obligeant à faire un pas de plus vers moi et à s'éloigner du pupitre. Je compte mentalement pour vérifier que Val a eu le temps de mettre les civils en sécurité puis de revenir. Le timing est serré.

— Où sont les deux autres ? redemandé-je.

Vladimir m'observe de son regard perçant, comme s'il cherchait à lire dans mes pensées. J'enferme mes intentions à double tour, on ne sait jamais. Je ne suis sûrement pas la seule à avoir évolué ces siècles derniers.

— Ça ne te regarde pas ! rétorque Milly.

Ma douce petite sœur plaque un sourire sadique sur son masque de porcelaine. Ses boucles anglaises lui donnent des allures de petite fille innocente. Je me concentre sur mon frère, mon regard dévie très légèrement vers le papillon qui n'a pas quitté son perchoir.

— Vous m'invitez à la fête et me cachez des invités, ce n'est pas sympa ! me moqué-je.

Vlad serre les poings puis finit par descendre les marches. *Bravo, frangin, tu ferais un piètre joueur de poker !* Je le laisse approcher, affichant mon plus beau sourire de grande sœur. Morgan profite du fait que tous les regards sont braqués sur moi pour se métamorphoser, s'emparer du livre, le glisser à l'intérieur de sa veste et reprendre sa forme de papillon. Dans la seconde, je me téléporte vers lui puis, dans un timing parfait, Valérien nous attrape les mains avant de nous faire glisser dans les ombres.

CHAPITRE 28
MARC APPRIVOISE SA NOUVELLE FAMILLE

Nous cherchons la fameuse « étoile » depuis un moment, sans résultat. S'il n'y avait pas autant de vies en jeu, j'apprécierais cette chasse au trésor en leur compagnie.

La femme de Morgan est charmante, très douce et posée. Le jour et la nuit, comparée à Camélia. La Bibliothécaire en chef dirige les recherches avec efficacité, sans jamais élever la voix. Ça change de l'ambiance du commissariat, qui ressemble à un marché aux poissons quand on bosse à plusieurs sur une enquête. Ici, les cafés restent en salle de pause et ne viennent pas tacher les feuilles ; on n'est pas obligé de remplir un formulaire chaque fois qu'on veut consulter un nouveau document. J'ai l'impression d'avoir une équipe de super assistants juste pour moi. Sauf qu'on n'a rien trouvé depuis presque une heure.

Je vérifie mon téléphone pour la quinzième fois, même si Delphi m'a prévenu que le réseau est très capricieux et que Camélia ne m'enverra sûrement pas de message pour demander de l'aide. À vrai dire, si je me concentre autant sur les recherches, c'est pour oublier ce sentiment d'impuissance qui me ronge. Je ne suis pas habitué à me sentir faible et inutile. J'aime être dans l'action, diriger les opérations, arpenter le terrain. Je me force à faire bonne figure, mais je me sens comme un bleu relégué au rôle de gratte-papier.

Je referme le livre, en sélectionne un nouveau en m'efforçant de ne pas toucher ceux de la collection rare, dont s'occupe Emeli. Apparemment, ils sont dangereux, même pour les autres Bibliothécaires. Je fais attention à bien garder mes distances.

Les deux créatures grondent en sourdine. La plus petite ne cesse d'alterner entre nous pour réclamer des caresses, mais se concentre essentiellement sur moi. Je frotte son crâne distraitement avant de tourner une nouvelle page, soupire et redresse la tête vers les deux femmes qui s'échangent des regards comme des collégiennes depuis plusieurs minutes. Octavius lève les yeux au ciel, mais ne commente pas.

— Vous avez trouvé quelque chose ? demandé-je aux deux commères en haussant un sourcil.

Elles secouent la tête, prises en faute, et baissent les yeux sur les ouvrages étalés devant elles. Je souris intérieurement. Avec Camélia à mes côtés, j'ai perdu l'habitude de susciter autant d'attention, mais je n'ai pas l'impression qu'elles me prennent pour un bout de viande. Donc aucune raison de m'énerver.

— Vous ne connaissiez pas du tout l'existence des Autres avant de rencontrer Camélia ? m'interroge Delphi.

— Non. Je n'en avais jamais entendu parler. Pourquoi ?

Je reste un peu sur la défensive, j'ai l'impression qu'elle me juge.

— Vous vous adaptez plutôt vite, relève-t-elle.

— Merci.

C'est tout ce que je trouve à répondre. Je m'étonne moi-même de ne pas être roulé en boule sous une couette.

Octavius semble réprimer un fou rire. Quant à la femme de Morgan, elle fait la grimace. C'est quoi ce petit jeu ?

Je croise les bras sur ma poitrine et fronce les sourcils.

— Il y a un problème ?

J'ai comme l'impression qu'ils se payent ma tête.

— Non, non, marmonne Emeli, les joues roses.

— Vous êtes toujours autant sur la défensive ? s'enquiert Delphi, alors que la température dans la pièce semble augmenter de plusieurs degrés.

— Non, c'est juste que vous vous comportez bizarrement, dis-je d'une voix radoucie pour ne pas échauffer l'atmosphère.

Je décroise les bras et pose les mains à plat de chaque côté du livre, attendant une explication.

— Vous n'êtes pas le premier à nous le dire, déclare la blonde, un sourire en coin.

La température revient à la normale, pourtant je n'ai pas rêvé. La pièce s'est bien transformée en sauna quelques instants plus tôt.

— Vous êtes amoureux de Camélia ? lâche alors Emeli, toute rouge.

Octavius me regarde bien en face avec un sourire narquois. Chacun de mes muscles se tend, je recule contre le dossier de ma chaise. Oui, bon, la prochaine fois, j'éviterai de poser des questions ! Je ne les connais pas assez pour leur confier un truc aussi… intime. Et je ne crois pas que Camélia apprécierait que je révèle ce qu'il y a entre nous. Ce que *je pense* qu'il y a entre nous. On s'est avoué qu'on s'aimait il y a quelques heures à peine. Et rien ne dit qu'on ne s'est pas emballés à cause des circonstances. Non, c'est bien plus qu'une lubie. J'ai envie de combler toutes les petites failles que je décèle en elle, de la voir sourire tous les jours, de ce vrai sourire qui lui met des paillettes dans les yeux, de me réveiller à ses côtés tous les matins, et ce jusqu'à ce que je devienne trop vieux pour elle. Quelque chose se brise à l'intérieur de moi à cette pensée. Si nous restons ensemble aussi longtemps, elle me verra dépérir et mourir alors qu'elle n'aura pas pris une ride. Elle se retrouvera à nouveau seule et ça me déchire le cœur.

— J'apprécie beaucoup sa compagnie, avoué-je sans pouvoir dissimuler une pointe de regret.

Reprends-toi, Marc ! Tu as encore de belles années devant toi ! Et Camélia est un électron libre, elle finira par s'attacher à quelqu'un d'autre avant que tu n'aies des cheveux blancs. Oui, et dans ce cas, c'est moi qui serai malheureux.

Les deux autres femmes m'observent d'un air désolé en silence. La fatigue et les coups de flippe de ces derniers jours doivent se lire sur mon visage. Même le sourire d'Octavius disparaît. Le mini-monstre grimpe sur mes genoux puis enroule toutes ses queues autour de mes bras, jusqu'à ce que je ne puisse plus bouger.

— Je suis désolée, déclare Emeli. J'aurais mieux fait de fermer ma grande bouche. Mais nous autres, Bibliothécaires, veillons sur notre famille et, même si elle refuse de l'admettre, Camélia en fait partie.

— Il n'y a pas de mal. Je suis content qu'elle ait des amis aussi dévoués.

Un bruit attire notre attention près de la porte. Je suis doublement soulagé de cette interruption. D'une part, on a frôlé le drame sentimental ; d'autre part, voir apparaître Camélia et ses équipiers indemnes est un véritable soulagement. Je me rends seulement compte qu'une partie de mes pensées était restée focalisée sur ce qui pouvait leur arriver.

— On a récupéré leur grimoire, annonce Morgan en sortant un gros livre relié de cuir de sa veste pour le tendre à sa femme.

Camélia s'approche de moi et m'ébouriffe les cheveux. J'ai envie de la prendre dans mes bras, mais m'abstiens devant ses amis.

— Comment va ta main ?

— Mieux, merci. Vous avez trouvé l'étoile alors ?

— L'étoile, les victimes et la bande presque au complet, réplique Val avec un sourire plein de fierté, avant de se diriger vers Octavius.

Emeli saisit le livre et éclate en sanglots.

— Oh, Emeli, soupire Delphi avant de se précipiter vers sa collègue.

Morgan la rejoint presque aussitôt puis les enlace toutes les deux.

— Qu'est-ce qui s'est passé ? demande-t-il en embrassant les cheveux de sa femme.

— Tu vas bien, mon beau ? s'enquiert à son tour Octavius, qui observe Val avec inquiétude.

Camélia et moi échangeons un regard complice. Trop d'effusions pour nous. Je me contente de me lever puis d'ôter une poussière sur sa joue. Elle a encore les cheveux en bataille après sa bagarre, sa veste est chiffonnée, mais je la trouve sauvage et magnifique. De nouvelles contusions lui marquent le cou. Que lui est-il arrivé ?

— Val a assuré, dit-elle à Octavius. Sans lui, on n'aurait jamais récupéré le livre et les victimes ne seraient pas hors de danger.

— Et les demi-démons ? demandé-je.

— Ils sont toujours à la crypte. On ne doit pas traîner, ils vont chercher à récupérer le livre.

Super. J'espère qu'ils vont attendre un moment avant de débarquer, même si je rêve de prendre ma revanche sur Percy. Valérien embrasse Octavius pour le rassurer.

— Tu entends ça ? Même à la retraite, j'assure toujours !

Toujours en pleurs, Emeli se cramponne à Morgan, sans un mot.

— Personne n'utilise les mugs orange parce qu'ils sont moches, finit-elle par déclarer.

J'observe cette scène surréaliste.

— Tu as encore d'autres membres de ta famille à me présenter ? questionné-je Camélia, avec une pointe d'inquiétude.

— Oui, mais les autres sont nettement plus… normaux.

— C'est quoi, normal, pour toi ? m'esclaffé-je en plantant mon regard dans le sien.

Ses yeux me contemplent avec une lueur amusée et tendre à la fois.

— Tu verras !

Mes pensées filent vers Andrew et un sentiment d'urgence me rappelle à la réalité.

— Mon frère ?

Comme si elle avait suivi mon cheminement, Camélia presse ma main tout en m'adressant un sourire rassurant.

— Andrew va bien. Un agent garde les deux victimes dans son établissement.

Le bar d'Andrew a été transformé en hôpital ? Je suis presque jaloux qu'il joue un rôle plus actif que moi dans cette bataille, mais l'important, c'est qu'il soit en sécurité.

— Camélia, appelle Lyanne pour lui dire de rester là-bas, nous interrompt Morgan, qui n'a toujours pas lâché sa femme.

Cam passe son appel et raccroche quelques secondes plus tard.

— Bonjour Camélia, la salue Emeli, semblant seulement la remarquer. Ça faisait longtemps.

Le visage de mon boulet casse-bonbons s'illumine, elle vient planter un baiser sur la joue d'Emeli. Il faut être naïf pour croire qu'elle se tient à l'écart de leur « famille ». Si elle se complaît dans ce rôle un peu distant, je vois bien la manière dont elle les couve du regard, moins torride que celle qu'elle me réserve, mais pleine de tendresse. Je pourrais dire que ça ne lui ressemble pas, pourtant je crois, au contraire, que c'est toute l'ambiguïté de sa personnalité, à la fois extravagante et pleine de pudeur.

Morgan s'installe autour de la table puis invite les autres à faire de même.

— Il faut mettre le grimoire en lieu sûr. Pour ça, je compte sur toi, ma licorne, déclare-t-il en adressant un regard à la fois tendre et déterminé à sa femme.

Il a bien dit « licorne » ? Je me retiens de lever les yeux au ciel et constate que je n'ai pas à me plaindre des surnoms de Camélia. Est-ce que tous les Surnaturels se donnent des surnoms aussi débiles ?

— Et pour les demi-démons ? s'inquiète Delphi.

— Il nous faut un sort assez puissant pour les bannir de Nyx.

— Nous en avons utilisé un très puissant pour le premier bannissement, intervient Cam, mais je pense qu'avec le temps, il s'est affaibli. Est-ce que vous pouvez repartir de cette base ?

— Tu comptes bannir ta fratrie ? lui demandé-je.

Une légère ombre traverse son regard puis ses lèvres s'étirent en un sourire trop étincelant.

— Ils sont un danger pour tout le monde.

— Et le Consul ne sera pas aussi clément s'ils restent dans la cité, ajoute Morgan.

OK, optons pour le moindre mal alors.

— On a le sort de bannissement de Thespian, propose Delphi avec une moue dubitative.

— Face à des créatures du Chaos, pas sûr que ça marche, fait remarquer Octavius.

— Si je me rappelle bien, il y a tout un chapitre pour attirer des démons et les retenir dans des pentacles, poursuit Delphi.

— Ce sont des demi-démons.

— Ouaip, mais tu peux adapter les pentacles.

De sa main libre, Emeli caresse doucement la tranche du grimoire, dans un geste apaisant, comme si elle communiquait avec lui.

— Oui, je vais le leur dire. Euh... les gars ? nous interrompt-elle. Le livre dit que ça fait cinq fois qu'on utilise son rituel de travers et il commence à en avoir marre. Ils voulaient faire quoi, tes frères et ta sœur, Camélia ? Parce que, clairement, ils ne savent pas lire.

Passé la seconde d'étonnement où je comprends qu'elle parle effectivement avec le livre, je note l'ombre qui passe sur le visage de Cam et la légère tension de ses épaules. Je sais qu'elle aussi a déjà utilisé un rituel de ce genre avec ses ex-maris.

— Ils veulent acquérir plusieurs âmes d'humains pour devenir immortels, répond-elle d'une voix neutre.

Emeli esquisse un mouvement vers Morgan, sans cacher son étonnement.

— D'après lui, dit-elle en désignant l'ouvrage, le rituel qu'ils ont employé sert à faire exactement l'inverse : céder une âme à un humain pour rallonger sa vie.

Les Bibliothécaires arborent tous le même air choqué. Camélia se fige, la bouche entrouverte, et échange un rapide coup d'œil avec moi.

— Diablotine, je suis désolé d'avoir à te le dire, mais j'ai l'impression que tes frères et ta sœur sont de grosses quiches, en fait, déclare Octavius d'un air fataliste.

Il se méprend sur la réaction de Cam. Ce n'est pas le manque d'intelligence de sa fratrie qui la surprend, mais la fonction du sortilège.

— Merci de cette précision, Tav, articule-t-elle.

Elle se tourne vers moi, tout sourire disparu, et je perçois le faible tremblement de sa main sur sa cuisse. Mais, ce qui me trouble le plus, ce sont les émotions qui défilent dans ses prunelles, entre espoir, doute, déception et colère. *Céder une âme à un humain pour rallonger sa vie.* Mon pouls s'emballe. Peut-être qu'il y a un espoir pour nous deux. Je presse ses doigts entre les miens. Est-ce qu'on est assez fous pour le tenter ?

CHAPITRE 29
CAMÉLIA SE LIVRE

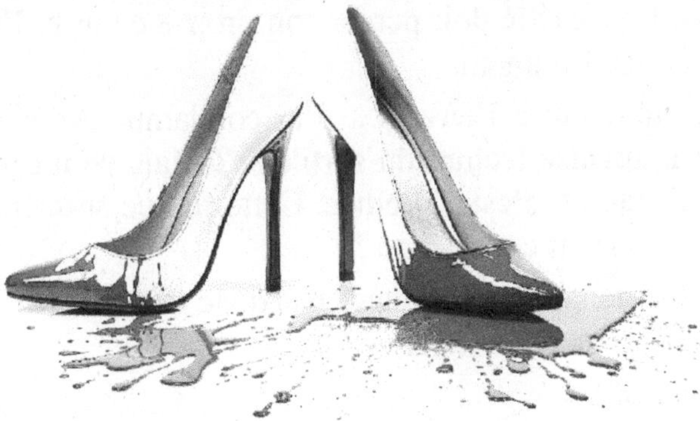

Mes oreilles bourdonnent. Il s'agit du rituel que j'ai expérimenté sur Archie. Celui qui a causé sa mort. Comment Percy et les autres ont-ils pu confondre ? Est-ce qu'Emeli saurait le déchiffrer et l'accomplir ?

Pour la première fois depuis la mort d'Archibald, je retrouve l'espoir de partager ma vie avec quelqu'un qui en vaille la peine, comme Marc.

— Cam, ça va ? demande mon poisson en me serrant la main.

Retour à la réalité. Je ne peux pas prendre un tel risque. Je ne peux pas lui demander un tel sacrifice.

— Oui, murmuré-je de manière laconique en me forçant à me concentrer sur l'enquête.

On doit bannir les demi-démons avant qu'ils ne retrouvent notre trace.

— Ce rituel, il implique le sacrifice d'un humain ? s'enquiert Marc en fronçant les sourcils.

Emeli se mordille la lèvre inférieure, concentrée sur la couverture du grimoire.

— Selon le livre, il faut quatre participants, tous volontaires : le sacrifié, l'humain, un sorcier et un maître du Chaos. Le sacrifié doit percer son propre cœur et l'âme sera transférée à l'humain.

J'ai tout fait à l'envers… J'ai condamné Archie à cause d'une mauvaise lecture du sortilège ? Mais ce n'est pas moi qui l'ai traduit, c'est… Lethée. Cette foutue sorcière ! Est-ce qu'elle en avait conscience ?

— Camélia, tu n'envisages pas de le faire, si ? m'interroge Morgan.

Non ! Si !

— C'est hors de question ! protesté-je en me tournant vers Marc. Et, de toute façon, on n'est pas là pour ça.

Sa main presse la mienne un peu plus fort. J'échange un regard avec Morgan qui hoche la tête, soulagé.

— Le plus urgent, c'est de trouver un moyen d'attirer et d'emprisonner les demi-démons, dit-il. Tu as une idée, Em ?

Marc m'observe d'une drôle de manière, les lèvres pincées.

Je suis prête à me sacrifier pour rallonger sa vie, mais est-ce que je suis en droit de lui demander ça ? Il perdra une part de son humanité. Il verra mourir tous ceux qu'il aime. Son frère, ses parents, ses amis. Il ne pourra jamais avoir d'enfants naturels. Si, un jour, nos sentiments changent et qu'on se sépare, il se retrouvera tout seul. Je ne peux pas lui infliger ça.

Les agents et les Bibliothécaires continuent de me fixer d'un air soucieux. Ils me soutiennent depuis des années malgré mon sale caractère et mon comportement ingérable. Je me demande si je mérite autant d'attention.

Val pose une main sur mon épaule.

— Tu as le temps de décider, me chuchote-t-il. Mais, si j'étais toi, j'en discuterais avec Marc avant de prendre une décision qui ne lui convient pas.

Je hoche la tête tout en souriant pour cacher mon malaise. Comment dois-je m'y prendre ? Comment je lui fais dire ce qu'il en pense sans se sentir contraint ? On a toujours été honnêtes l'un envers l'autre – du moins, je le crois. Val a raison. On devra en parler sérieusement, une fois que toute cette histoire sera terminée.

Morgan se racle la gorge et repasse en mode agent en chef.

— OK, on a cinq demi-démons à emprisonner pour un laps de temps indéterminé. Donc il faut un sortilège assez puissant pour qu'ils ne le brisent pas.

— Ils ont utilisé des runes pour bloquer le pouvoir de Cam dans les égouts, fait remarquer Marc. On peut intégrer celles-ci à votre sortilège ?

Je souris avec plus de conviction et cherche son regard réconfortant. Il comprend vite.

Delphi hoche la tête.

— Tout dépend des runes... Vous pouvez nous les recopier ?

Je saisis une feuille blanche sur la table puis me penche pour dessiner celles dont je me souviens.

— Il y en avait une autre qui formait une espèce de Y, me rappelle Marc qui regarde par-dessus mon épaule.

Je sens les vibrations intenses de son corps et son souffle contre mon cou. S'il n'y avait pas toute l'équipe, l'urgence de la situation, je lui ferais l'amour sur la table rien que pour ça. Même si je n'oublie jamais une vibration, la sienne est spéciale. Je pourrais le localiser au milieu d'une foule, les yeux bandés.

Je me concentre sur les runes et dessine la dernière avant de tendre la feuille à Delphi qui se rapproche de Tav pour l'analyser.

Marc en profite pour poser une main au creux de mes reins ; une douce chaleur rassurante se propage dans mon dos.

— Ça ne me dit rien, déclare Delphi.

— Cela ressemble à du chaotique, reprend Tav. Mais je ne reconnais pas les symboles. Peut-être que Miss Chamallow arrivera à les lire ?

— Je reconnais le premier, il sert à créer un mur virtuel, précisé-je. Mais les autres me sont inconnus. En tout cas, je ne pouvais ni me téléporter ni utiliser les malédictions. C'est un pentacle de feu qui nous amenés jusqu'à l'appart de Percy.

— Sinon, on peut essayer de leur tendre le même genre de piège, suggère Marc.

— Les faire tomber dedans tous les cinq risque d'être compliqué. On ne sait pas si ces runes peuvent contenir autant de magie, lui explique Morgan.

— Je peux en mettre un ou deux en cocon, propose Tav.

— Il y avait aussi un maître du Chaos et une sorcière ? demande Delphi.

— Je les ai vus la première fois. Mais lorsque je suis revenu chercher Cam et Morgan, ils avaient disparu, intervient Val.

— On doit les retrouver aussi. On ne sait pas de quoi ils sont capables pour rendre service aux demi-démons, fait remarquer Morgan.

— Surtout si c'est Lethée, leur sorcière, marmonné-je.

— Tu la connais personnellement ? me demande Tav en haussant un sourcil.

Je me mords la lèvre avant de sourire pour refouler la haine et les regrets qui m'assaillent. Mon regard dévie vers Valérien. J'ignore s'il en a parlé à Octavius.

— Disons que je lui ai fait confiance pour un rituel qui a mal tourné.

— Mais encore ?

Marc et Val me fixent avec la même interrogation. Je sais qu'ils ne parleront pas et je n'ai vraiment pas envie de raconter un truc aussi glauque autour de la table. Mais une part de moi me chuchote que tous ceux qui sont ici méritent de savoir. Ils m'ont accordé leur confiance, leur amitié et leur amour. En retour, je peux leur livrer l'un de mes secrets.

Je m'assieds puis me racle la gorge, mal à l'aise.

— Elle m'a aidée à accomplir le rituel dont parle Emeli. Je ne sais pas si elle l'a fait exprès ou si elle l'a mal compris, mais…

Je me mords l'intérieur de la joue pour contenir la boule de colère et de chagrin qui se forme dans ma gorge. Mes yeux me piquent, je sens venir les larmes. C'est une grande première, devant autant de monde. Je souffle. Il est trop tard pour m'arrêter.

— J'ai sacrifié Archie, mon dernier mari, et le rituel n'a pas abouti.

Le prince-araignée s'approche de moi pour m'attirer dans ses bras. Deux autres lui poussent dans le dos pour mieux me serrer contre lui. J'apprécie qu'il ne me repousse pas comme si j'étais un monstre. J'ai tué un humain, un humain en bonne santé ! Si je n'ai aucun regret pour Abel, Everett et Graham, qui étaient au crépuscule de leur vie, je sais que j'ai volé celle d'Archie.

— Je suis désolé, Diablotine, murmure Tav.

Les doigts frais de Marc se posent sur ma nuque. Je me demande encore comment il fait pour ne pas déguerpir. N'étant pas de ce monde, il devrait se rouler en boule au fond de son lit, se dire que c'est un cauchemar. Mais non, mon poisson reste avec nous, me soutient, nous aide à trouver des solutions. Peu importe ce qu'en dira le Consul. Il mérite sa place parmi nous.

— Une potion de sommeil, ça pourrait vous aider, ou pas ? demande Emeli qui vacille sous le poids d'une grosse pile de livres.

Morgan et Marc se lèvent d'un même mouvement pour aller l'aider.

— Si elle est assez puissante, ça pourrait nous faire gagner du temps et nous permettre de leur prélever du sang pour les bannir en enfer, supposé-je.

La Bibliothécaire extrait de la pile un petit volume avec du lierre séché sur la couverture et explique :

— Dans *Spina Sapientia*, il y a une potion de sommeil extrêmement puissante qui ne nécessite pas d'ingrédients trop compliqués. Je ne sais pas si ça pourrait fonctionner avec des demi-démons, mais sur une sorcière, il n'y a pas de raison.

— Tu serais prête à ce qu'on la teste sur toi ? m'interroge Tav, qui ne m'a pas encore lâchée. En très faible quantité, bien entendu.

— Bien sûr.

— Vraiment très, très faible quantité, les prévient Morgan. Je n'ai pas envie qu'elle se réveille dans deux jours.

— Ça pourrait arriver ? s'inquiète mon poisson.

Emeli éclate de rire et se hausse sur la pointe des pieds pour caresser la joue de Morgan, tandis que Tav fait la grimace.

— Moi, je pourrai la réveiller, si nécessaire, promet-elle.

Morgan soupire. Je sais qu'il pense à la fois où Octavius s'est planté dans son dosage, plongeant Emeli dans le sommeil pendant quarante-huit heures. Morgan a pété les plombs tellement il était inquiet et s'en est pris à Tav. C'est la seule fois où je l'ai vu perdre son sang-froid depuis que je le connais. Si le prince-araignée se plante une nouvelle fois, il va prendre cher.

— OK alors, acquiesce-t-il. Mais on continue à chercher une alternative.

— Tu es sûre que tu veux le faire ? me demande Marc.

— Avec ces deux-là, je ne crains rien, le rassuré-je.

Et je le pense. Je mettrais ma vie entre les mains de n'importe qui ici. Em ouvre son livre, attrape un papier pour y noter quelques mots d'un air concentré. Octavius s'éclipse pour aller chercher les ingrédients de la potion. Delphi tend alors à Em le papier où j'ai tracé les runes. Elle soulève la feuille et fronce les sourcils.

— Je connais ce sortilège... mais cette rune-là est à l'envers. Et celle-là n'est pas bien écrite.

— Je les ai tracées de mémoire, expliqué-je.

— Celle-ci était bien dans ce sens, insiste Marc en désignant le symbole du doigt.

Emeli se mordille la lèvre inférieure, fronce les sourcils et attrape un des bouquins qu'elle ouvre en plein milieu. Elle effleure le papier, ferme les paupières et hoquette de surprise.

— Le livre dit que ça n'a aucun sens de tracer la rune à l'envers, parce qu'elle s'annule. C'est un rituel d'invocation démoniaque. La rune en question est celle qui permet de soumettre le démon à sa volonté... Est-ce qu'il y a parmi ces démons quelqu'un qui ne voulait pas complètement te soumettre ?

— On parle de mes deux demi-frères et de ma demi-sœur… Ça m'étonnerait que…

— Ça pourrait être Percy, suggère Marc. Il n'était pas obligé de nous libérer du pentacle.

Je me tourne vers mon poisson pour lui faire remarquer que mon frère a failli le tuer, avant de me rappeler que ce n'est pas lui qui a attaqué en premier.

— C'est possible. Mais je ne vois pas pourquoi.

— C'est ton frère. Je suis sûre qu'il t'aime, murmure Emeli d'une voix douce. Si vous voulez le sort complet pour les invoquer, il est là, dit-elle en tendant le bouquin à Valérien.

Si elle connaissait Percy, elle n'émettrait pas cette hypothèse. Il n'est pas capable d'empathie. Mon frère a peut-être retourné la rune intentionnellement, mais j'ignore dans quel but.

— On les invoquera sur place, c'est plus sûr, annonce Morgan.

— Je viens avec vous, affirme Octavius avec conviction.

— Si vous avez besoin de renforts, je suis là, ajoute Delphi.

— Moi aussi, renchérit Emeli.

— Il n'en est pas question ! s'exclament ses collègues en chœur.

— Je viens aussi, intervient à son tour Marc.

Je retiens un soupir et secoue la tête pendant que Morgan serre les dents. Comment leur expliquer sans les vexer que c'est trop dangereux pour eux ?

— Tav, tu peux venir, mais tu restes en retrait, tranche Morgan. Delphi, je préférerais que tu restes ici pour veiller sur ton équipe. Ma licorne, tu ne peux pas venir cette fois-ci, mais je prends un familier si ça te va.

Il se tourne vers Marc, le toise un court instant.

— Marc, je ne veux pas te mettre en danger inutilement, mais tu n'es pas sous mes ordres.

— Je viens, répète-t-il d'un ton décidé.

Je presse sa main.

— Mon poisson, c'est dangereux.

— Je sais. Mais c'est notre enquête. Je veux être là jusqu'à la fin.

— Et s'il t'arrive quelque chose ?

— Ne t'en fais pas, je ferai attention.

J'esquisse un sourire, consciente que rien ne le fera changer d'avis. Si j'étais à sa place, je ne supporterais pas d'être écarté.

— D'accord, mais tu restes avec Tav.

— On la fait, cette potion ? demande Delphi.

CHAPITRE 30
MARC EN FRISSONNE

Avec un petit sourire moqueur, je regarde Camélia ouvrir des paupières gonflées de sommeil après une grosse sieste de deux heures. J'ai eu ma vengeance ! Nous savons maintenant que la potion agit en quelques secondes et nous laissera le temps de préparer le rituel pour bannir les démons de Nyx. Il n'y a plus qu'à se rendre à l'endroit où se trouvait l'appartement de Percy, et tout mettre en place avant qu'ils ne décident d'agir.

Morgan donne ses ordres pour la suite puis embrasse sa femme. Ensuite, Cam me téléporte sur place pendant que Valérien glisse jusque-là avec leur chef et Octavius. À la place du loft cossu, nous trouvons un entrepôt désaffecté. Des murs de béton brut, des cartons entassés à même le sol, un toit à moitié arraché. Très accueillant !

— Tu ne fais rien de stupide, OK ? s'inquiète Camélia.

— Comme me laisser embarquer dans une chasse aux demi-démons ? la taquiné-je.

Octavius verse la potion de sommeil dans une sphère métallique et déplie le schéma du pentacle d'invocation, qu'il pose à même le sol poussiéreux.

Sans plus attendre, Camélia s'empare d'un sac de sable noir puis m'en tends un deuxième. Avec minutie, nous traçons les contours de l'étoile à cinq branches pendant que Valérien et Morgan dessinent les symboles.

— On dirait que tu fais ça tous les jours, fais-je remarquer à Cam.

— Les pentacles ? C'est ma spécialité.

— Ça fait longtemps que vous travaillez ensemble, tous les trois ?

— Cinq ans. Et elle est toujours aussi casse-pieds, précise Morgan.

Je commence à imaginer à quoi ressemble leur quotidien. Ils forment une équipe très soudée, comme Nolan et moi. À la différence qu'ils sont bien plus nombreux, plus dangereux et que même des citoyens lambda s'incrustent pour donner un coup de main. Le Consul est moins à cheval sur la bureaucratie que notre dirigeant. Morgan n'a rien demandé à personne. Ou alors, il a un moyen de communiquer à distance sans téléphone. Dans tous les cas, la mission s'est organisée très vite et sans accroc jusqu'ici.

— Vous ne devez pas vous ennuyer, noté-je.

— Oh, ça, non ! s'exclame Octavius.

— Elle arrive toujours en robe de soirée sur les scènes de crime ?

— Toujours !

— Je crois que je me suis habitué à ses tenues de bal, finalement, dis-je en haussant les épaules.

Peu importe comment elle s'habille, ce que j'aime, c'est la vraie Camélia qui se cache derrière.

Un gros quart d'heure plus tard, le rituel d'invocation est prêt. L'étoile noire à cinq branches ornée de motifs blancs contraste sur le sol de béton brut.

— Marc, tu veux bien nous aider à former le cercle ? me demande Cam.

J'acquiesce du menton, trop heureux de pouvoir me rendre utile, et m'approche du dessin de poudre noire avec précaution.

— Il ne faut pas marcher dessus, précise-t-elle autant à moi qu'aux autres. Pour invoquer les démons, il suffit de prononcer leur nom complet. Ça devrait aussi marcher avec la sorcière, mais je ne sais pas qui est le maître du Chaos. Morgan, tu me laisses cinq minutes pour interroger Percy ? Il coopérera peut-être.

— D'accord, mais on endort les autres tout de suite.

— Dès qu'ils se matérialisent, Tav, tu peux lâcher la bombe.

— Une bombe ? m'étonné-je.

— Ça, m'indique Octavius en faisant rouler une grosse bille de métal devant moi. Je l'ai remplie de potion de sommeil.

OK, je n'en ai pas encore terminé avec les surprises, on dirait ; mais ils ne rechignent plus à me divulguer leurs secrets. Il pose la bombe au centre du pentacle dont le contour entre en lévitation à deux mètres du sol.

— C'est prêt, annonce Camélia. On n'a plus qu'à former le cercle et à prononcer leurs noms.

Camélia me tend la main, aussitôt imitée par les autres. Je la saisis et fais de même avec celle de Valérien.

— Tu ne me lâches pas, mon poisson, me prévient Cam. Ça briserait le lien.

Je m'en doutais un peu, mais je hoche la tête sans répliquer. Une invocation démoniaque, je suis sûr que même Andrew n'a jamais fait ça !

Lorsque tout le monde est prêt et concentré, Camélia commence à réciter les noms puis nous les répétons chacun notre tour.

— Percival Anderson, Vladimir Anderson, Millicent Anderson.

Le murmure laisse place à un silence tendu. Le pentacle s'embrase, les flammes crépitent à un bon mètre du sol, jusqu'à nous lécher les jambes. Camélia resserre ses doigts autour des miens pour m'empêcher de reculer. Elle fixe le centre de l'étoile en marmonnant des paroles en un dialecte qui lui écorche la langue. Les autres fixent le même point, tendus comme des arcs, les mâchoires contractées par l'appréhension. Eux non plus ne doivent pas se retrouver face à des demi-démons tous les jours. Valérien relève la tête et plisse les yeux dans ma direction. Je me concentre sur le pentacle formé par les flammes. Bientôt, c'est comme si une onde de choc me traversait le bras. Une vibration sourde résonne contre mes organes, comme l'om puissant d'une assemblée de moines bouddhistes. La sensation s'amplifie, jusqu'à se propager dans tout mon corps et me donner l'impression de ne faire qu'un avec les personnes qui m'entourent. Alors, les flammes se mettent à danser, dans une odeur de bois carbonisé, s'élèvent plus haut encore. Dans un bruit caractéristique de téléportation, les trois demi-démons se matérialisent à l'intérieur du cercle.

Percy ouvre la bouche, probablement pour lancer une malédiction. L'autre demi-démon esquisse un mouvement avec ses bras pendant que les yeux de la femme aux cheveux bouclés se mettent à flamboyer. Je recule d'un pas, sous le regard narquois de Percy, mais Valérien me rattrape à temps pour ne pas briser le cercle. Nous devons déclencher la bombe avant qu'ils ne brisent la magie du pentacle. Je me demande comment une simple forme géométrique faite de sable peut nous protéger d'eux. Mais j'en ai fait l'expérience plus tôt dans la journée. Camélia murmure une phrase dont je ne comprends pas le sens et deux d'entre eux s'effondrent comme des poupées de chiffon.

Percy nous toise avec un sourire satisfait.

— Heureux de te revoir, mon caramel !

— J'ai une question, Percy, commence Camélia sans relâcher ma main ni celle de Morgan.

— Je t'écoute, dit-il en croisant les bras dans une posture suffisante.

Les bleus que lui a infligés sa sœur ont déjà presque disparu.

— Je t'explique d'abord ce que tu as à y gagner. Le Consul a donné l'ordre de bannir les membres de votre petite organisation de Nyx. Comme le dernier sort n'a pas suffi à tenir tes petits copains démoniaques à l'écart plus d'une centaine d'années, nous allons tous les envoyer dans le cercle infernal. Lethée et votre maître du Chaos seront conduits auprès du Consul pour être jugés et condamnés.

Percy plisse les yeux, son expression de jubilation s'éteint au fur et à mesure qu'il prend conscience de ce qui l'attend. Je réprime un sourire vengeur, contrairement à Camélia.

— As-tu délibérément inversé la rune de soumission dans le piège que tu m'as tendu dans les égouts ? lui demande-t-elle.

Percival ricane et recule d'un pas.

— Pour qui me prends-tu ?

— Pour un demi-démon qui a un peu plus de jugeote que le reste de ses congénères. Ou d'empathie, à toi de me le dire.

Même s'il se réfugie derrière un masque hautain, le mouvement d'impatience de ses doigts le trahit.

— Et pourquoi penses-tu que c'est moi qui t'ai tendu ce piège, Poison ?

— Je n'ai pas l'impression que Milly et Vlad étaient si heureux de me voir débarquer. Donc j'en conclus que c'était ton initiative. Pourquoi m'as-tu kidnappée, Percy ? Pour vous aider dans votre stupide entreprise ou pour que j'y mette fin ?

Il soupire puis ses lèvres s'étirent en un grand sourire qui cache mal le malaise provoqué par les propos de Cam. À cet instant, la ressemblance entre les deux est troublante.

— Tu me prêtes de trop charitables intentions, petite sœur.

— Ah oui ? Dommage, tu avais une chance d'échapper au cercle de l'enfer…, soupire-t-elle dans une mimique désolée. Tav ? Tu l'enveloppes ?

Ce dernier hoche la tête.

— Attends ! l'arrête Percy. Tu as raison. Je ne savais plus quoi faire. Toutes les expériences échouaient et Milly et Vlad ne voulaient pas entendre raison. Ils continuaient à enlever plus d'Ordinaires, je savais que le Consul finirait par nous tomber dessus si je n'intervenais pas.

— Pourquoi tu m'as fait venir ?

— J'ai pensé les effrayer. Milly et Vlad t'ont toujours respectée. Du moins, le croyais-je.

— Tu as vraiment cru que je pourrais les raisonner ? Pourquoi ne l'as-tu pas dit tout à l'heure ?

— Tu étais avec cet Ordinaire…, grogne-t-il en me désignant du doigt. J'ai perçu à quel point tu avais changé et j'ai compris que tu ne pourrais pas m'aider. Vlad et Milly ont tout de suite senti ta faiblesse.

Camélia se mord la lèvre inférieure. Ses doigts pressent les miens comme pour y puiser de la force.

— Ce n'est pas une faiblesse, Percy. Peut-être que tu le comprendras plus tard. En attendant, tu as une chance de ne pas finir comme eux.

— Comment ?

— Révèle-moi qui est le maître du Chaos pour qu'on aille le récupérer et je te promets de t'amener auprès du Consul pour plaider ta cause en réclamant un jugement équitable.

Percy part d'un grand rire qui résonne dans le vide de l'entrepôt désaffecté. Un frisson me remonte dans le dos.

— Mon caramel, comme tu es naïve ! Crois-tu vraiment que le Consul se contentera de m'envoyer dans une prison dorée ? Tu rêves !

— J'ai mes entrées au consulat. Je bosse pour lui, je te rappelle.

— Ah oui ? Et à quel point êtes-vous… intimes, pour que tu sois convaincue d'avoir un quelconque ascendant sur lui ?

Percy la toise avec dédain, mais ses traits restent tirés. Il s'attend à finir en enfer.

— Assez intimes pour demander une audience en privé, répond-elle sans ciller.

— Oh ! Voyez-vous ça ! Tu es donc intime avec le Consul *et* cet Ordinaire ?

— Ça suffit maintenant, intervient Morgan sans se départir de son calme. Vous nous dites qui est le maître du Chaos ou vous terminez en enfer comme ces deux-là. Contrairement à Camélia, je n'ai aucun lien de parenté qui me pousse à la compassion et je suis son supérieur. Vous avez une minute.

Percy hausse un sourcil.

— Hum… êtes-vous intime aussi avec elle ? Eh bien, mon poison, tu ne perds pas ton temps. Je perçois sa force de changeforme.

— Quarante secondes, annonce Morgan.

J'ignore si Camélia a réellement couché avec ce dernier, ou avec le Consul, que tout le monde semble craindre. Je ne dis pas qu'une pointe de jalousie ne me tiraille pas le cœur, mais elle n'a aucun compte à me rendre sur son passé, et je sais qu'elle est honnête avec moi.

— Trente secondes.

Des bras supplémentaires poussent dans le dos d'Octavius qui commence à tisser une toile scintillante.

Le regard du demi-démon passe de ses congénères endormis au prince-araignée.

— Percy ? l'encourage Cam.

Il baisse la tête et soupire.

— C'est d'accord. Mais il est hors de question qu'on m'envoie en enfer !

— Je te promets de faire de mon mieux. C'est la meilleure proposition que j'aie à te faire, Princesse.

Un léger sourire se dessine sur les lèvres de Valérien. Apparemment, le surnom lui plaît bien.

— C'est Jacob Rice.

— Il n'y a personne d'autre ? intervient Morgan en l'observant avec suspicion.

— Que nous trois et Lethée, la sorcière.

— À ma connaissance, il n'y a pas d'autres demi-démons à Nyx, le rassure Camélia.

— Leur présence a pu nous échapper. On ne soupçonnait déjà pas qu'ils étaient trois, fait-il remarquer.

— Je vais m'en assurer.

Morgan donne son consentement et Octavius projette des fils cristallins qui s'enroulent autour de la haute silhouette de Percy.

— Hé ! proteste ce dernier en se débattant.

Le prince-araignée l'attire à l'extérieur du cercle avec ses bras supplémentaires puis Camélia ajoute une malédiction par-dessus le cocon qui l'emprisonne.

— Simple précaution, frérot. Je n'ai pas envie d'avoir à annoncer au Consul que tu t'es fait la malle. Où sont la sorcière et le maître du Chaos ?

— À la crypte. Mais ils savent ce qui se trame, ils nous ont vus disparaître.

Elle lui adresse un clin d'œil avant de saisir les deux billes de potion que lui tend Tav.

— Reste bien sage ! susurre-t-elle avant de s'éclipser avec Valérien.

Cam se matérialise quelques secondes plus tard et lâche le maître du Chaos qui se roule en boule de terreur. Je l'imaginais plus impressionnant, un peu comme Octavius. Mais c'est un petit roux chétif aux traits anguleux. Ses yeux trop enfoncés dans leurs orbites lui donnent des allures de squelette vivant.

— Même pas eu besoin de la potion sur place, ricane-t-elle en lâchant la bille sur lui.

Il sombre aussitôt dans les bras de Morphée, le corps détendu.

— Tu parles d'un maître du Chaos, se moque Valérien en réapparaissant à son tour, les bras chargés d'une vieille sorcière endormie.

Je me méfierais plus de cette dernière qui ressemble à celles des contes de fées illustrés. Un nez crochu, une peau verdâtre, quelques cheveux noirs filasses qui recouvrent à peine le sommet de son crâne. Elle me fait froid dans le dos. Octavius s'occupe de les emballer dans un cocon par précaution.

— Bon, il ne reste plus qu'à les bannir, souffle Camélia.

— Qu'est-ce que tu vas faire de moi ? demande Percy en s'agitant.

— T'emmener auprès du Consul, comme ces deux-là. Mais si tu continues de gesticuler, tu n'auras pas l'occasion d'ouvrir la bouche pour plaider ta cause, Princesse.

Sans attendre sa réponse, elle se penche pour recueillir une goutte de sang sur les demi-démons endormis. Son regard s'attarde sur la jeune femme blonde qui lui ressemble et un sourire triste se forme sur son visage. Je pose une main réconfortante sur son épaule, qu'elle recouvre de la sienne.

— Ça va aller ? demandé-je d'une voix douce.

— Oui, c'est presque terminé.

Elle se redresse, place les gouttes de sang dans une fiole qui contient déjà un liquide jaune vif puis en verse une larme sur chaque demi-démon.

— Octavius, tu m'aides pour la formule ?

Il hoche la tête et noue ses doigts aux siens. Nous reculons d'un bon mètre tout en surveillant les trois prisonniers. Percy l'observe, les yeux exorbités de terreur. Je ne sais pas où vont exactement les démons bannis de la Terre, mais ça ne doit pas être au paradis.

Après quelques instants à psalmodier, le frère et la sœur de Cam s'embrasent puis disparaissent.

Nous restons quelques instants figés dans le silence. C'est fini. Il ne reste plus qu'à conduire les trois restants au Consul. Je me doute que je n'assisterai pas au jugement, mais j'espère que Camélia me tiendra informé. Une boule d'angoisse me comprime tout à coup la poitrine. Elle avait dit qu'elle resterait avec moi jusqu'à la fin de l'enquête.

CHAPITRE 31
CAMÉLIA SORT LES GRIFFES

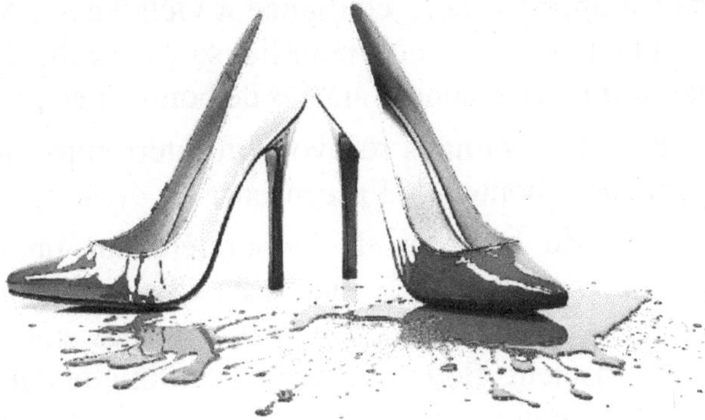

Nous nous présentons devant le Consul avec les prisonniers pendant que Val dépose Octavius et Marc chez Andrew. J'aurais aimé le raccompagner moi-même, mais le temps nous est compté avant que la sorcière ne se réveille. Plus vite nous l'aurons livrée, plus vite je pourrai retourner à ma vie.

J'ai hâte de retrouver mon poisson et, en même temps, l'idée que nous allons avoir une discussion sérieuse sur notre avenir me comprime l'estomac. Je n'ai pas réfléchi au long terme. Je me suis engagée dans cette aventure sans vouloir m'attacher, mais c'est arrivé. Et je sais que lui aussi tient à moi, alors les options ne sont pas très nombreuses : retourner à ma vie d'avant sans Marc, passer quelques belles années avec lui ou lui offrir une âme et le condamner à une trop longue vie. La première idée est certainement la plus sage. La deuxième me semble un bon compromis, même si je ne suis pas certaine d'arriver à me détacher, le moment venu. Je ne veux pas revivre le deuil d'Archie. La troisième option fait battre mon cœur plus vite. C'est de la folie, mais s'il est prêt à perdre son humanité, je me sacrifierai sans regret pour lui offrir une âme. Que feraient Morgan ou Valérien dans ma situation ? L'un comme l'autre ont fourni les efforts nécessaires pour rester auprès de la personne qu'ils aiment. Valérien a appris à faire confiance à Octavius et Morgan a carrément entamé une quête pour lier sa vie à celle d'Emeli et leur garantir une centaine d'années de bonheur en plus à deux.

— Le Consul va nous recevoir, m'interrompt Morgan en appuyant sur le bouton de l'ascenseur.

Il transporte le corps de la sorcière sur un disque à lévitation magnétique, et le maître du Chaos sur son épaule, comme un vulgaire sac de patates. À mes côtés, Percy, toujours conscient, flotte à quelques centimètres du sol, tiré par un sort de lévitation.

Nous nous tassons dans la cabine puis patientons en silence. Le petit air guilleret me met les nerfs à vif. J'ai toujours détesté cet ascenseur ! Mais toutes mes malédictions pour faire taire cette musique ont rebondi. Au dernier essai, je suis même restée bloquée à l'intérieur pendant quatre heures ! Enfin, le « ding » d'accueil de la salle du Conseil nous libère de cet espace confiné.

Le Consul nous attend, juché sur le grand fauteuil en ébène sculpté qui se dresse au bout d'une vaste allée jalonnée de colonnes de marbre. Tout est fait pour donner une impression de puissance et intimider les prisonniers.

Nous marchons jusqu'à lui, chargés de nos fardeaux. Aucun autre meuble, aucun tableau ne vient agrémenter le décor de marbre blanc. Cet endroit me fait penser à une immense chambre froide.

Nous atteignons enfin le trône et passons sous le scanner glacial de celui qui y siège. Les mains posées sur les accoudoirs en cuir, il darde sur nous un regard suspicieux, comme si nous lui amenions de faux criminels ou, pire, comme si nous avions laissé échapper les principaux suspects. Sous ses traits d'homme implacable, dans la fleur de l'âge, se cache un changeforme-lion dont on devine l'aura de puissance. Les cheveux blonds et les yeux bordés de cils épais comme ceux de Morgan, c'est là toute leur ressemblance. Le visage avenant du fils contraste avec les traits durs et méprisants du père.

— C'est tout ? demande-t-il d'une voix neutre.

— Deux demi-démons ont été bannis dans le cercle des enfers, explique Morgan avec calme.

— Et celui-là ?

Le Consul désigne Percy en levant le doigt de son accoudoir. Il le transperce de ses prunelles d'acier.

— Il nous a aidés à démanteler le réseau, nous nous en remettons donc à votre jugement.

— Je vous ai livré le clan tout entier, précise Percy avec un sourire confiant.

Je claque discrètement des doigts et lui fais fermer sa bouche d'un charme. À la moindre contrariété, le Consul l'enverra rejoindre ses comparses.

— C'est vrai. Il nous a conduits au lieu de culte des membres du Fou Sans Nom et nous a indiqué où trouver la sorcière ainsi que le maître du Chaos, ajouté-je.

— Et depuis quand un demi-démon aide-t-il les agents ? gronde le père de Morgan.

Ses canines pointent au coin de sa bouche, ses yeux prennent une teinte dorée, signe qu'il est prêt à se transformer pour arracher la tête de Percy. Je ne me risque pas à lui faire remarquer que je suis aussi une semi-démone et que je l'aide depuis cinquante ans.

— C'est mon frère. Il l'a fait pour mettre fin au massacre des innocents.

— Mais encore ? demande le Consul, pas dupe.

— Il espérait éviter le châtiment ultime.

— Petit malin…

Notre hôte se laisse aller contre le dossier de son trône et contemple les trois prisonniers.

— Si le demi-démon reste à Nyx, il pourrait tenter de reproduire le rituel d'immortalité, fait-il remarquer.

Le Consul a des oreilles partout et sûrement des agents qui surveillent d'autres agents. Les informations circulent plus vite jusqu'à lui que dans n'importe quel réseau moderne. Il n'a pas attendu l'invention d'Internet pour obtenir des réponses d'un claquement de doigts.

— Le grimoire a été placé en lieu sûr, indique Morgan.

Son père lui signifie d'un hochement de tête qu'il a compris. La Bibliothèque est l'endroit le plus sécurisé pour garder les « « Livres de Pouvoir. Avec Emychou, il n'y a aucune chance que quelqu'un mette la main dessus par inadvertance.

— Bien. Où est le reste de l'équipe ?

— Valérien est allé rejoindre Lyanne pour effacer la mémoire des victimes et les conduire à l'hôpital Ordinaire, l'informe Morgan.

— Et l'Ordinaire qui était avec vous ?

— Il est avec Valérien, murmuré-je.

Mon cœur s'emballe. Le Consul est capable d'accorder la liberté à Percy si ça peut servir ses intérêts, mais de condamner Marc parce qu'il est résistant au sort d'amnésie.

— Il me semblait avoir été clair sur ce point, mademoiselle Anderson. Aucun Ordinaire ne doit savoir.

Son regard braqué sur moi analyse chacune de mes réactions. J'esquisse un sourire en restant sur la défensive et liste mes options. Si je joue la carte de la compassion, est-ce que ça fera pencher la balance du bon côté ? Rien n'est moins sûr.

— Il nous a été d'une grande aide dans la mission, lui assure Morgan. Il ne nous causera pas de problèmes.

Son père se redresse puis tapote d'un doigt impatient l'accoudoir.

— Mon cher fils, un Ordinaire informé, c'est toujours une source d'ennuis.

— Je me porte garant de lui, insisté-je en me retenant de serrer les poings.

Erreur tactique. La manière dont ses narines se dilatent indiquent qu'il perd patience.

Je sens le regard brûlant de Percy se poser sur moi, mais il est toujours entravé par mon sort de silence. S'il a le culot de se moquer, je vais le défenestrer !

— Pourquoi ne pas lui avoir effacé la mémoire ?

— Il est résistant au sort.

— Faites appel à une sorcière, alors.

Mon cœur loupe un battement. Si on utilise un sort plus puissant, ça n'effacera pas seulement ses souvenirs de moi, mais aussi une part de sa personnalité.

— Il y a un Éveillé dans sa famille. Il est conscient de l'importance de garder le secret, insiste Morgan.

Je retiens mon souffle en attente du verdict. Je suis prête à tout pour protéger Marc. Je ne tolérerai pas qu'on lui fasse du mal ou qu'on lui efface la mémoire.

— Ma sœur est amoureuse de l'Ordinaire, lâche alors Percy.

Je me tourne vers lui et intercepte son sourire satisfait. Il a profité de mon trouble pour briser le sort.

— Ta faiblesse, articule-t-il rien que pour moi.

J'ai envie de lui sauter à la gorge. Il vient de condamner Marc !

— Espèce de…

— Ça suffit ! intervient le Consul.

Mes yeux flambent et mes doigts tissent déjà un sort cuisant ; mais j'obéis, jurant de me venger dès que possible.

— Inutile de demander si c'est la vérité, poursuit-il.

Je me tourne vers lui, les poings serrés. À mes côtés, Morgan se tient droit comme un I. J'ai l'impression que le monde s'écroule. Je savais que viendrait le jour où le Consul me demanderait des comptes pour mon poisson.

— C'est ma faute s'il est au courant. C'est à moi d'en assumer les conséquences.

— Bien. Je vous charge donc de lui effacer la mémoire.

— Je…

— Nous avons besoin d'un délai pour trouver une formule stable et puissante, indique Morgan.

— Non, Morgan. Je refuse de le faire !

Je sens mes mains s'enflammer de colère.

— J'ai infiltré le commissariat Ordinaire à votre demande. J'ai impliqué Marc dans l'enquête selon vos ordres. Il a découvert notre existence et pourtant, il a continué à collaborer sans rien révéler aux autres. Il n'a pas peur de nous. Je refuse de lui effacer la mémoire. Et si vous envoyez quelqu'un d'autre, je jure de tout faire pour l'en empêcher. Si vous faites du mal à Marc, je démissionne.

Morgan me fixe avec stupéfaction. Percy hausse un sourcil intrigué, mais n'intervient pas.

— Vous savez que je ne vous menace pas à la légère. Je vous ai toujours servi avec application et je continuerai à le faire avec plaisir. Je vous demande juste une faveur pour Marc, en signe de reconnaissance.

Le Consul me scrute avec attention. J'attends qu'il explose, mais il n'en fait rien. Ce qui est encore pire. Je n'ai aucun moyen de savoir ce qu'il pense, à part en lui jetant un sort. Une très mauvaise idée. Mon cœur cogne tellement fort contre ma poitrine que ses battements résonnent jusque dans mes tempes. Le premier qui touche à Marc, je l'écorche, Consul ou pas. S'il croit ses pouvoirs supérieurs aux miens, il va voir de quel bois je me chauffe !

— Je vais y réfléchir, dit-il. Nous sommes ici pour juger ces trois prisonniers, occupons-nous d'abord de cette tâche.

Je comprends qu'il s'agit là d'une faveur. J'ignore combien de temps durera ce répit, mais il me permettra peut-être de trouver une solution.

— Vous pouvez les réveiller, nous indique-t-il en croisant les mains devant lui.

Je murmure la formule qui annule les effets de la potion de sommeil, Lethée ainsi que le maître du Chaos ouvrent les yeux. La vieille sorcière, d'abord surprise, se reprend vite en me jetant un regard noir. Le maître panique de plus belle et se met à pleurer comme un veau en répétant qu'il n'a rien fait.

— Lethée Spinoza, vous êtes reconnue coupable de magie noire avec récidive, annonce notre hôte. À compter de ce jour, vous êtes bannie de Nyx et privée de vos pouvoirs. Vous rejoindrez le cercle d'Hecate pour expier vos fautes. Toute contrevenance à ce châtiment vous vaudra la peine maximale.

Le cercle d'Hecate, c'est en quelque sorte l'équivalent du cercle des enfers pour les démons. Une prison d'une autre dimension qui enferme les âmes des sorciers.

D'un claquement de doigts, le Consul ouvre un portail magique. Un rond crépitant d'étincelles violettes se matérialise à quelques pas de nous, nous laissant entrevoir un décor mouvant et horrifique. Il expédie Lethée à l'intérieur puis, une fois le portail refermé, il se tourne vers le petit homme tremblant.

— Jacob Rice, vous êtes reconnu coupable de satanisme non autorisé par les codes magiques de Nyx. Vous êtes condamné à cinquante ans d'emprisonnement dans la tour blanche.

Le maître du Chaos se débat dans son cocon en hurlant qu'il n'a rien fait, que ce n'était pas son idée.

Un autre claquement de doigts résonne, deux gardes entrent par une porte latérale et viennent cueillir le maître pour l'emporter hors de la salle. Il va croupir une petite partie de sa longue vie dans la prison de la ville. Un châtiment presque ridicule, compte tenu du nombre de sacrifices auxquels il a participé.

Les lèvres légèrement pincées, notre hôte reporte son attention sur mon demi-frère.

— Percival Anderson, vous êtes reconnu coupable d'association de malfaiteurs, de satanisme non autorisé par le code magique et d'incitation à la magie noire. Cependant, votre coopération me pousse à la clémence. Vous êtes donc banni de Nyx pour une durée de cinquante ans avec interdiction formelle d'entrer en contact avec les anciens membres de votre clan. Toute contrevenance à ce châtiment vous vaudra la peine maximale.

Le Consul ouvre un nouveau portail dont j'ignore la destination. Mais, à ce stade, je m'en fiche. Il a la vie sauve et évite la torture éternelle du cercle infernal. Je ne sais pas s'il mérite cette clémence, mais je suis en paix avec cette idée. Libre à lui de se construire une vie meilleure ou de retomber dans ses travers.

— Merci, mon caramel, me murmure Percy avec un sourire malicieux avant de se faire aspirer par le portail.

Se construire une vie meilleure ? Il aurait fallu qu'il ne soit pas satisfait de celle-ci…

Une fois les trois prisonniers disparus, le Consul se lève et se dirige vers la sortie.

— C'est du beau travail. Je vous accorde une semaine de congés avant la prochaine mission.

Nous le regardons s'éloigner, moi encore sous le choc, alors que Morgan arbore une mine soucieuse.

— Ç'aurait pu être pire, lâche-t-il finalement, une fois que son père est parti. On va trouver une solution pour Marc, OK ? me rassure-t-il en posant une main sur mon épaule.

— Merci d'avoir défendu sa cause.

Il me sourit avec une bienveillance qui me réchauffe le cœur.

— Bien, et si on allait voir comment se débrouille Lyanne avec le barman et Valérien ? propose-t-il.

— Bonne idée. On fêtera la fin de cette mission comme il se doit.

Nous rejoignons l'ascenseur, un peu plus joyeux. Le Consul m'a accordé un répit concernant Marc, à moi de le mettre à profit.

CHAPITRE 32

MARC NÉGOCIE FERME

— Alors, quelles sont les nouvelles ?

Je relève la tête du quotidien pour regarder Andrew. Il a une dizaine de clients à gérer cet après-midi, mais il prend le temps de discuter avec tout le monde dans la bonne humeur. Le soleil tape fort aujourd'hui, alors je me suis réfugié dans son bar pour me rafraîchir et consulter le journal. C'est plus sympa que de rester devant la télévision, et au moins, je profite de l'ambiance.

— Un article relate l'intervention des forces spéciales qui ont fait sortir les victimes d'enlèvement d'un entrepôt désaffecté en périphérie de la ville. Pas de chance, il a explosé avec les suspects à l'intérieur. A priori, un groupe de trafiquants d'organes, raconté-je en remuant le café qu'il vient de me servir.

Une photo de moi en première page me fait passer pour le héros de l'histoire alors que j'ai l'impression d'être resté sur le banc de touche jusqu'à la fin.

— On dirait que le Consul a quelques taupes aussi dans la presse, réplique Andrew avec un sourire.

— Oui, mais ça ne nous évite pas toute la paperasse. J'ai dû remplir douze formulaires différents. Cam a piégé ledit entrepôt en s'assurant qu'il n'y avait personne à l'intérieur et s'est arrangée pour prendre une photo pendant que je faisais semblant de secourir les victimes.

— Hum… tu es en manque de reconnaissance, frérot ? Ou en manque de ta nana ?

Je hausse les épaules. Probablement un peu des deux. Ça fait une semaine que j'essaie d'organiser un dîner avec Camélia. Mais, entre les formalités administratives, les débriefings avec nos chefs respectifs, on n'a fait que se croiser. Même ses nuits, elle les passe à son appart, dans le quartier Autre. Je commence à croire qu'elle veut me fuir. Alors, ce soir, c'est décidé, je la kidnappe.

J'ai demandé à Valérien si elle en avait fini avec le Consul, il m'a répondu par l'affirmative et a ajouté qu'elle repartait en mission dans deux jours.

— J'ai l'impression que Camélia cherche à s'éloigner, bougonné-je en terminant mon café d'une traite.

Andrew part d'un grand éclat de rire.

— Il y a quelques semaines, tu voulais à tout prix qu'elle parte, me taquine-t-il.

— Je sais…

— Allez, va ! Il n'y a que les idiots qui ne changent pas d'avis !

Il se penche par-dessus le bar pour me donner une tape sur l'épaule avant de retrouver son sérieux.

— Et, concernant cette histoire de rituel, tu comptes faire quoi ?

— C'est de ça dont j'aimerais parler avec elle, justement.

— Tu es prêt à devenir immortel pour elle ?

— Les demi-démons ne sont pas immortels, ils ont juste une très longue vie.

— Et tu es décidé à vivre une très longue vie ? insiste-t-il.

Je hoche la tête. J'ai retourné le problème dans tous les sens, même si je suis conscient de tout ce que ça implique, je suis prêt à sacrifier ma part d'humanité pour Camélia. Mais je ne peux pas lui imposer le rituel. Il y a un gros risque qu'elle n'y survive pas et je ne voudrais surtout pas qu'il lui arrive malheur à cause de moi.

— Ça vaut le coup, non ? demandé-je à Andrew.

— Si tu crois que c'est la bonne, alors oui.

Je souris comme un con. S'il y a bien une chose dont je suis convaincu, c'est qu'elle me rend plus heureux que n'importe qui et que je veux passer tout le temps dont je dispose avec elle. Je ne parle pas de mariage ou de ce genre de conneries. Je ne veux pas être un énième mari sur son tableau de chasse. Je veux plus. Je veux vivre une très, très longue vie à ses côtés, pleine de surprises et d'action. Je veux m'endormir avec elle le soir, lui faire l'amour le matin, ou au milieu de la journée si elle le veut. Je veux qu'elle me dise que ma sauce tomate en boîte est mangeable et qu'elle continue à me donner des surnoms débiles. Je veux plonger dans l'océan avec elle, admirer les étoiles, couché sur le sable, ou juste boire un verre en parlant de nos journées. Pas besoin d'une paire d'alliances pour ça.

Je plie le journal et le rends à Andrew avant de regagner la maison.

À vingt heures, Camélia se matérialise près de la porte de derrière puis entre, remplissant aussitôt la cuisine de son parfum épicé qui réveille mes sens. Je remue les légumes dans le wok et me tourne vers elle.

— Salut, dis-je d'une voix engageante.

— Salut, mon poisson, répond-elle en m'enlaçant.

Mon cœur s'emballe à ce simple contact. Ses doigts frais se glissent sous ma chemise et m'arrachent un frisson. Je passe mon bras libre autour de sa taille et l'embrasse avec une pointe d'hésitation. Je ne sais pas ce qu'elle attend de ce rendez-vous. Est-ce que c'est le dernier ? Est-ce que c'est le premier ?

— Hum, poulet tikka massala ? demande-t-elle après avoir goûté le reste de sauce sur ma langue.

— Exact.

Je souris contre ses lèvres et prolonge notre baiser. Je veux la garder près de moi toute la soirée. Dans l'optique de lui offrir un petit avant-goût du plat de résistance, je pose la cuillère, éteins la plaque de cuisson et la pousse doucement contre le plan de travail. Mais Camélia en décide autrement. Elle me plaque contre le mur avant d'arracher les boutons de ma chemise d'un geste sec. Elle se mord la lèvre et me dévore du regard pendant que mon corps s'enflamme, réclamant le contact du sien. Je l'attire plus près, caresse le haut de ses cuisses dissimulées par une robe vert émeraude qui met en valeur ses courbes voluptueuses et reprends d'assaut ses lèvres. Ses doigts se faufilent sous ma ceinture, remontent pour la déboucler avec habileté avant de tracer un sillon brûlant dans mon dos. Nos corps pressés l'un contre l'autre ne laisseraient pas passer une feuille de riz. Elle gémit, s'accroche à mes épaules, j'en profite pour la porter jusqu'au premier obstacle que je rencontre, probablement la table de salle à manger.

Une bombe nucléaire n'arriverait pas à attirer mon attention tellement je suis concentré sur la douceur et la chaleur de la peau de Camélia. Avec des gestes lents, je descends la fermeture de sa robe et dévoile son soutien-gorge en dentelle du même vert. Je me penche pour mordiller la peau de son cou jusqu'à ce qu'elle m'implore de lui donner plus. Je me dirige jusqu'à la naissance de sa poitrine et l'allonge à même la table. Les objets qui se trouvaient sur le plateau se fracassent au sol, mais tout ce qui compte, ce sont les soupirs de plaisir qui s'échappent de ses lèvres entrouvertes.

Camélia se cambre pour venir à ma rencontre pendant que je détache l'agrafe de son soutif et libère ses seins. Ses mains vont et viennent dans mon dos, remontent jusqu'à ma nuque, fourragent dans mes cheveux pour guider ma bouche jusqu'aux endroits les plus sensibles. Des dents et de la langue, je cartographie ses courbes, m'attarde sur son ventre avant de me perdre entre ses jambes pour lui offrir un premier orgasme. J'ai à peine le temps de relever la tête qu'elle se redresse pour faire glisser mon jean et mon boxer. Ses doigts experts se referment autour de moi, sa bouche trouve le creux de mon cou qu'elle picore avant de s'attarder sur ma clavicule.

Coincé entre ses cuisses, je m'abandonne à ses caresses avec bonheur jusqu'à ce qu'elle s'allonge pour m'inviter en elle. Sa peau satinée est recouverte d'un fin voile de sueur, ses pupilles sont dilatées par le plaisir. Nous ne faisons plus qu'un et nous embrassons dans une étreinte quasi bestiale qui fait grincer les pieds de la table. Au moment où l'orgasme nous fait chavirer, je suis happé par son regard bouleversé. Mon cœur se gonfle d'amour pour cette femme qui a su le dompter ; je sais que le lien qui s'est tissé entre nous est très spécial.

Camélia étire le cou pour m'embrasser, je me relève pour lui caresser le dos et la contempler. Bon sang, qu'elle est belle ! Le sourire presque timide qu'elle m'adresse me fait fondre à nouveau.

— Je t'aime, lui murmuré-je en lui rendant son sourire.

— Ce n'était pas un câlin d'adieu, alors ? demande-t-elle avec malice.

— Oh que non ! Je compte bien recommencer tous les jours, si tu en as envie.

Elle fait mine de réfléchir et se mord la lèvre avec provocation.

— Hum… c'est envisageable.

Envisageable. Jamais ce mot ne m'a autant fait plaisir. Je plaque un autre baiser sur sa bouche pulpeuse avant de la libérer.

Pendant le repas, Camélia m'explique en détail le châtiment réservé aux prisonniers.

— Donc, Percy a été banni. Tu ne pourras plus jamais le revoir ?

Elle hausse les épaules et esquisse un sourire.

— Au moins, il est en vie. À lui d'en profiter maintenant. On n'aurait jamais été proches, de toute manière.

— Pas comme avec ton équipe ou les Bibliothécaires ?

— Pas comme ça, non.

Elle pique un morceau de poulet avec sa fourchette et le fait tourner.

— Le Consul m'a parlé de toi, annonce-t-elle, changeant complètement de sujet.

— Et ?

Je m'attends au pire. Après tout ce qu'elle m'a raconté et l'inquiétude de ses collègues, je crains de finir à la broche lors d'un banquet spécial.

— Il a fait une proposition que tu devrais accepter, à mon avis.

Elle avale une bouchée et esquisse un sourire malicieux qui illumine le bleu de ses yeux. Ouf ! Ça ne doit pas être aussi catastrophique.

— Quel genre de proposition ?

— D'abord, je dois te dire que Morgan et Emeli y sont pour beaucoup. J'ai menacé le Consul, mais il persistait à vouloir effacer ta mémoire. Heureusement, le fait d'être grand-père une deuxième fois semble avoir un impact positif sur ses décisions.

— Tu les remercieras tous les deux de ma part.

Son sourire s'élargit.

— Et donc, cette proposition ?

— Hum… finalement, le Consul pense que c'est utile d'avoir un allié dans les forces de l'ordre. Ce n'est pas la première affaire concernant des Ordinaires que l'on doit traiter et c'est un casse-tête. Donc il aimerait te confier ce genre d'enquête. En échange, tu fournirais une explication plausible aux médias, si ça te convient.

— Que je bosse pour le Consul ?

— Oui et non. Tu resterais sous les ordres de ton chef et tu aurais un coéquipier…

— Un coéquipier Ordinaire ?

— Non, mon bichon. Figure-toi que j'ai gratté un peu du côté de Nolan et il a une certaine facilité à faire pousser les plantes vertes, même dans le noir.

— Nolan est un Éveillé ?

Elle hoche la tête, le regard malicieux. Alors là… je ne m'y attendais pas. Mais, après mon frère et ma petite amie, ça ne devrait plus m'étonner.

— Donc je serai un Ordinaire qui bossera pour les Autres ?

— En partie, oui. Quand il n'y aura pas d'affaire, tu continueras à enquêter pour les Ordinaires.

— Hum…

Je gratte le fond de mon assiette, pas bien sûr de comprendre où ça nous mène.

— Ça ne te plaît pas ?

— J'aimais bien faire équipe avec toi, avoué-je.

— Moi aussi, mon poisson. Mais, nous deux, on a un autre genre de partenariat, pas vrai ?

— Un partenariat qui implique qu'on passe notre temps libre ensemble ?

— Et aussi que tu supportes les fous furieux qui me servent de famille, indique-t-elle.

— Houla, c'est du sérieux, alors, la taquiné-je.

Camélia se lève, fait le tour de la table pour venir s'asseoir sur mes genoux.

— Je t'aime, mon loup, souffle-t-elle avant de m'embrasser. Et j'adorerais passer tout mon temps libre avec toi.

Mes lèvres s'étirent jusqu'à mes oreilles, mon pouls s'accélère. J'aime sa folie.

— Et le rituel dont a parlé Emeli ? Tu envisages de le faire ?

Le ton sérieux de ma voix efface sa bonne humeur, je la sens se tendre.

— Je ne sais pas, avoue-t-elle.

Je lui caresse la joue et plonge mon regard dans le sien.

— S'il y a la moindre chance qu'on puisse être ensemble plus longtemps, je suis prêt à le tenter, dis-je.

— C'est vrai ?

— Oui. Mais si ça implique un risque que tu meures, alors non.

Elle laisse échapper un petit rire désabusé puis secoue la tête. J'ai interprété de travers ?

— Je suis plus forte que tu ne le croies. Ce n'est pas une lame en plein cœur qui me tuera.

Mon sang se glace dans mes veines à cette idée et un élan de panique me fait resserrer mon étreinte autour de sa taille.

— Non, ce que je crains, c'est que tu te lasses de moi et que tu te retrouves tout seul, explique-t-elle. Tu vivras très vieux, peut-être plus de cinq cents ans. Tu verras toute ta famille et tes amis mourir, tu verras le monde changer alors que tu resteras le même. Je ne veux pas que tu aies à endurer ça tout seul.

Ses doigts frais dessinent le contour de ma barbe.

— Je sais que je ne me lasserai pas de toi, répliqué-je.

— Comment tu peux en être sûr ? On se connaît depuis quelques semaines seulement. On ne vit même pas ensemble. Si ça se trouve, dans six mois, tu ne me supporteras plus. Une âme, ce n'est pas comme un tatouage. Tu ne peux pas l'effacer si tu n'en veux plus.

— Je vois ce que tu veux dire, oui.

— Donc, tu admets que c'est une mauvaise idée ?

— Non, je crois juste qu'on devrait prendre le temps d'y réfléchir. Disons que si, dans un an, on est toujours ensemble, on en reparle ?

— Dix ans, propose-t-elle.

— Tu es dingue ? Si je suis capable de supporter ton sale caractère pendant un an et toi le mien, crois-moi, c'est qu'on est faits pour rester ensemble !

Son visage s'illumine. Je suis très sérieux. Je veux passer le plus de temps possible à ses côtés.

— Deux ans, c'est ma dernière offre, réplique-t-elle.

— Deux ans. Mais tu es vraiment casse-bonbons !

— Je sais, mon petit poisson. C'est pour ça que tu m'aimes, non ?

— En partie, oui.

Je la serre un peu plus fort et pose mes lèvres sur les siennes pour un baiser plus tendre, plus apaisé. Deux ans, pour une vie de démon, c'est un battement de cils.

ÉPILOGUE
CAMÉLIA

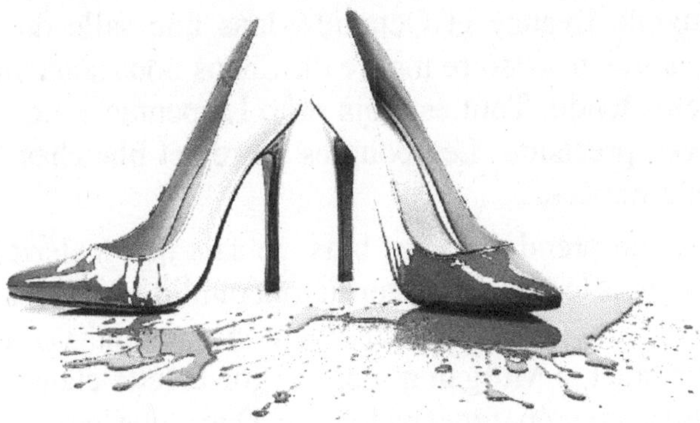

Je signe en bas de la feuille et la fais glisser vers Marc qui griffonne sur l'autre coin. Deux ans déjà ! Deux ans à se chamailler, à se réconcilier, à organiser des dîners de famille et à négocier avec le Consul pour obtenir le droit de pratiquer le rituel de partage d'âme. Il a finalement cédé, à la condition que nous signions une décharge et une clause de confidentialité. Si ça tourne mal, personne n'en entendra parler et il ne pourra être jugé responsable.

Il récupère le papier, le range dans une pochette cartonnée puis l'enferme dans le tiroir de son bureau. Je me tourne vers mon poisson avec une légère appréhension. On s'apprête à faire le grand saut. Après ça, il n'y aura plus de retour en arrière possible.

— Toujours partant ? demandé-je avec un sourire confiant.

— Plus que jamais, répond-il d'une voix chaude et assurée.

Je détaille les traits francs et réguliers de son visage pour les graver dans ma mémoire, le bleu de ses yeux qui prend des reflets gris en fonction de la lumière, le contour de ses lèvres fines qui se retroussent pour me sourire. Sa main caresse mon visage avec tendresse et fermeté.

Le Consul lève les yeux au ciel puis fait pivoter sa chaise pour nous indiquer que l'entrevue est terminée. Nous retrouvons Lyanne et Octavius dans une salle du sous-sol. Notre sorcière et notre maître du Chaos nous accueillent avec un rictus tendu. Tout est déjà prêt. Le pentacle a été tracé au sol avec précision. Les bougies noires et blanches attendent d'être allumées.

Tav me prend dans ses bras. Je sais que Valérien voulait être là, mais le Consul a interdit tout public, même les proches. Cela dit, Emychou aurait sûrement insisté pour venir aussi. À se demander si Morgan n'a pas négocié cette clause avec son père juste pour épargner sa femme. Dans tous les cas, je trouve que c'est une bonne idée. Ce qu'on s'apprête à faire relève de la magie démoniaque. C'est très noir et ça peut déraper à tout moment, même si Emeli nous a traduit le rituel dans les moindres détails.

— C'est la dernière ligne droite, Diablotine, me souffle Octavius en me serrant un peu plus fort. Tout va bien se passer.

— Évidemment, commente Lyanne en roulant des yeux. Déjà parce que ce sera la fête à notre cul si on se plante. Les autres vont nous mettre en pièces. Du coup, on va gérer ça comme des champions !

Elle lance un petit clin d'œil à Marc qui secoue la tête, toujours amusé par sa répartie cinglante.

— Alors, allons-y ! dis-je avec gaieté.

J'ai hâte, mais je redoute aussi ce moment. Il y a de grandes chances pour que je survive au rituel, mais on ne sait pas comment ça va impacter Marc. En fouillant dans les archives, on n'a trouvé aucun autre cas de démon qui donnait une âme à un Ordinaire. Si certains ont réussi, ils n'en ont pas fait étalage.

Je glisse les doigts dans la main tendue de mon poisson puis le conduis au centre du pentacle. Nous nous observons de longues secondes pendant que Lyanne et Octavius allument les bougies et commencent les incantations.

Son regard pétillant m'enveloppe de tout l'amour qu'il me porte. Il est plus confiant que moi quant à l'issue de cette journée.

— Je t'aime, Sexy-casse-bonbons.

— Je t'aime, mon loup.

Mes lèvres se posent sur les siennes, mais il est déjà temps de pratiquer le sacrifice. Octavius me tend le poignard. Les sourires ont disparu. Mon cœur cogne contre ma cage thoracique comme s'il demandait à en sortir. Je m'apprête à me planter un couteau dans la poitrine de mon plein gré. Ça me fout un peu les jetons, alors je récite la dernière incantation avant de me dégonfler et recule d'un pas. Les prunelles de Marc se rivent aux miennes pour me soutenir. Je sais qu'il ne m'en voudra pas si je renonce. Il est prêt à passer les soixante prochaines années à mes côtés si je consens à le regarder vieillir. Mais je suis trop égoïste pour ça. Je veux plus qu'un demi-siècle de bonheur, je veux mourir à ses côtés dans plusieurs siècles.

Je pointe la lame entre mes seins et respire un grand coup avant d'appuyer.

MARC

Une tache sombre s'élargit sur le tissu rouge de sa robe à mesure que la vie quitte son regard. Je dois faire quelque chose ! N'importe quoi !

Trop tard. Le corps de Camélia s'écroule mollement sur les carreaux glacés. Je me jette à ses pieds, lui soulève la nuque, cherche un souffle, la moindre pulsation, le moindre signe de vie. Rien.

Un silence épais nous entoure. Les colonnes de marbre et les murs gris s'effacent. Je ne distingue plus que sa silhouette écarlate et le dessin en sable noir du pentacle sur la pierre blanche. Est-ce le choc ou un phénomène surnaturel ?

Sa main tressaille contre ma jambe, si faiblement que je blâme mon imagination. Pourtant, mon cœur rate un battement puis repart dans une course folle. Il espère. Il sait.

— Camélia ? murmuré-je en lui embrassant le front.

J'attends un signe, mais rien ne se produit. Se serait-elle sacrifiée pour rien ?

Si elle meurt aujourd'hui, jamais je ne le supporterai. Je l'ai poussée à le faire alors que j'aurais pu me contenter de vieillir, de la garder près de moi, jeune, jusqu'à la fin. Mais non, je ne suis qu'un pauvre con égoïste qui rêve de passer beaucoup plus de temps avec elle ! J'ai attendu les deux ans, j'ai pu mesurer tout ce que ça impliquait, me demander si elle était réellement la femme de ma vie et la réponse m'est à chaque fois venue comme une évidence. Je suis prêt à tout pour elle. Même si elle est casse-pied, qu'elle voit le monde d'un œil à la fois cynique et désinvolte, qu'elle est capable de m'appeler « mon bichon » et de me sauter dessus la seconde suivante pour m'arracher mes vêtements. J'ai appris à la connaître, à voir le monde à travers ses yeux, à comprendre qu'elle est beaucoup plus attachée à sa famille qu'elle ne l'avoue. Je sais qu'elle est sensible et qu'elle me réserve ses plus beaux moments de tendresse.

— Camélia ? soufflé-je contre sa tempe. Réveille-toi, mon amour.

Elle remue, grimace et lâche le couteau qui retombe sur le sol dans un bruit métallique.

— Mon loup ? articule-t-elle en levant une main pour caresser le contour de ma mâchoire.

Une douce chaleur m'envahit en même temps que le soulagement. La lumière s'intensifie, nous aveugle de sa blancheur éclatante, jusqu'à devenir insoutenable. Je dois fermer les yeux pour ne pas me cramer la rétine, mais je m'accroche à Camélia.

Tout à coup, une force invisible me coupe le souffle, comme une rafale qui me percuterait, un soir de tempête. Je sens cette force se frayer un chemin dans mon corps, se faufiler entre mes cellules, prendre possession de chaque fibre avant que la sensation ne se dissipe.

J'ouvre les yeux. La lumière des néons du sous-sol nous éclaire de sa faible intensité et les contours du pentacle sont de nouveau visibles. Octavius et Lyanne sont agenouillés près de nous, les yeux brouillés de larmes. Camélia, blottie dans mes bras, me sourit franchement.

— Tu es toujours toi ?

— Toujours un poisson, oui, la taquiné-je.

Je me penche pour l'embrasser et perçois le soupir de soulagement de nos deux amis.

— Ça a marché ?

— On dirait bien.

Je me relève avant d'attirer Cam contre moi.

— Tu crois que j'ai le pouvoir de me téléporter, maintenant ?

Un sourire malicieux illumine son visage. Je vérifie que sa blessure s'est bien refermée, mais elle n'en garde aucune trace.

— Le seul moyen de savoir, c'est de tester.

Défi accepté. *Plop* !

Remerciements

Arriver au bout d'un roman n'est jamais facile. L'écriture n'est pas une activité aussi solitaire qu'il y parait et, pour raconter l'histoire de Camélia et Marc, j'ai été bien entourée.

Je voudrais commencer par remercier Catherine, sans qui le personnage de Camélia et cet univers n'auraient jamais vu le jour. Tu es une relectrice hors pair, un soutien du quotidien, une amie précieuse.

Cette histoire n'aurait sans doute pas atteint son potentiel sans la fine relecture d'Ugo et Sandrine. Merci d'avoir traqué toutes les failles et surtout d'avoir survécu au caractère de Camélia.

Et puis il y a Florie et Mathilde qui ont su écouter et m'aider à prendre du recul sur ce roman qui me tenait à cœur. Un soutien comme le vôtre est tellement précieux dans la vie !

Mes pensées se tournent naturellement vers Sophie, une vraie marraine, la bonne fée, qui a toujours cru en moi sans que je comprenne vraiment pourquoi. Merci d'être là.

Je n'oublie pas les nombreuses grenouilles (qui se reconnaîtront) qui m'ont permis de grandir en tant qu'auteure. Une communauté comme la vôtre, ça n'a pas de prix.

Ce roman n'aurait pas fini entre vos mains sans la confiance et le talent de mes éditeurs. Un grand merci à eux d'avoir emmené Camélia et Marc jusque-là !

Enfin, même s'il est très discret et qu'il ne lira probablement jamais cette histoire, il faut remercier mon Marc à moi, parce que partager le quotidien d'une auteure, ce n'est jamais facile… surtout quand elle oublie de faire à manger, d'aller dormir ou qu'il faut l'écouter des heures entières débattre des détails d’une histoire dont on ignore tout !

Merci à vous, lecteurs, d’avoir suivi les aventures de Camélia et Marc. Et, qui sait, peut-être nous retrouverons-nous pour découvrir ce qui est arrivé à d’autres personnages ?

Ellie Cerane

Ellie Cerane vit dans la Somme, à l'ouest d'Amiens. Auteure de l'imaginaire, elle voit la vie et les mots en couleurs. Elle aime partir à l'aventure avec ses personnages pour apprendre à les connaître, sur des chemins souvent semés de grosses embûches, mais qui mènent généralement à une fin heureuse.

Si vous la cherchez, vous la trouverez en Baie de Somme, le doigt sur le déclencheur de son appareil photo, en train de s'extasier devant un arbre, un papillon ou une fleur, tout en négociant la prochaine scène avec ses personnages. Enfin, elle y était il y a cinq minutes…

Mentions légales
Éditions Élixyria
Clamont
23430 Chatelus-le-Marcheix
ISBN : 978-2-37961-525-2
Collection Elixir of Moonlight
ISSN 2650-9342
Dépôt légal Octobre 2023
Imprimé en U.E.